*NARRATORI MODERNI*

*GAIA SPIZZICHINO*

# TUTTO NELLA NORMA

Garzanti

Prima edizione: marzo 2023
Prima ristampa: aprile 2023

*Per essere informato sulle novità del Gruppo editoriale Mauri Spagnol visita:*
www.illibraio.it

ISBN 978-88-11-00804-0



Printed in Italy

www.garzanti.it

# TUTTO NELLA NORMA

# PARTE PRIMA

## LA CASA PROVVISORIA

«Si potrebbe arguire che gran parte dei guai di questo mondo sono provocati dall'introspezione.»

NICK HORNBY, *Non buttiamoci giù*

## 1.
## CHARLIE CHAPLIN HA FATTO FIGLI FINO A SETTANT'ANNI

Da un po' di tempo, a Milano, le sale d'attesa dei centri medici privati sembrano tutte uscite dalla bacheca Pinterest di una qualsiasi trentenne media di questa città.

Sparite le riviste che erano lì a prendere polvere dal dopoguerra, adesso è tutto un tripudio di mensoline e piantine grasse, forse finte, forse tenute in vita da questi neon – chissà.

Rigorosamente appoggiati sulle suddette mensole e mai appesi, ci sono i quadretti in metallo dorato che recitano messaggi motivazionali del tipo GOOD VIBES ONLY oppure NO ONE IS YOU, THAT IS YOUR SUPER POWER. Non può mancare il classicone INHALE EXHALE, che per un attimo mi fa confondere e mi fa pensare di trovarmi in un altro posto che non amo frequentare assiduamente, ovvero il centro yoga.

A riportarmi nel qui e ora ci pensa la signora che mi sta seduta di fronte.

È una di quelle donne di mezza età che smania dalla voglia di chiacchierare e che la mia logorrea decide di accontentare. Cosa di cui mi pento immediatamente, dato che in poche frasi riesce a mescolare con grande abilità razzismo e omofobia, aggiungendoci anche una punta di patriarcato quando mi fa notare che ho sbagliato a non indossare una gonna: «Sa, è più comoda, velocizza la visita».

Non so se sia meglio litigarci o apprezzarne la capacità di sintesi. Per mia pace mentale, opto per la seconda.

La prima volta che sono stata da un ginecologo avevo diciassette anni, e adesso che ne ho esattamente il doppio continuo a trovarla una delle tante esperienze raccapriccianti che contraddistinguono l'essere nata donna, forse una delle peggiori.

Freeda dovrebbe farci un post su Instagram e piazzarlo tra un *La schiavitù del reggiseno* e un *Basta depilarsi*, e i like sarebbero assicurati.

La visita ginecologica generalmente è sgradevole fin dall'anamnesi, quando hai ancora le mutande addosso.

Non importa se vai sempre dallo stesso professionista o se vi siete incontrati solo saltuariamente, ogni volta ti tocca presentarti nuovamente da capo e non con i tuoi dati anagrafici, bensì ricorrendo alle piccole sciagure che ti affliggono.

"Sono quella del fibroma uterino."

"Si ricorda che spavento quel pap test."

"Le mie mestruazioni si presentano quando vogliono loro."

Mentre parli il medico si segna tutto, annuendo con la stessa faccia che sfoderi sul lavoro quando fingi di ascoltare il tuo capo.

E questa è la parte piacevole.

La parte peggiore arriva quando devi arrampicarti su quella sedia coi gambali palesemente inventata dalla Santa Inquisizione. La prima volta che la vedi pensi sia uno scherzo, ma arrivata alla mia età ti ci posizioni eseguendo tutto l'iter: prima-una-gamba-poi-l'altra-infine-scivoli-col-sedere-in-avanti con rassegnata maestria.

Nonostante i lunghi anni di esperienza, rivedere lo speculum, e soprattutto ricordarsi che il suo utilizzo è tutt'ora legale, procura sempre il medesimo colpo al cuore. Il pap test brucia, ma mai quanto il pensiero dell'infezione che potrebbe rilevare, e così si giunge finalmente al momento clou: l'ecografia transvaginale, detta anche «come fare conversazione mentre una sonda si muove nella tua vagina».

Sì, perché qualunque ginecologo, chiuso fino a quell'istante in una sorta di mutismo selettivo, sceglie sempre quel momento per diventare sorprendentemente ciarliero. Ti ritrovi quindi a commentare insieme la forma del tuo utero, lo stato delle tue ovaie, e infine quello del tuo intestino; quest'ultimo sempre drammatico, data la tua alimentazione evidentemente troppo povera di fibre ed eccessivamente ricca di zuccheri.

Fai ammenda, e una volta tornata a casa invece di quattro *Ave Maria* e due *Padre Nostro* ti toccheranno un microclisma e tot ovuli vaginali, perché ci fosse mai una volta in cui visitandoti non ti trovino una qualche leggerissima infezione di cui ovviamente non eri minimamente consapevole.

L'esperienza odierna non si discosta più di tanto da quanto appena descritto.

Però almeno non mi tocca ascoltare il solito monito – «mi raccomando, non aspetti tanto a fare figli, se li desidera» – che fino a qualche mese fa ha sempre chiuso ogni mio controllo di routine.

Non c'è niente di peggio di una trentenne nullipara nello studio di un ginecologo, bizzarra anomalia biologica i cui piccoli e grandi fastidi fisici sarebbero tutti magicamente risolti da una gravidanza.

La gravidanza come strumento terapeutico definitivo, la gravidanza che ci sistema tutte, la gravidanza come *'a livella* di Totò.

Di solito, alla domanda: "Scusi, ma non c'è una terapia, un farmaco, qualcosa per questo problema?" segue sempre la risposta: "Be' l'ideale sarebbe che restasse incinta, è una condizione che tende a rientrare naturalmente con la maternità. Intanto assuma questo integratore che le costerà quanto una cena a base di crudi di mare in Liguria, e ci pensi, mi raccomando".

Io pensarci ci avrei anche pensato. E dopo tante conversazioni – ammetterò, non proprio distese – con il mio compagno sul tema, ci siamo fatti forza e abbiamo deciso di compiere l'insano gesto.

«Che vuoi fare per il tuo compleanno?» mi aveva domandato a un certo punto, mentre aspettavamo di imbarcarci sul traghetto e salutare definitivamente la sovraffollata isoletta greca su cui c'eravamo andati a stressare nel periodo ferragostano.

«Un figlio», gli avevo risposto.

Lui era scoppiato a ridere: pensava scherzassi.

Gabriele e io stiamo insieme da sette anni, sei dei quali di convivenza. Si dice che il settimo anno sia quello della crisi di coppia, in cui la passione diminuisce e le basi del rapporto iniziano a vacillare. Niente di più falso per noi due. Il nostro settimo anno è stato il migliore mai trascorso, è stato persino preferibile a quello in cui ci siamo conosciuti e che abbiamo passato a litigare cercando di costruire faticosamente un equilibrio. Questo è stato l'anno in cui finalmente la nostra relazione ha raggiunto una maturità sentimentale tale che abbiamo pensato fosse un'ottima idea rovinare la serenità faticosamente raggiunta affrontando l'argomento matrimonio e figli.

Se non fosse stato per me, Gabriele avrebbe campato serenamente altri sette anni senza porsi minimamente il problema. Comprensibile: dev'essere uno dei vantaggi del non avere una data di scadenza sul proprio organo riproduttivo. Dal canto mio, non ho avvertito il classico input di un orologio biologico che ti fa venire improvvisamente voglia di prendere in braccio tutti i figli delle altre contro la loro volontà, come vedo invece fare a tante mie coetanee.

Semplicemente, con la tendenza a iperprogrammare la mia vita che – ahimè – mi caratterizza, mi sono data i trentacinque anni come limite massimo per diventare mamma.

Nella linea del tempo che mi ero immaginata, doveva però assolutamente aver luogo prima un matrimonio. Non necessariamente con rito religioso, desideravo solo un momento solenne, in cui Gabriele e io ci saremmo promessi eterna fedeltà e impegno reciproco. Ma soprattutto volevo la cosiddetta «favola».

Cosa c'è di male nel voler celebrare un matrimonio alla vecchia maniera? A quanto pare tutto.

Così sono venuta a sapere, mio malgrado, che – cito testualmente – si tratta di «un rito superato e neanche troppo velatamente patriarcale», e ho scoperto anche che il mio compagno è estremamente femminista; evidentemente se ne dimentica solo quando c'è da fare la spesa o stendere il bucato o, Dio non voglia, sostituire il rotolo di carta igienica in bagno.

Accantonata, quindi, l'idea di sposarmi, perché pare che la volontà debba essere reciproca, abbiamo deciso di iniziare direttamente a cercare un figlio.

Preciso, a scanso di equivoci, che, nonostante le minacce più o meno velate della mia ginecologa, non vogliamo diventare genitori per meri fini terapeutici. Per quanto in realtà non sappia neanch'io cosa spinga davvero le persone a compiere questa scelta.

Credo sia un po' come la fede, o ce l'hai o non ce l'hai. E sono forse stupidamente convinta che averla, rispetto al non averla, possa rendere le cose un po' più facili.

Molte persone, invece, finiscono per fare figli per puro conformismo sociale. Ecco, credo che infliggersi un'esperienza del genere sia esattamente come il dover assistere a una messa da non credente. In qualche modo ci arrivi alla fine, per carità, ma pensando per tutto il tempo: "Che pessimo format".

Così siamo diventati ufficialmente una di quelle coppie che «ci sta provando».

In gran segreto, ovviamente, perché quando tenti di avere un bambino lo dici forse solo e soltanto agli amici più intimi, e magari neanche a loro. Tendenzialmente scegli quelli che ci sono già passati e che hanno ben presente che inferno possa diventare una cosa un tempo piacevole come il sesso qualora finalizzata a un obiettivo diverso dall'intrattenimento o dalla trasgressione.

La vita sa essere beffarda.

Questo, però, se sei uomo. Se sei donna ti prende direttamente per il culo.

Il giorno in cui ti arrivano le prime mestruazioni solitamente coincide con quello in cui tua mamma, dopo averti rifilato un pacco di assorbenti con le ali accompagnato da poche istruzioni sommarie sul loro utilizzo, comincia a farti terrorismo psicologico sulla possibilità che tu possa rimanere incinta.

Possibilità, a sentire lei, per nulla remota, anzi certa. Praticamente garantita.

Procedi nella tua adolescenza consapevole che una gravidanza indesiderata sia la sciagura peggiore che possa mai capitarti. Nella classifica delle ansie genitoriali si posiziona abbondantemente sopra l'incidente automobilistico e supera di parecchio anche l'overdose.

Da quel momento in poi le tue telefonate suoneranno tutte più o meno così:

"Pronto mamma devo dirti una cosa."

"Ecco, lo sapevo. Sei incinta."

"No, mi hanno rubato il motorino e dentro al bauletto c'erano la tua carta di credito, le chiavi della casa al mare e l'unica copia della lettera che ti scrisse papà il giorno del vostro matrimonio."

"Martina a mamma, ma mi hai fatto prendere un colpo, chissà che mi credevo... Nessun problema te lo ricompro, mi raccomando eh, usate il preservativo."

Qualora tu riesca a resistere alla tentazione di prendere i voti per risolvere il problema alla radice, e raggiunga finalmente la stabilità relazionale ed economica, cosa che difficilmente si verifica prima dei trent'anni, ecco che quando ti senti finalmente pronta per riprodurti, scopri con tuo grande orrore che rimanere incinta non è così semplice come ti avevano fatto credere. Anzi, se giocassi al SuperEnalotto avresti probabilmente qualche chance in più.

Nonostante passino i mesi e tu mantenga una frequenza di rapporti sessuali che rasenta la ninfomania, cosa che peraltro ti costa non poca fatica, non succede assolutamente niente.

Il primo test di gravidanza non si scorda mai.

Ti ci approcci trepidante, leggendo le istruzioni varie volte di troppo, gli occhi lucidi per l'emozione, pregustando il momento del risultato. I successivi sei tentata di eseguirli con la stessa verve che metteresti in un gratta e vinci comprato per noia al tabacchi della stazione, ma il fatto che costi almeno il doppio ti costringe a mantenere quel minimo di solennità, che ovviamente sparisce non appena lo lanci delusa nel cestino.

I mesi passano e inizi a essere ufficialmente preoccupata, così fai la cosa peggiore di tutte, quella che il tuo medico teme più di ogni altra: inizi a documentarti in autonomia.

Leggi qualunque libro sul tema e ti ritrovi tuo malgrado a fare binge watching di *Siamo fatti così – Esplorando il corpo umano*, trovandolo sorprendentemente istruttivo. La disperazione ti porta a fare domande sul forum di Al Femminile, cosa inconfessabile e di cui ti vergogni profondamente, nonostante il ricorso a un'identità fittizia.

Qualcuno dovrebbe inventare un «Cioè» – celebre rivista della mia gioventù, a cui delle povere sciagurate mandavano domande sul sesso talmente improbabili da farti dubitare della loro sanità mentale –, però per noi adulte di oggi. In copertina, invece di Ricky Martin, ci troveresti Emmanuel Macron in felpa. Come gadget, al posto dell'ombretto glitter appiccicoso come la manina delle patatine, un kit per rilevare l'ovulazione. I test ti aiuterebbero a capire se il tuo collega ti odia davvero o se sta solo avendo una brutta giornata; spesso si tratta di un mix di entrambe.

Lo comprerebbero tutte, garantito.

Conclusa la visita odierna, la dottoressa mi congeda con un incoraggiante «Continuate a provarci!» che alle mie orecchie suona esattamente come: "Charlie Chaplin ha fatto figli fino a settant'anni", e visto che si è fatto pure drammaticamente tardi, mi avvio a passo svelto verso l'ufficio, in preda alla ormai familiare sensazione di sconforto.

Avendo deciso di condensare tutte le esperienze faticose in un'unica giornata, ho avuto la brillante idea di prenotare una postazione per il lavoro in presenza.

Di recente, l'agenzia pubblicitaria dove lavoro ormai da diversi anni, a seguito di un lungo periodo di smart working praticamente permanente, ci ha chiesto – leggasi imposto – di tornare di persona in ufficio almeno un paio di giorni a settimana per – cito testualmente dall'e-mail solo vagamente minacciosa che il dipartimento delle risorse umane ha inviato qualche mese fa – «vivere appieno la nostra insostituibile cultura aziendale», che credo sia un modo elegante per dire "smetterla di fare il cazzo che vi pare".

Che poi pure lì, nel mio caso il cazzo che mi pare è stato stendere innumerevoli lavatrici tra una videocall e l'altra: non la definirei proprio una brillante carriera da furbetta del cartellino, soprattutto se la compariamo a chi in ufficio passava più tempo alla macchinetta del caffè che alla scrivania. Ma questa è una riflessione che non sono così scema da pensare di poter esternare ad alta voce.

Proprio mentre mi domando quanto devi detestare il prossimo per lavorare nel dipartimento delle risorse umane, ricevo un messaggio dalla mia amica Valeria, diventata da poco Senior HR Business Partner, che è un modo altisonante per dire capo del personale.

Valeria lavora in una delle poche aziende che misteriosamente non ha lasciato Roma per farsi tentare dalle lusinghe di Milano, ossia dalla possibilità di licenziare almeno la metà della gente.

Si occupa di food&beverage, che è un modo milanese tragicamente adottato dal resto della penisola per definire la roba da mangiare.

– Allora, era oggi la visita? Com'è andata? Che ha detto la dottoressa?

– Mah. Tutto procede abbastanza bene, c'è solo il piccolo problema che a quanto pare sono ancora multifollicolare.

– E che significa? È come quelle che si definiscono multipotenziali?

– Peggio, se possibile. Significa che ho il ciclo sballato perché ho le ovaie pigre, che ovulano quando hanno voglia loro, cioè occasionalmente. Mentalità pazzesca che vorrei importare anche nella mia vita professionale.

– E quindi?

– E quindi niente, t'attacchi, comandano loro. Lei continua a essere sicura che la cosa si risolverà da sola, secondo me in tempo per la mia menopausa. Nel frattempo dice di continuare a provarci, senza badare troppo al calendario, che prima o poi potrei ovulare e rimanere incinta senza neanche accorgermene, tipo personaggio biblico, oppure come quelle su Real Time che vanno in ospedale direttamente per partorire.

– Ah come no, me lo ricordo quel programma. Chi l'avrebbe mai detto. Anni passati a deriderle e poi è un attimo che diventi una di loro.

Valeria mi dà sempre spago. Lo ha sempre fatto, fin da quando eravamo bambine.

Di lei mi piace il fatto che non è una di quelle persone che prova a tirarti su con inutili frasi motivazionali tipo "Sei una forza della natura", né una di quelle che antepongono costantemente i propri drammi personali, con quel "Figurati, a me lo dici" che solitamente è preludio di un pippone che sottintende il messaggio "la tua sciagura è una passeggiata rispetto alla mia".

Io e lei condividiamo lo stesso approccio ai grandi e piccoli drammi della vita, la stessa ironia consolatoria, lo stesso feroce sarcasmo che è il nostro unico appiglio, o più probabilmente «un meccanismo di difesa» come sostiene la mia terapista.

Ci siamo conosciute in vacanza, in uno di quei costosi villaggi turistici stile Valtur che erano il non plus ultra del benessere negli anni Novanta. I nostri genitori si rilassavano trascorrendo le giornate spalmati sui lettini in spiaggia, imponendo a noi l'ingrato compito di divertirci.

A unirci immediatamente è stato il disprezzo per gli animatori del villaggio, rei di costringerci a uscire dalla comfort zone contro la nostra volontà, nonché il terrore della palla, che ci saremmo portate avanti negli anni a venire, drammaticamente caratterizzati dalla dittatura pedagogica della pallavolo. Ci univano anche l'incapacità di fare la ruota, la verticale e tutte quelle altre cose che ti posizionavano immediatamente come bambina di successo.

Una volta cresciute e fatto il nostro ingresso nel mondo del lavoro, abbiamo traslato l'odio per la categoria degli animatori verso il dipartimento delle risorse umane: ci sembrava avessero delle grottesche similitudini.

Quando Valeria, dopo la laurea, ha scelto di fare uno stage in un dipartimento HR di una grossa azienda, inizialmente l'ho vissuto come un affronto personale.

Parliamoci chiaro: puoi compiere qualunque nefandezza nella vita, a patto che tu non tradisca mai la te del passato.

## 2.
## NON SONO UNA SIGNORA

Ad accogliermi in ufficio trovo un clima stranamente silenzioso. Considerato che lavorare in un open space di solito supera qualunque soglia di inquinamento acustico umanamente sopportabile, decido automaticamente di preoccuparmi.

Già non sono di ottimo umore di mio, a causa della scarsa forza di volontà dimostrata dalle mie ovaie, in quanti altri modi può peggiorare una giornata?

Sicuramente lo scoprirò a breve.

Mi aggiro tra le scrivanie cercando di individuare quella che ho prenotato ieri sera via app. Non è una cosa immediata, e tantomeno comoda.

Chi lo avrebbe mai detto che a noi, la generazione che aveva già dovuto rinunciare al posto fisso, a un certo punto avrebbero tolto anche la postazione fissa? Sono tempi terribili quando i concetti astratti diventano inquietantemente tangibili.

Quando finalmente riesco a insediarmi nel posto giusto, apro il mio portatile ignorando le istruzioni che vorrebbero lo collegassi al gigantesco monitor in dotazione, uno schermo grande quasi quanto il televisore di casa mia che nelle intenzioni sbandierate dall'azienda dovrebbe essere il non plus ultra della tutela della salute del lavoratore, ma all'atto pratico mi ha già procurato sufficienti emicranie da consentirmi di mostrarmi quantomeno scettica.

Neanche il tempo di iniziare a esaminare la posta in arrivo, che noto che la mia collega Claudia mi ha già scritto sul sistema di messaggistica interna che chiamiamo «il chattino», lasciando trapelare in questo modo tutto il peso del nostro essere delle «geriatric Millennials», ovvero gente che è entrata in azienda quando era effettivamente giovane anagraficamente e che adesso è ancora considerata giovane solo perché un mercato del lavoro quantomeno impervio ha impedito a quelli veramente giovani di accedervi allo stesso modo.

Poveri giovani, ormai trovare un posto di lavoro è un terno al lotto. Credo che il tempo medio speso su TikTok sia così alto proprio per questo motivo. Un giorno qualcuno illustrerà questa correlazione.

Niente monitor principale, vedo che oggi siamo ribelli. Sei il nostro Braveheart cuore impavido. Dovrebbe essere avanzata della pittura per la faccia dall'ultimo kids day, dopo te la dipingo di blu.

Claudia scrive spesso cose così, e se è per questo a volte fa anche di peggio.

Non so come sopravvivrei qui dentro senza di lei.

È stata la mia tutor quando ho iniziato a lavorare in quest'azienda. Una giovane me di belle speranze era scioccamente convinta che mi avrebbe trasformata in una business woman di successo, e invece, com'è ovvio, non è accaduto, ma sorprendentemente mi ha insegnato qualcosa di ben più prezioso per riuscire a resistere nel mondo lavorativo: la capacità di interpretare il non detto.

Chiunque non ne abbia mai fatto parte sarebbe portato a pensare che le aziende siano delle organizzazioni più o meno efficienti in cui il tuo valore si definisce attraverso quello che sai fare, ma questo è vero solo in parte. Saper fare è indubbiamente necessario, ma poi subentra il saper interpretare, e se non impari a giocare secondo certe regole non scritte non duri neanche tre mesi.

Lei il gioco lo conosce bene, dato che sono ormai quasi quindici anni che è in ballo.

«Praticamente una condanna penale», ama ripetere scherzando.

La verità è che è legata a questo posto molto più di quanto non voglia ammettere, altrimenti se ne sarebbe già andata. Questo non significa che qui si trovi particolarmente bene, ma sono convinta che a volte abbiamo solo bisogno di arredare il nostro personale inferno e renderlo così il più confortevole possibile.

Senza dubbio lei ha reso confortevole il mio, di inferno, comportandosi come quella compagna di banco che ti fa scoppiare a ridere nel momento meno opportuno, con la professoressa che la fissa irritata dicendo "Adesso ripeti quello che hai appena detto e fai ridere anche noi", consapevole che nessuno ripeterà quanto appena detto e soprattutto nessuno riderà più almeno per il successivo quarto d'ora, ma intanto voi due saprete che ne è valsa la pena.

– Vedo che oggi tanto per cambiare hai proprio voglia di lavorare, le rispondo canzonandola a mia volta, per poi andare subito al sodo e chiederle quello che mi interessa davvero: Ma cos'è questo silenzio di tomba? Che mi sono persa stamattina?

– Sei stata fortunata, c'è stato un bel circo. Giancarlo se l'è presa a turno un po' con tutti per la shitstorm sulla campagna di Bollicine, adesso si è chiuso nella sua stanza con Antonio e gli starà probabilmente chiedendo di salvare il mondo, liberandolo dalla nostra diffusa incompetenza.

– Una creatività per un'acqua minerale tutta incentrata sulla versatilità del packaging in plastica. Deduco che il pensiero che potesse prestare il fianco a delle critiche in questo periodo storico continui a non sfiorarlo minimamente.

– Che ti devo dire, no. Io però a volte lo stimo. Il suo è un atto di rara e introvabile coerenza morale. In un mondo che fa greenwashing tu sii come Giancarlo. Guarda che è ammirevole.

La conversazione si interrompe e la nostra attenzione viene subito catturata da una porta che si apre di scatto.

Giancarlo e Antonio fanno ritorno a passo svelto in open space; il primo si dirige verso altre riunioni, il secondo, invece, si avvia pericolosamente nella mia direzione.

Antonio è un collega senior che inspiegabilmente si comporta come se fosse il nostro capo, pur non avendone mandato alcuno. Una forma di allucinazione che meriterebbe di essere approfondita da qualche figura professionale preposta.

Stakanovista, ruffiano, privo di qualsivoglia fascino, credo abbia anche dei pregi, ma non li abbiamo ancora scovati. Il fatto che qualcuna se lo sia sposato e ci abbia pure fatto dei figli resta per me e Claudia uno dei più grandi misteri su cui torniamo a interrogarci di tanto in tanto.

Non so perché decida di piazzarsi esattamente alle mie spalle. Devo praticamente farmi venire il torcicollo per parlarci, e la cosa mi disturba non poco.

«Martina ciao, come stai?» mi chiede mellifluo per poi aggiungere: «Dov'eri stamattina? Non ti ho vista».

Me lo domanda non allo scopo di ottenere davvero una risposta, bensì per sottolineare a beneficio di tutti che – attenzione attenzione – questa mattina Martina Bernardi ha sottratto del prezioso tempo al lavoro, una cosa per lui inconcepibile.

«Sì sono arrivata poco fa, avevo una visita medica», replico laconica, assumendo una strana posizione di tre quarti tipo corso di pilates.

«Mi dispiace, spero nulla di grave», aggiunge lui fingendo interesse.

«Solo un controllo di routine, non preoccuparti, grazie comunque per aver chiesto», rispondo sperando di chiudere velocemente la conversazione, tornando a fissare lo schermo e mettendomi a scorrere la montagna di e-mail da leggere con aria concentrata, in modo da trasmettergli l'impressione di essere molto impegnata, terribilmente impegnata, guarda-quanto-ci-tengo-al-mio-lavoro impegnata.

Devo migliorare le mie doti attoriali perché lui ovviamente non coglie, anzi insiste.

Prende una sedia e si accomoda di fianco a me. Nessuno lo aveva invitato a farlo.

«Figurati, mi pare il minimo. Mi raccomando, ti voglio in forma che appena risolviamo questo casino con Bollicine dobbiamo assolutamente iniziare a lavorare al nuovo progetto, quello ancora "confidenziale". Non credo tu sappia di cosa si tratti, no?»

Alza i toni sul finale, giusto per sincerarsi che a nessuno sfugga il fatto che lui, al contrario di me, è ben inserito in tutte quelle che sono le questioni più delicate di questa azienda.

«Sì, ho presente cosa intendi Antonio. Giancarlo me ne ha parlato tempo fa», rispondo continuando a fissare il mio schermo, cercando di non dare a vedere quanto mi renda soddisfatta il suo disappunto malcelato, mentre mi chiedo perché si ostini a parlare costantemente al plurale, un vezzo che credo abbia preso dal nostro capo, che si rivolge a noi così quando ci chiede di fare qualcosa al posto suo. Il classico «armiamoci e partite».

Il "progetto confidenziale" non è altro che un'importante campagna a cui stiamo lavorando per un cliente molto grosso, forse il più grosso su cui la nostra agenzia abbia mai messo le mani.

Mesi fa ho preso coraggio e ho fatto presente a Giancarlo che avrei voluto essere incaricata di gestirlo. Lavoro qui ormai da diversi anni e nonostante i buoni risultati, a parte piccoli scatti e innumerevoli contentini, non sono riuscita a ottenere una vera crescita in termini di ruolo e di stipendio. Per farla breve, non sono mai diventata manager come avrei voluto.

Così, dopo essermene lamentata abbondantemente con Valeria, probabilmente più del dovuto, lei si è sentita di darmi il seguente consiglio: «Fatti assegnare un progetto importante, portalo a casa con successo e dimostra al tuo capo che sei una persona su cui investire».

Più facile a dirsi che a farsi.

Solitamente Giancarlo assegna tutti i progetti importanti ad Antonio, con cui ha un inspiegabile rapporto privilegiato. Il nostro collega e amico Lorenzo ha sviluppato questa teoria secondo la quale lui potrebbe essere il suo figlio illegittimo.

Lorenzo, al contrario di noi, è arrivato in agenzia solo un paio di anni fa, ma l'abbiamo immediatamente preso sotto la nostra ala protettrice proprio a causa di queste sue affermazioni tra l'esilarante e il rischio costante di querela. È scappato dal settore della moda perché a suo avviso lo pagavano troppo poco per potersi vestire come richiesto, un'equazione tanto vera quanto spietata.

Secondo Claudia non si tratta di rapporti di sangue, ma il solo fatto che Antonio sia maschio e abbia una calvizie incipiente è di aiuto: ritiene lo faccia sembrare più adulto di quello che è in realtà, e quindi automaticamente più meritevole di ottenere incarichi di responsabilità. Una teoria che mi sento di avallare a mia volta, anche se non posso fare a meno di domandarmi se denigrare qualcuno per la sua calvizie sia o no bodyshaming.

Devo ricordarmi di chiederlo a mia sorella Micol. Lei, avendo solo ventitré anni, è aggiornata su questi temi caldi, cui le nuove generazioni sono molto sensibili.

Intanto, presa dai miei pensieri, non mi rendo subito conto di quello che Antonio sta provando a dirmi.

Ci metto un po' a registrare l'informazione. Credo di averlo anche fissato con aria imbambolata, costringendolo a ripeterla una seconda volta.

«Dicevo che Giancarlo mi ha chiesto di gestire il "progetto confidenziale", ma non ho ancora formato la mia squadra di lavoro. Mi piacerebbe che ne facessi parte, se hai voglia di investirci il tempo che sarà necessario. Ovviamente, non serve neanche che te lo dica, è un qualcosa che richiederà un extra effort.»

«Ovviamente. Un extra effort», ripeto con scarsa consapevolezza di quello che sto dicendo, cercando ancora di incamerare la notizia. «Sì, volentieri, grazie per aver pensato a me.»

* * *

«Grazie per aver pensato a me? Ma sei cretina?»

Ad apostrofarmi così è Lorenzo.

Siamo con Claudia al bar vicino all'ufficio dove noi tre siamo soliti fissare tutte le nostre riunioni di emergenza, ovvero quelle in cui facciamo brainstorming degli affaracci nostri. Quella di oggi, nelle nostre pubblicissime agende, a beneficio di eventuali colleghi che potrebbero chiedersi che fine abbiamo fatto, si chiama "Cascade International Meeting".

Il nostro bar è distante dall'ufficio quanto basta per arrivarci in fretta e al contempo abbassare drasticamente le probabilità di essere beccati.

«La fai facile tu. Cos'altro avrei potuto dire? "No Antonio, il solo pensiero di lavorare con te al progetto che avrei voluto gestire io, affinché tu possa poi prenderti tutti i meriti del suo eventuale successo, presenta delle inquietanti similitudini con la dolorosa seppur necessaria pratica della ceretta inguinale"? Ti ricordo che sul mio curriculum c'è scritto che adoro lavorare in team.»

«Vabbè, ma quella è una palese menzogna, nessuno adora lavorare in team, tranne chi fa lavorare il team al posto suo.»

A fornirci questa perla di saggezza dall'alto della sua esperienza è, ovviamente, Claudia.

«Sì okay, ma a parte quello», insiste Lorenzo. «Martina deve iniziare a tirare fuori gli artigli, altrimenti quelli come Antonio continueranno sempre ad approfittarsi di lei.»

«Lorenzo, come al solito non capisci un cazzo», interviene Claudia. «Martina deve mostrarsi disponibile con Antonio in questa fase, per poi aspettare il momento opportuno per girare la cosa a suo favore.»

Vorrei dire la mia, dato che si parla di me, ma mi limito a fissarli rassegnata.

Com'è che tutti tranne me sembrano sempre sapere cosa dovrei fare?

Come ci sono finita in questa situazione, a bere un caffè in un bar del centro di Milano con un rapporto qualità-prezzo che rasenta la denuncia, e per di più decaffeinato – perché su «Pianeta Mamma» dicono che la caffeina è nemica della fertilità –, con questi due che litigano su come dovrei comportarmi manco fossero i miei genitori?

Non lo so nemmeno io.

Una cosa invece la so per certo: sono terribilmente stanca. Per lo più stanca di questa costante sensazione di non avere mai davvero in mano la mia vita.

Lavoro tanto, faccio il possibile e a volte anche l'impossibile per ottenere qualcosa, e quel qualcosa continua a sfuggirmi. Quando ero giovane e ingenua mi ero prefissata diversi obiettivi per questa fase della mia vita: pensavo di sposarmi, avere dei figli, fare carriera, comprare un appartamento, e non dico che speravo di centrarli proprio tutti, ma neanche nemmeno uno.

Ho trentaquattro anni, uno in più di quelli che sono stati concessi a Gesù Cristo, e stando così le cose una crocifissione non mi sembra dopotutto un'idea così malvagia. A patto, ovviamente, che possa mettere davvero fine alle mie sofferenze e non mi faccia risorgere dopo tre giorni.

Quella a casa mia si chiama truffa, non miracolo.

Non mi ritengo un'illusa, non ho mai pensato che quanto desideravo potesse arrivare senza faticare, ma nessuno mi ha mai messa in guardia sul fatto che tutta quella fatica non sarebbe bastata. Pensavo che fosse sufficiente fare il mio dovere: laurearmi, trovare un lavoro, innamorarmi, superare una tragica rottura sentimentale, innamorarmi di nuovo, con che coraggio non lo so neanch'io.

E allora dov'è il mio premio?

Dov'è la vita che sognavo da bambina, anzi, peggio, che davo per scontato si sarebbe verificata?

Sono tecnicamente un'adulta, e i ragazzini che mi urtano con gli zaini in metropolitana mi dicono "Scusi signora", ma non mi sento neanche lontanamente tale.

La verità è che non penso di essere né giovane, né cresciuta.

Sono un'adulta a metà, una specie di fantasma bloccato in un sadico limbo che non mi permette di andare avanti, ma da cui non è possibile nemmeno tornare indietro.

Tornare indietro poi, a che pro?

Non credo di aver sbagliato nulla, sono sicura che rifarei le stesse scelte che mi hanno portata fin qui. Anzi, qualora scegliessi strade diverse ai bivi che ho incontrato finora, scommettiamo che mi ritroverei comunque a questo punto?

Ferma, impantanata.

Se i miei genitori mi ascoltassero fare queste riflessioni probabilmente finirebbero per sminuirle. Loro la fanno sempre facile. Parlano da una posizione privilegiata, quella di chi è arrivato in fondo e ora può solo girarsi a contemplare tutto quello che ha realizzato.

Avranno pure i loro rimpianti, ma del resto non è un lusso anche quello?

# 3.
## ANNUIVA E ASSECONDAVA

Non ci contavo, ma sembrerebbe che questa giornata infernale stia volgendo finalmente al termine. Ho ridotto all'osso le mie ulteriori altre interazioni con Antonio, mentre Claudia e Lorenzo alla fine, come sempre, si sono rappacificati.

Aspetto che finiscano di lavorare scrollando Instagram a tempo perso.

"Quanto tempo libero ha la gente?" mi domando mentre vedo persone che intrecciano macramè, altre che restaurano mobili, c'è persino chi fa gli origami coi calzini.

Mi fanno ridere o imbestialire, a seconda dei giorni, quelle influencer che ti invitano a seguire la loro routine quotidiana fatta di pasti salutari, infinite sessioni di yoga che per me sarebbero una penitenza, meditazione e altre cose che mi rifiuto di comprendere. Tra tutte spicca senza dubbio il «gratitude journal», una specie di diario in cui scrivono le cose belle che succedono loro e per cui ringraziano felici qualcuno. Non so chi, immagino chiunque abbia permesso loro di condurre questa vita da privilegiate col tempo di scrivere poemi su un gratitude journal.

Forse sono io che ho poche cose di cui essere grata, o sono semplicemente una persona un po' arida. Mi duole ammettere, però, che ho anch'io una mania di questo tipo, seppure molto meno impegnativa. Non credo ne parlerei mai pubblicamente, probabilmente non ce n'è motivo alcuno, ma me ne vergogno un po'.

Ogni sera, prima di andare a dormire apro il cassetto del comodino ed estraggo un quaderno.

È un semplicissimo quaderno a quadretti, di quelli che si utilizzano a scuola, in ogni pagina ci sono all'incirca trenta quadratini, che ho tratteggiato io a matita.

Corrispondono ad altrettanti giorni del calendario, e ogni sera decido se annerire quello della giornata appena trascorsa o lasciarlo bianco. Quadretto bianco per una giornata serena, per certi aspetti addirittura felice, quadretto nero per una giornata da dimenticare.

Solo bianco e nero, risposta secca, non esistono vie di mezzo, o almeno io non sono capace di vederle. Sono le caselle che mi restituiscono il bilancio delle settimane appena trascorse.

Ho iniziato a fare questa cosa tantissimi anni fa, a scuola, durante una lezione di scienze più noiosa del solito. Sono sempre stata convinta che la noia sia la madre della creatività.

Da quel momento non ho più abbandonato questa abitudine – mi rendo conto, un po' bizzarra – che, come un rito solenne, compio ogni sera prima di addormentarmi.

Ogni sera da quando avevo tredici anni, cascasse il mondo.

Il quadratino odierno sarà sicuramente nero come la pece.

Claudia chiude il computer e mi fa cenno di alzarmi, Lorenzo si accoda dietro di noi.

Usciamo dall'ufficio tutti e tre insieme, ma non ho voglia di prendere la metro con loro, per oggi ne ho abbastanza. Annuncio che preferisco fare due passi e mi avvio a piedi verso casa mia. È una camminata bella lunga, ma alla voce «sensi di colpa da assenza di palestra» l'annovero come sport.

Prima però mi fermo alla farmacia vicino all'ufficio per comprare il solito mix di integratori che la ginecologa mi ha prescritto ormai parecchi mesi fa e che io assumo con costanza e maniacale precisione sperando in una qualche forma di miracolo. Aggiungo anche una crema mani, solo perché prima me le guardavo e notavo che sono in condizioni pietose, e non so come il conto arriva a settantatré euro e cinquanta.

Va così ogni mese.

"Potrei finire per comprarmelo, questo bambino", penso

mentre allungo il bancomat alla farmacista. "Alla fine spenderei meno."

Prossima frontiera di Amazon Prime? Fossi in Jeff Bezos ci penserei. Altro che turismo spaziale.

Ho appurato che l'inositolo, un integratore che dovrebbe regolarizzare la vita dell'ovaio, è il nuovo oro nero. Qualcuno da qualche parte si sta arricchendo con le nostre frustrazioni: chissà se riesce a dormire la notte?

Devo anche assumere la vitamina D, che nel mio caso a quanto pare risulta un po' bassina; strano, vivendo a Milano invece che ai Caraibi. Infine c'è l'acido folico, i cui benefici, da quanto ho capito, sono normalmente trascurabili per una donna adulta, ma la sua assunzione diventa fondamentale dal momento in cui ci si sente pronte a riprodursi, perché previene eventuali malformazioni del feto. È una specie di assicurazione sul futuro che trovo particolarmente simbolica del concetto stesso di maternità. Non hai ancora neanche concepito e ti chiedono subito di fare qualcosa esclusivamente per il bene di qualcun altro.

Lo fanno per abituarti, così poi, quando ti ritrovi a dover far passare una testa dalla tua vagina, hai già l'approccio mentale giusto.

Uscendo dalla farmacia tengo la porta aperta a questa ragazza che sta entrando, o forse dovrei dire donna, dato che avrà più o meno la mia età. Non posso fare a meno di notare che sfoggia una discreta pancia, una di quelle non ancora fastidiosamente invalidanti. Il mio occhio ormai allenatissimo mi dice che sarà all'incirca al quinto mese, settimana più, settimana meno.

Sbaglio o negli ultimi tempi sono aumentate le gravidanze?

Non si parlava di denatalità, crisi demografica, lento e inesorabile invecchiamento della popolazione?

Diversamente dal cambiamento climatico, alla fine erano tutti spauracchi?

Sono letteralmente circondata da donne incinte, è tutta una costante esplosione di pance: in ufficio, dall'estetista, al supermercato, sui social.

Ah, soprattutto sui social.

Non sono certo di aiuto in questa faccenda. Agiscono da amplificatore di quello che ormai ha tutte le caratteristiche di un vero e proprio conflitto sociale.

Indipendentemente dal contesto, mi capita spesso di leggere nelle diatribe online la seguente affermazione: Tu non sei mamma, non puoi capire.

Mi manda ai matti questa frase.

Come se il solo fatto di essere madre ti collocasse al di sopra di ogni giudizio, come se le parole di una madre avessero più peso di quelle di chi non lo è, come se noi altre fossimo delle donne incomplete, che non sanno niente del mondo e per questo non possono esprimere un'opinione.

La maternità appare ai nostri occhi di donne che cercano faticosamente di avere un figlio come un elitario circolo privato che non ci vuole tra i suoi membri.

Sembra si siano messe tutte d'accordo e abbiano organizzato una gigantesca orgia a scopo procreativo da cui mi hanno volutamente esclusa.

Valeria sostiene che io sia pazza e che sia tutto nella mia testa, ma io sono sicura di riconoscere in tutte loro uno sguardo compiaciuto, un sorrisetto di scherno.

Ci avete fatto caso che stanno sempre lì ad accarezzarsi quelle pance? Non lo fanno per loro stesse e neanche per il sangue del loro sangue, lo fanno per te, per attirare la tua attenzione. Sono come quelle che ricevono la proposta di matrimonio e poi infilano la mano brillocco-munita in ogni angolo del loro Instagram, caso mai non l'avessi ancora notata.

In quest'epoca di bassa fertilità, dovuta probabilmente al fatto che lavoriamo come delle povere schiave e il massimo del relax che ci concediamo è una passeggiata tra le corsie dell'Esselunga a leggere gli ingredienti degli yogurt per trovare quello con meno zuccheri, la pancia da gravidanza è diventata lo status symbol definitivo a cui ambire, le capacità procreative l'ennesima caratteristica da invidiare alla privilegiata di turno.

Se non è così, come si spiegano allora le migliaia di foto

con la pancia di fuori a cui ci sottopongono ultimamente le varie celebrity, non ultima Rihanna?

Non è una questione di body positivity, ve lo dico, è ostentazione.

Tu a volte le guardi sconsolata, queste campionesse della riproduzione, e vorresti solo dire loro: "Tu sei mamma, non puoi capire".

Okay, sto esagerando, probabilmente ha ragione Valeria e sono ormai completamente uscita di testa, ma non è colpa mia. L'argomento mi triggera, come dicono i giovani. Mi infastidisce terribilmente, come dice invece la gente normale.

Come se non bastasse, per nutrire al meglio la mia ansia da prestazione, non appena ho compiuto trent'anni ho iniziato a ricevere un sacco di domande e commenti non richiesti sul tema maternità dalle persone più insospettabili.

Chiunque mi ha domandato se e quando avrò intenzione di fare un figlio.

La scorsa settimana è toccato anche alla mia parrucchiera. Inizialmente speravo di aver capito male, c'era il phon a tutto volume, le ho dovuto chiedere di ripetere. I parrucchieri, dopo i ginecologi, sono un'altra di quelle categorie professionali che inspiegabilmente desidera chiacchierare nonostante manchino palesemente le condizioni.

Comunque, sono tutte domande che capisco essere poste in buona fede, ma che reputo francamente invadenti e maleducate, e a cui mi piacerebbe rispondere in maniera arguta, ma sono troppo pavida o beneducata per tirare fuori le parole giuste e finisco sempre per annuire e assecondare.

Annuiva e assecondava.

Potrebbero scriverlo sulla mia lapide.

Quando stai cercando di avere un figlio, l'appuntamento con le mestruazioni, mensile nel caso della maggior parte delle donne, occasionale quando si tratta del mio utero, è comunque sempre un giorno drammatico. Al solito pacchetto di disturbi fisici semi-invalidanti, fame insaziabile, voglia di picchiare qualcuno, desiderio di coprire tutti gli specchi di casa perché ci si reputa piacenti come Fiona la fidanzata di Shrek, adesso si aggiunge anche la bruciante sensazione del fallimento.

Hai passato settimane a cercare di individuare quella breve, fugace, rarissima, minuscola finestra temporale in cui il tuo corpo rilascia un ovulo potenzialmente fecondabile.

Hai mangiato in modo equilibrato, hai assunto quotidianamente costosissimi integratori.

E non è mica tutto. Non tocchi un caffè da mesi, hai bevuto tanta acqua e ti sei concessa pochissimo alcol.

Dato che non c'è mai veramente limite al peggio, ti sei persino ridotta a fare yoga.

Eppure eccola qui la beffa mensile, quella macchia di sangue sugli slip il cui unico vantaggio è farti risparmiare la spesa superflua dell'ennesimo test di gravidanza.

Passato il primo momento di shock, fai quello che fanno tutte le donne intelligenti: inizi a incolparti.

Pensi che forse hai lavorato troppo, fatto troppa vita sociale, ti sei strapazzata.

Non avresti dovuto prendere tutti quegli aerei, men che meno mangiare da McDonald's in aeroporto. Cosa pensavi? Di avere forse quattordici anni?

Ma no, la signora doveva fare i weekend nelle capitali europee.

Ti sei stressata e lo stress si sa, non fa bene alla qualità del materiale ovocitario, lo hai letto anche su «periodofertile.it».

Ma quanto cazzo è stressante provare a non stressarsi?

Io comincio a pensare seriamente che ci sia qualcosa che non va in me, di avere qualche difetto genetico.

Forse sono come la giraffa dal collo corto, quella inadatta all'evoluzione di cui leggevo sui libri di scienze delle medie. Povera giraffa, non meritavi l'estinzione, qualcuno avrebbe dovuto aiutarti, passarti le foglie più alte che non riuscivi a raggiungere da sola col tuo collo inadeguato.

Così, uscita dalla farmacia, mentre cammino verso casa mi accorgo che, a causa della troppa empatia con le giraffe di Lamarck e Darwin, ho gli occhi lucidi, e non servono gli sguardi preoccupati della gente che incontro a rendermi consapevole del fatto che, sì, questo è probabilmente il punto più basso mai raggiunto dal genere umano.

Vorrei chiamare di nuovo Valeria, dovrebbe essere uscita dal lavoro anche lei, ma da quando ha avuto la malaugurata idea di riprodursi con facilità oltre che con successo, a quest'ora non mi risponde mai.

Credo sia perché è impegnata con il temibile triathlon bagnetto-cena-nanna: un'attività che, malgrado il mio stato d'animo attuale, non le invidio affatto. Forse meglio così. Dovrei anche dirle di Antonio e del "progetto confidenziale" e francamente, memore dell'esperienza con Claudia e Lorenzo, non ho nessuna voglia di sentire l'ennesima persona spiegarmi per filo e per segno cosa sto sbagliando con la mia vita.

Di solito, quando sono in questa situazione, non mi resta che telefonare a mia sorella Micol.

Giovane, spensierata, studentessa a tempo perso mantenuta dai miei genitori, mia sorella minore conduce la vita dei miei sogni, e ciò mi procura un diritto inalienabile alla lagna.

Tra noi ci sono ben undici anni di differenza, lei dev'essere stata la classica figlia dell'«adesso o mai più».

Non sono mai stata gelosa di lei, ero troppo grande e presa da altri più ingenti problemi, tipo dover imparare a suonare il flauto dolce e l'assenza di un fidanzato, non necessariamente in quest'ordine, però è stato parecchio strano per me passare tanti anni come figlia unica e poi improvvisamente avere qualcun altro con cui dividere i miei genitori, la nostra casa e la nostra vita. Solo adesso mi rendo conto quanto sia fortunata ad averla nella mia vita, che privilegio enorme sia avere un fratello e una sorella; perché nessun amico, neppure il più intimo, ti capirà mai alla stessa maniera.

Dev'esserci necessariamente un qualche imprinting genetico, altrimenti non si spiega come facciano ad andare d'accordo due persone così diverse come me e lei. Io sono ordinata, metodica, molto introversa, spesso caustica nelle mie opinioni su chi mi circonda. Lei è una palla di caos ambulante che non sa stare da sola e che vede solo il lato positivo della vita e delle persone, come una specie di Pollyanna sotto psicofarmaci.

Inoltre, a renderci potenzialmente molto distanti, c'è anche un forte divario generazionale.

La sua è quella che i sociologi chiamano «Generazione Z», dove secondo me la Z sta per Zorro, dato che non saprei trovare etichetta più calzante per questo gruppo di virtuosissimi giustizieri mascherati da un'identità virtuale.

Quelli della Gen Z, diversamente da noi, sono nati e cresciuti su internet, e questo da una parte li ha resi competitivi sul lavoro come nessun altro prima, tipo che sanno cosa sia il Cloud e sono pure capaci di usarlo, dall'altra questa cosa ha devastato le loro capacità di interazione nel mondo offline, conosciuto anche come «la vita vera».

Conducono molteplici battaglie a mezzo social, alcune pure lodevoli come la sostenibilità ambientale o la difesa della parità dei sessi, finendo però per indignarsi per qualunque minuzia e definendo «tossici» i comportamenti normali della stragrande maggioranza delle persone, inclusi i miei. Professano con veemenza l'importanza della diversity e dell'inclusione e poi vanno su TikTok a deridere quelle della mia età, ree, a sentir loro, di indossare ancora gli skinny jeans e portare la riga dei capelli da una parte. Lo so perché mia sorella mi ha mandato tempo fa un video che doveva farmi ridere e chiaramente non ho riso. Quella sera, però, dopo lo shampoo ho spostato la riga in mezzo; tanto negli skinny non c'entro più da almeno una decina di anni.

In controtendenza con le abitudini dei suoi coetanei, che non parlano mai al telefono e comunicano al massimo tramite messaggi vocali su WhatsApp, Micol oggi fa il grave errore di rispondermi immediatamente.

Comincio a sospettare di aver raggiunto quell'età per cui si rende reperibile esclusivamente perché nutre il terrore che mi sia successo qualcosa di grave.

Quale sarà il prossimo passo? Mettermi sul telefono un'app che funziona tipo il Salvalavita Beghelli?

Decido di non pormi troppi interrogativi e approfitto della sua attenzione per farle una serie di brevi domande fintamente interessate alla sua vita, per poi raggiungere il mio vero scopo, ossia attaccarle il pippone sulla disperazione della mia condizione.

Questa volta, però, la sua reazione mi stupisce, e non in positivo, dato che con lo stesso tono disinvolto di chi ti domanda cosa vuoi mangiare per cena mi propone di rivolgermi a una cartomante.

Lo dice con estrema tranquillità, come se fosse una cosa normale.

Per un attimo penso che mi stia prendendo in giro, o forse è l'ennesimo trend su TikTok di cui non sono a conoscenza, cosa che non mi stupirebbe affatto.

Invece, a quanto pare, parla proprio di una cartomante in carne e ossa.

«Si chiama Deborah, è bravissima. Sta ai Castelli. Ci vanno tutte le mie amiche.»

«Scusa, Micol, ho capito bene? Le tue amiche vanno fino ai Castelli per farsi fare le carte da tale Deborah?»

«No, non serve andare fino a lì!» ribatte come se fossi scema. «Cioè inizialmente serviva», si sente di precisare. «Ma da qualche anno ha iniziato a fare tutto anche al telefono, che è oggettivamente molto più comodo.»

Oggettivamente.

Chissà se i miei genitori sono consapevoli che è così che spende i loro soldi, perché figurati se le telefonate con Cloris La Zingara le fanno solo le sue amiche.

«Allora vuoi che ti passi il contatto?» mi chiede speranzosa.

«No, scusa devo andare, ho Gabriele che prova a chiamarmi», mento, riattaccando velocemente.

Parlare con mia sorella è stato più sconvolgente del previsto, ma devo dire è in parte servito al suo scopo: mi sono tirata su.

Ottime notizie, non sono messa poi così male come credevo.

Resta però inalterata la mia profonda convinzione che il pianeta starà pure andando a rotoli, ma di certo non sarà la sua generazione a salvarci le chiappe a tutti.

## 4.
### DOVE TI VEDI TRA CINQUE ANNI?

Figuriamoci se Gabriele mi chiama a quest'ora.

In generale è uno che chiama molto poco, soprattutto quando è molto preso dal lavoro, e lui è sempre molto preso dal lavoro.

Infatti non è ancora rientrato. Attraverso il cortile del palazzo, notando che il suo posto bici è ancora vuoto. Alzo la testa verso le finestre della nostra abitazione e vedo che le luci sono tutte spente. Farà tardi in ufficio anche oggi.

Salgo qualche rampa di scale a piedi illudendomi che anche questa attività possa sostituire la palestra, speranza ovviamente vana. Entrando in casa mi tolgo immediatamente le scarpe, al fine di espandere il più possibile l'intervallo temporale tra la scorsa e la successiva passata di straccio, e posiziono il sacchetto della farmacia sul piccolo mobile all'ingresso.

Be', definirlo mobile è particolarmente lusinghiero, visto quanto è malandato.

Credo che in origine non fosse stato neanche pensato per questo utilizzo, immagino fosse una specie di comodino.

Gabriele e io lo abbiamo recuperato diversi anni fa, durante la nostra fase "arrediamo casa con piccoli tesori scovati nei mercatini dell'antiquariato". Ovviamente la fase era più mia che sua, lui si limitava a darmi retta perché era innamorato come solo un uomo che ti conosce da meno di un anno è capace di essere.

Purtroppo, però, visto che eravamo troppo poveri persino per l'IKEA, figuriamoci per l'antiquariato, ci dedicavamo a prelevare dai marciapiedi i cosiddetti «rifiuti ingombranti», ossia quelli in attesa del ritiro programmato, godendo di quell'impunità morale che è possibile soltanto a vent'anni, quando sottrarre alla discarica un comodino tarlato è ancora definibile *bohémien* e non comporta invece, come dovrebbe, l'intervento dei servizi sociali.

Avremmo potuto chiedere dei soldi ai nostri genitori: qualche mobile decente ce lo avrebbero comprato più che volentieri. Ricordo che la mamma di Gabriele, la prima e unica volta che mise piede in casa nostra, al suo «Che ne pensi, mamma?» rispose senza mezzi termini e senza attenzione alcuna per la diversity: «Mi sembra un campo nomadi».

La verità è che ho sempre pensato non valesse la pena farci aiutare, perché nella mia testa quella casa era solo provvisoria, destinata cioè a essere presto sostituita con un'abitazione di un altro livello, più grande, più bella, magari di proprietà e non più in affitto, arredata con semplicità ma con gusto.

Una casa in cui i due ragazzini sarebbero diventati finalmente grandi.

E invece il tempo è passato, siamo cresciuti ma siamo ancora qui. I mobili non li cambiamo perché continuiamo a dirci che non vale la pena, che è meglio risparmiare in vista del futuro, ma il futuro di sei anni fa si è trasformato nel presente di oggi, e continuiamo a spostare in avanti il momento in cui ci toccherà fare i conti con tutto quello che ci eravamo prefissati.

Credo che questa sia solo una delle tante sfaccettature del nostro essere degli adulti a metà.

Sotto sotto ci piace questo precariato a tempo indeterminato, questo dirci "oggi siamo qui domani chissà, magari siamo a New York".

Solo che gli anni passano e noi a New York non ci andiamo mai, manco in vacanza, quindi, esattamente, perché ce la stiamo raccontando?

Stremata dalla giornata appena trascorsa mi stendo sul divano, buttando un occhio all'ora sul display del telefono: sono già le 19.30.

Gabriele non rientra mai prima delle otto, talvolta anche le nove.

Lavora molto, a mio avviso anche troppo, considerato il fatto che nonostante tutta questa profusione occupazionale non siamo ancora diventati miliardari. È revisore contabile in una di quelle celebri società di consulenza che si chiamano coi cognomi anglofoni dei fondatori, persone che decisamente non mi sento di ringraziare.

La sua è un tipo di carriera in cui sono cascati molti miei coetanei, dato che quando ci siamo affacciati al mondo del lavoro era una delle poche a garantirti una retribuzione più che decente unita a un pacchetto di benefit non trascurabili: telefono, auto aziendale, assicurazione medica, viaggi in taxi, pranzi e cene, tutto pagato.

In cambio non chiedevano molto, volevano soltanto la tua anima.

Lui ha fatto il grave errore di servirgliela su un piatto d'argento; quando è arrivato il mio turno, invece, complice quello che grazie a lui avevo sotto gli occhi ogni giorno, me ne sono ben guardata.

L'anno scorso ho fatto un colloquio per uno di questi posti, non so neanch'io perché.

Ammetto di fare spesso colloqui, è un po' il mio sport. C'è chi corre, io parlo coi recruiter.

Ecco, credo che quella sia stata l'unica volta in cui mi sono deliberatamente autosabotata.

Non è stato il mio colloquio più assurdo, però. Un'altra volta il recruiter prima mi ha detto che era interessato al mio profilo, arrivando anche a chiedermi delle disponibilità per un incontro, e poi è sparito. Ho aspettato un po' e poi gli ho mandato perplessa dei messaggi per qualche giorno, a cui lui non si è mai degnato di rispondere.

Ne ho parlato con Valeria, che era basita almeno quanto me e mi ha consigliato di lasciar perdere. È stata la cosa più vicina al ghosting che abbia mai sperimentato in prima persona.

Mia sorella definirebbe questo comportamento «tossico».

Invidio non poco questa dedizione che Gabriele nutre

nei confronti del suo lavoro: non sembra minimamente pesargli.

Chissà se era questa la vita che voleva per sé, chissà cosa voleva fare da grande quando era bambino?

Ora che ci penso, non gliel'ho mai chiesto. Dubito, però, si trattasse dei PowerPoint e degli Excel.

O magari sì? A volte certe domande è meglio tenersele per sé.

Io a fare il mio, di lavoro, ci sono finita, come la maggior parte della gente, completamente per caso. Mi offrivano un contratto di poco sopra la soglia della decenza e ho pensato fosse un'occasione irripetibile. Non avevo tutti i torti, considerato che dopo pochi anni me l'hanno trasformato in un indeterminato, una specie di chimera per la mia martoriata generazione.

Così quell'agenzia pubblicitaria di medie dimensioni, che nel frattempo è entrata a far parte di un grande gruppo internazionale, si è trasformata in una gabbia dorata da cui sarei stata pazza ad allontanarmi.

Il fatto, però, che non sia riuscita a fare nessun percorso di carriera degno di questo nome e che sia praticamente ferma nel ruolo che avevo quando ho cominciato è un qualcosa di cui mi vergogno profondamente e che piano piano mi ha portata a disaffezionarmi al lavoro.

Mi mettono molto a disagio i miei ex compagni di università, che già all'epoca si atteggiavano a grandi dirigenti e che oggi sono tutti influencer di LinkedIn. Li vedo scrivere costantemente cose a caso in un inglese stentato tipo *Great project, Amazing team, + 100% year on year.*

Ma che cosa vuoi che me ne freghi, Pier Roberto?

Chiaramente sono circondata, perché da Roma si sono via via trasferiti tutti a Milano.

Questa città è il posto ideale per soggetti del genere, c'è il terreno fertile per farli proliferare. Prima o poi ci arrivano tutti, è matematico. Milano li attrae, come una specie di calamita, pieni come sono di cieco ottimismo nei confronti del futuro.

Priva di qualunque fiducia nel domani, io invece a Milano

ci sono arrivata decisamente controvoglia, sempre per quel discorso del dover fare le cose che vanno fatte, anche quando ci sembrano faticose.

La Milano di allora non era certo la città che abbiamo sotto gli occhi oggi. All'epoca trasferirsi qui per un romano era una punizione, equivaleva a essere mandati al confino, come quei prigionieri inglesi che scontavano la condanna penale agli antipodi, in Australia.

Si fa presto a dire oggi "che bella la baia di Sydney", pensate cosa doveva essere a metà diciannovesimo secolo, nella migliore delle ipotesi una palude.

Milano è stata senza dubbio la mia, di palude, climaticamente e metaforicamente.

Climaticamente perché è una specie di gabbia di umidità e zanzare da cui persino la nebbia a un certo punto ha deciso di dileguarsi, metaforicamente perché è cominciato qui il mio impantanamento.

È una città difficile per chi viene da fuori: si lavora tanto, si guadagna poco e quel poco basta a malapena per pagare l'affitto.

Di Milano ancora oggi mi colpisce il fatto che chiunque ti incontri per la prima volta ti chiede sempre di cosa ti occupi, cosa fai per campare. Non è solo curiosità, hanno bisogno di inquadrarti, capire che posto occupi nella bizzarra gerarchia sociale di questa città.

Quando mi trovo in queste situazioni, ammetto di invidiare un pochino gli influencer di LinkedIn e le loro skills di personal branding, la loro capacità di valorizzarsi, la loro profonda convinzione di essere talentuosi, unici e speciali, il loro non rendersi conto che siamo tutti degli automi che fissano tabelle di dati cercando di non perdere troppe diottrie.

Vorrei dire che quando ho conosciuto Gabriele non mi abbia chiesto del mio lavoro.

Invece a un certo punto più che a un festa di Halloween sembrava di stare a un colloquio, mancava solo il "Dove ti vedi tra cinque anni?".

Avrei voluto rispondere: "Ovunque, ma non qui".

Lo ammetto: l'avessi trovato meno affascinante, sarei probabilmente scappata.

Invece, fortunatamente per me, gli ho dato spago e ho scoperto che dietro tutto quel parlare di lavoro c'era solo un ragazzo timido che non sapeva come rompere il ghiaccio.

Mi ricordo che mi sono avvicinata io a lui, provocandolo come solo l'aver ingerito troppo alcol mi mette in condizioni di fare.

«Perché non ti sei mascherato?» gli ho chiesto parlando dall'alto di un discutibile travestimento da Crudelia De Mon realizzato con una pelliccia sintetica bianca comprata il giorno stesso da H&M su cui avevo disegnato dei pallini neri con l'Uniposca. Di horror c'era solo il risultato.

«*Sono* mascherato. Sono Steve Jobs», mi aveva detto indicando il suo dolcevita nero, i capelli all'epoca solo leggermente brizzolati, che portava parecchio più corti di adesso, gli occhiali stondati senza lenti graduate, indossati solo per entrare nel personaggio.

«Ma Steve Jobs non è un cattivo, non è un personaggio da Halloween», gli avevo fatto notare leggermente confusa.

«Be', tecnicamente se fosse qui oggi sarebbe un fantasma», mi aveva risposto lui.

Complice tutto l'alcol che avevo in corpo, la trovai un'uscita geniale.

Era brillante, Gabriele, aveva quel tipo di intelligenza di chi è talmente sicuro di sé da non aver bisogno di prendersi troppo sul serio.

Il genere di uomo per cui impazzisco.

Dopo la festa mi ha riaccompagnata a casa e siamo rimasti a lungo a chiacchierare davanti al mio portone. Se non fai salire un estraneo a casa tua a Milano non è tanto per integrità morale o per paura possa rivelarsi un serial killer, quanto perché ti vergogni della catapecchia in cui vivi.

La situazione abitativa di questa città è decisamente drammatica.

Chiunque si trasferisca qui per lavoro ha davanti a sé due alternative: andare in un fatiscente appartamento in condivisione con altri poveri disperati, oppure usare il grosso del proprio stipendio per pagare l'affitto di un altrettanto fatiscente buco in periferia.

Io, per non farmi mancare nulla, vanto sul curriculum entrambe le esperienze.

Quando ho conosciuto Gabriele abitavo già nel mio monolocale da settecento euro al mese, spese incluse. Mi sembrava una cifra altissima, invece oggi quel prezzo in quella zona sarebbe considerato un vero affare.

Vedi Expo quanto ci ha dato, oltre alla coda per il padiglione del Giappone?

Il mio monolocale faceva schifo, non ci sono mezzi termini per dirlo, però mi piaceva.

Le cose che puoi permetterti finiscono sempre per piacerti.

Lo avevo trovato su un sito di annunci immobiliari che tra le varie cose ha il vantaggio di farti evidenziare l'area in cui vuoi vivere, o meglio quella in cui non vorresti vivere mai, così sei sicuro che escano solo annunci compatibili con il tuo budget.

«Centralissimo» di solito significa ad almeno quindici fermate di metro e un cambio di linea dal Duomo, mentre con «luminosissimo» si intende che è buio pesto tutto l'anno, tranne l'estate, in cui è solo leggermente più fresco di un girone dell'inferno dantesco. Quando scrivono «soluzione dinamica pensata per un giovane» intendono dire che mancano tutte quelle cose fondamentali che una persona veramente adulta non accetterebbe di non avere in una casa, tipo delle pareti che separano effettivamente il bagno, o un armadio che si possa aprire senza prima spostare il letto.

L'agente immobiliare che me lo aveva mostrato non aveva neanche fatto finta di provare a fare il suo lavoro. Si era presentato vestito come per andare a un funerale e mi aveva aperto la porta e accompagnata con aria annoiata in giro per il minuscolo appartamento, indicando con gesti svogliati le caratteristiche principali, e opportunamente sorvolando su tutte quelle mancanti: la lavatrice, il forno, il ripostiglio.

Consapevole che non avrei mai trovato di meglio, ho subito firmato la proposta senza neanche provare a negoziare il canone richiesto.

Le trattative sono per le persone arroganti, o per quelle ricche.

Due cose che troppo spesso finiscono per coincidere.

I minuscoli monolocali milanesi si somigliano tutti, ma ognuno è inabitabile a modo suo.

Sono sempre dotati di divano letto, il cui apri e chiudi quotidiano è un esercizio che dura esclusivamente per la prima settimana, poi chiunque voglia preservare la sua sanità mentale rinuncia; così il letto resta costantemente aperto, a privarti di quel minimo spazio vitale fornito in dotazione.

Indipendentemente da dove si collochi il divano, dormi praticamente in cucina.

Be', «dormi» è una parola grossa, dato che ho imparato a mie spese che il ronzio del frigorifero sembrerebbe non riconducibile al genere del rumore bianco.

Cucini il meno possibile, ma non perché sei la risposta italiana a Carrie Bradshaw, semplicemente perché la casa è ancora impregnata di un aroma non meglio identificato da quell'unica volta che hai avuto la malaugurata idea di preparare un pollo al curry.

Improvvisamente capisci a cosa sia dovuta la popolarità del costosissimo avocado tra quelli della tua generazione: è completamente inodore.

Ero una versione squattrinata di Holly Golightly, solo priva di gatto e di doti canore.

Come lei non compravo mobili, non perché volessi sentirmi libera e senza legami, ma perché non me li potevo permettere ed ero troppo orgogliosa per chiedere aiuto ai miei genitori.

Al piano di sopra non abitava un affascinante scrittore da ammaliare con la mia voce, bensì un anziano che viveva solo in duecento metri quadri calpestabili, che mi odiava e che mi accusava di qualunque cosa andasse storta in quel condominio: dalla posta non ritirata alla bici parcheggiata nel posto sbagliato, fino alla plastica buttata nella raccolta dell'umido.

Questa è una legge scientifica: basta la possibilità, anche piccola, di dar contro a una persona più giovane, ed ecco che l'anziano si trasforma subito in Greta Thunberg.

Il paradosso è che a questa vita di stenti ci sono approdata considerandola una vittoria, dato che appena arrivata a Milano, solo un anno prima, avevo optato per l'opzione più economica, scegliendo di condividere un appartamento con delle coinquiline.

Ne ho avute di brutte idee nella mia vita ma, posso assicurare, mai quanto questa.

Quando dividi casa con qualcuno scopri che tutte le persone, nessuna esclusa, hanno un sacco di peculiarità e stranezze. Probabilmente le hai anche tu a tua volta, ma è solo in quel contesto che riesci a rendertene conto per la prima volta.

La definirei una sorta di palestra di vita, un'esperienza formativa che dovrebbe essere, se non obbligatoria, quantomeno fortemente consigliata.

Un po' come sostengono quegli invasati che hanno fatto gli scout fino alla maggiore età e che credono che tutti dovrebbero farlo a loro volta. Io sono stata scout, resistendo al massimo un paio d'anni, ma mi sento comunque di poter affermare che le due esperienze siano abbastanza simili: in entrambi i casi hai freddo, dormi in posti scomodi, mangi decisamente male.

Delle case in condivisione che affittano agli studenti, o ai lavoratori che hanno paradossalmente peggiorato il loro potere d'acquisto, dovrebbe occuparsi la soprintendenza per i beni culturali, dato che si tratta di dimore storiche che non solo non hanno mai visto una ristrutturazione, ma spesso neanche una bella pulita.

Caratterizzate da piastrelle in stile casa della nonna in cui se ti cade un orecchino è perso per sempre, mobili che del legno hanno solo il colore, sanitari scrostati con rubinetterie risalenti al secolo scorso, solitamente vantano anche un impianto elettrico non a norma e degli elettrodomestici di saltuaria utilità.

Il proprietario di casa viene periodicamente interpellato dagli inquilini, che come dei questuanti invocano la sua misericordia, chiedendogli di comprare una lavatrice nuova, sostituire un tubo che perde, riparare le tapparelle. Allora il proprietario, mitologica figura irreperibile in qualunque giorno dell'anno che non sia quello in cui devi pagargli l'affitto, preferibilmente in nero, a quel punto appare, ma solo se invocato dall'antica formula: "Guardi che mio zio è avvocato".

Dopo aver eseguito un'ispezione sommaria del problema, reputa sempre che la lavatrice, regalata a sua mamma in occasione delle sue nozze, sia ancora perfettamente funzionante. "Gli elettrodomestici che vendono oggi non sono fatti per durare", afferma con aria nostalgica, prima di sparire per sempre.

Io vivevo in una casa così, con la differenza che la nostra lavatrice andava a pieno ritmo, dato che la figlia della nostra proprietaria di casa non solo abitava con noi occupando un'ambitissima camera singola affacciata sulla silenziosa corte interna, ma era anche una maniaca dell'ordine e della pulizia. Una specie di bizzarro incrocio tra la vecchina della pubblicità dell'Ace Gentile e Marie Kondo.

Io, non potendo ovviamente ambire al lusso di una camera singola, dividevo la stanza che affacciava sulla via in cui passava a più riprese il tram con una ragazza di origini pugliesi di nome Natalina, che però, per motivi a me ignoti, si faceva chiamare Natalie, tanto che inizialmente avevo pensato fosse francese.

Durante quel periodo mi è stato finalmente chiaro perché Virginia Woolf avesse scritto *Una stanza tutta per sé*. È verissimo che una donna deve avere soldi e una stanza tutta per sé, ma non per poter scrivere, anche solo per campare in santa pace.

La mia compagna di stanza, al contrario di me, mandava avanti una frizzantissima vita sociale, rincasando costantemente a orari indecorosi, con preferenza per le serate infrasettimanali.

Al mattino mi trascinavo al tavolo della cucina, cercavo una tazza che sembrasse quantomeno pulita e inzuppavo i biscotti nel latte. Gli occhi cerchiati, il sex appeal di uno zombi. Lei invece, nonostante le poche ore di sonno, in qualunque momento della giornata era sempre carichissima, energica, scattante, piena di quella che inizialmente pensavo fosse invidiabile voglia di vivere e ho scoperto solo mesi dopo trattarsi di cocaina.

Natalina era anche una ragazza piena di peculiari contraddizioni, per esempio millantava di essere vegana, però mangiava le uova per riprendersi da una colossale sbronza. Diceva di essere diventata buddhista, ma faceva da madrina alla cresima di suo cugino Francuzzo.

Ecco, la fase della spiritualità è stata forse quella che ha reso la nostra convivenza più ostica.

Vi assicuro che dividere la stanza con una che passa il tempo a urlare «*Nam Myoho Renge Kyo*» per risolvere i suoi problemi, ottenendo l'effetto opposto di causarne non pochi a chi la circonda, avrebbe messo a dura prova anche l'ecumenicità di papa Giovanni Paolo II.

Non solo, convivere con una persona che reputava lo zucchero veleno, ma assumeva regolarmente sostanze stupefacenti, è stato un esercizio di pazienza tale che avrebbero potuto eleggere me come nuovo Buddha.

Ho resistito all'incirca un anno, poi ho deciso che spendere quasi il mio intero stipendio per affittare un monolocale era diventata d'un tratto una prospettiva ben più allettante che mettere da parte due soldi e vivere in una casa in cui la persona più sana di mente si arrabbiava se non allineavo i flaconi di sapone nella doccia.

Inizialmente Natalie si è molto risentita per questa mia decisione, sfoggiando tutta la sua maturità nel non rivolgermi la parola per settimane, nonostante dividessimo la stessa stanza.

Poi, probabilmente per non inquinarsi il karma, quando

è arrivato il giorno del trasloco mi ha salutata abbracciandomi e rifilandomi un pacco di salumi e formaggi che sua mamma le aveva mandato da giù.

Quella sera ha pubblicato una mia foto sul suo Instagram.

Me l'aveva scattata a tradimento mentre ero di spalle. La caption recitava: Se vuoi veramente bene a qualcuno, devi lasciarlo andare.

Ho messo like.

## 5.
## DOV'È LA VITTORIA?

Nell'attesa che Gabriele rientri dal lavoro, potrei iniziare a mettere su la cena, e già che ci sono svuotare lo stendino su cui ho lanciato il bucato stamattina. Ma perché fare tutte queste cose quando posso buttarmi sul divano a scrollare i social? Sono forse mia mamma?

Detesto questo divano.

Lo abbiamo comprato usato e ogni volta che mi appoggio capisco perché qualcuno se ne sia sbarazzato. È terribilmente scomodo, e grazie a lui ho potuto comprendere che gli svedesi non sono neanche lontanamente degli artigiani della qualità.

La casa in cui viviamo abbiamo deciso di affittarla insieme, dopo quasi un annetto che frequentandoci ci ritrovavamo a passare il weekend a turno nei rispettivi monolocali, domandandoci quale dei due fosse il meno peggio.

Era una bella gara: il mio aveva il vicino di casa odiatore seriale, ma il suo vantava una deliziosa vista pattumiera.

Quando abbiamo finalmente ottenuto l'appartamento in cui siamo oggi, con due ambienti distinti, uno per il giorno e uno per la notte, ci è sembrato di aver vinto alla lotteria.

Certo, si tratta di due stanze minuscole, il bagno è cieco e non c'è nemmeno uno stanzino per le scope. Però ci sono delle adorabili ringhiere in ferro battuto che, seppur con molta fantasia, potrebbero trasmettere la sensazione di trovarsi a Parigi. Ci ho appeso delle fioriere, ma le margherite che ho ovviamente strapagato sono durate una settimana. Al loro posto troneggia qualche vasetto di erbe aromatiche, con la menta che prepotentemente ha scalzato tutte le altre, celando il cadavere del defunto basilico.

Trascorrere così tanti anni in questa casa è servito principalmente a farci realizzare quanto fosse piccola e claustrofobica. In questi anni la mia invidia sociale ha raggiunto picchi credo mai sperimentati prima.

Il peggio del peggio è stato quando, nella primavera del 2018, hanno rifatto la facciata e ci hanno chiusi dentro, senza neanche un filo d'aria, una cosa della cui legalità non sono ancora del tutto convinta.

Sono stati quattro lunghi mesi durissimi. L'assenza prolungata di luce e di aria pulita mi aveva trasformata in una specie di Gollum che ormai invidiava qualunque spazio vitale, anche il più micragnoso. Intanto il proprietario dell'ultimo piano si godeva la sua doppia esposizione e il suo terrazzo, lo stesso da cui un paio di anni dopo avrebbe fatto partire tutti i giorni, puntualmente alle ore diciotto, l'inno nazionale.

Dov'è la vittoria? Non lo so. Di certo non qui al primo piano.

Quello dei lavori della facciata è stato anche il periodo delle nostre più efferate litigate.

Penso spesso al fatto che la convivenza sia una faccenda strana, non dissimile dal matrimonio, ma a cui ci votiamo con maggiore scelleratezza, forse perché in cuor nostro la riteniamo meno vincolante.

Succede tutto velocemente.

Il giorno prima sei a casa tua, i piatti sporchi languono nel lavello per ore; il giorno dopo stai litigando con un estraneo, reo di aver fatto la medesima cosa.

Parliamoci chiaro: convivere significa darsi fastidio a vicenda, ma se continuiamo a farlo dai tempi delle caverne un motivo ci sarà. Quel motivo sono sicura che per alcuni si chiami amore, per altri divisione delle bollette.

Devi sempre sperare che la persona che ami sia convinta quanto te di appartenere al primo gruppo e non al secondo.

Ci sono dei giorni in cui sono felice di quello che stiamo costruendo, e poi ci sono altri momenti in cui la negatività prende il sopravvento e penso che Gabriele non mi stia mettendo realmente al primo posto, altrimenti non sarebbe così allergico al concetto di matrimonio, si impegnerebbe davvero per trovarci una casa degna di questo nome e magari eviterebbe di lavorare così tanto.

Non so. Forse non è la giornata giusta per questi pensieri.

Continuo a fissare le stories della gente su Instagram, e improvvisamente ritirare il bucato mi sembra un'idea di gran lunga preferibile.

Due miei ex compagni di classe si sposano, auguri. Un collega ha comprato casa, beato lui. Un'amica d'infanzia ha avuto un bambino, anzi sono due, gemelli. Chissà se ha fatto la fecondazione assistita, magari Valeria lo sa, devo ricordarmi di chiederglielo.

Toh, questo ha comprato un'altra casa, ma quanti cazzo di soldi ha?

Che fatica, la vita. Da quando si è trasformata in una specie di gara?

Se è così, allora io non l'ho persa, mi hanno direttamente squalificata.

Sento le chiavi girare nella toppa e Gabriele fa il suo ingresso in soggiorno.

Non indossa la cravatta, quindi oggi non è andato dal cliente, ma è stato in sede. Praticamente una vacanza per i suoi standard.

Sta parlando al telefono con qualcuno e sono certa che sia sua mamma. Me ne accorgo dal tono di voce e da quello che purtroppo gli sento scandire immediatamente dopo: «No, non lo so se veniamo a visitare l'eremo di Santa Caterina del Sasso con te, il papà e i vostri amici del burraco. Sì, sono sicuro che è bellissimo, ma avremmo altro da fare nel weekend».

Perché usa la prima persona plurale? Soprattutto, perché usa il condizionale?

Mi guarda alzando gli occhi al cielo.

«Vero, la nostra Italia è proprio bella. È una vergogna aver visto l'America e non aver girato abbastanza la Lombardia. È uno scandalo. Sì, ti prometto che se riusciamo veniamo, adesso lo dico a Martina che non vede l'ora. Me lo sta dicendo in questo momento.»

Gli rivolgo un gesto tanto volgare quanto eloquente.

«Ora ti saluto che dobbiamo cenare.»

Attacca sbuffando, rivolgendosi finalmente a me.

«Oh no, che ci fai spalmata sul divano? E io che pensavo di trovare la cena pronta!» mi dice con una vocetta fintamente delusa.

Sono faticose le serate in cui mi rendo conto di vivere con uno stand up comedian mancato.

«Ah, non dirlo a me. Io pensavo di sposarmi un milionario e non lavorare, fai tu», rispondo senza neanche provare ad alzarmi.

«Se ti sentisse tua sorella, cosa direbbe? Quando ti ho conosciuta millantavi di essere femminista», continua lui, mentre si toglie lo zaino del computer e l'impermeabile e li appoggia su una sedia in mancanza di un posto migliore. Questa convivenza è molto democratica: scomodi noi, scomodi tutti, anche gli oggetti.

«Non so quanto sia femminista lavorare come mio padre per poi dovermi occupare comunque di questa casa come mia madre. Credo che il vero femminismo sia questo, stare sul divano.»

«Possibile, però te lo dico. Se ordiniamo di nuovo le pizze invece di cucinare, io alle prossime analisi del sangue non mi presento, ho paura.»

Ridacchia. Si siede di fianco a me e mi afferra per le braccia costringendomi a tirarmi su. Mi stampa un bacio veloce al solo scopo di irretirmi.

«Senti, facciamo così: vado a farmi una doccia, tu almeno metti su l'acqua che appena esco preparo del riso in bianco.»

«Ahia, quando tiri fuori il menu ospedale Michelin vuol dire che non è stata una buona giornata neanche per te», gli dico preoccupata.

«Oh Dio, scusami, mi ero dimenticato!» Si stava alzando, ma torna a sedersi sul divano.

«Sei andata dalla dottoressa, oggi. Non mi racconti nulla? Che ha detto?»

«Lascia perdere, quello è il meno. Solite cose: ovulazione intracciabile, dobbiamo avere più rapporti possibile, almeno a giorni alterni – io te lo dico, mi rifiuto, sono già stanca. Il vero dramma è un altro. Indovina chi gestirà il segretissimo "progetto confidenziale"?»

«Deduco che non sarai tu.»

«Deduci bene. Quello stronzo di Antonio, ovviamente.»

«Ahia. Mi dispiace. Hai provato a protestare col tuo capo? A fare presente?»

«No, ma che senso avrebbe? Ormai è andata.»

Mi abbraccia tenendomi stretta. Vorrei dirgli qualcosa.

Che il punto non è né Antonio, né Giancarlo o il "progetto confidenziale", e non sono neanche le mie ovaie, o il fatto che l'idea del sesso meccanico e routinario di ginecologica prescrizione ormai mi procuri la nausea.

È un malessere diverso quello che mi affligge, più subdolo, qualcosa a cui neanch'io riesco a dare un nome.

È la paura non tanto del futuro, quanto del fatto di non vederlo neanche lontanamente, un futuro, del tempo che passa e che sento di aver sprecato, del fatto che tra qualche mese avrò trentacinque anni e al solo pensiero mi si stringe la gola e mi manca il respiro e vorrei urlare, ma sento di non avere sufficienti energie.

Non riesco a dirgli nulla, mi limito ad abbracciarlo a mia volta.

«Preparati. Metto su l'acqua.»

* * *

Più tardi sono a letto a guardare Netflix, mentre lui è ancora al tavolo della cucina che sistema alcune slide per la presentazione di domani. C'è sempre una presentazione l'indomani nella vita di Gabriele.

Dal canto mio sarà almeno un'ora che cerco di decidere cosa guardare, ma continuo a scorrere le locandine senza decidermi. Dovrebbero fare un abbonamento specifico per quelli come noi: cinque euro al mese per scrollare all'infinito.

Sarebbe conveniente, tanto alla fine non guardiamo mai niente.

Con un gesto annoiato, che ormai è diventato un automatismo, mi allungo a prendere il telefono che avevo messo in carica sul comodino e apro Instagram.

Una notifica mi segnala un nuovo messaggio privato.

È una risposta a una mia story in cui c'è una mia foto con l'espressione buffa, ma che ho palesemente pubblicato perché sono uscita bene e sembro sia figa sia divertita, il mix definitivo a cui ambisco in ogni mio scatto.

Il messaggio recita solo Ahahahah, seguito da un'emoji a forma di fuoco.

C'è solo una persona con questa scarsa proprietà di linguaggio.

Ciao Fabrizio, è un po' che non ti sento, come stai?

Fabrizio è il mio ex fidanzato. Ci siamo lasciati dieci anni fa, o meglio lui ha lasciato me, io non ero particolarmente d'accordo. Non che la cosa gli interessasse.

Ahahah bene, tu? risponde. Che c'avrà da ridere? Boh, beato lui.

Tutto bene grazie, mi hanno appena affidato un progetto di lavoro importante.

Mento, bluffo, ne esco bene. Che mi frega.

Perché abbia bisogno di mentire per fargli credere che la mia vita sia migliore di come possa apparire o di come sia davvero, è una domanda che resterà senza risposta.

Mi scrive: Sei sempre la numero uno.

"Non mi risulta", gli vorrei dire, "altrimenti non mi avresti lasciata per quella cretina."

Ma non lo dico perché non serbo rancore, e soprattutto perché dopo una decina d'anni sembrerei solo pazza.

Vedo che continua a scrivere.

Ci vediamo tra poco, no? Vieni anche tu al matrimonio di Natalie?

Mi ero completamente dimenticata, anche lui conosce Natalie.

Ero ancora sotto shock per il fatto che si sposi anche lei, e per giunta con un tizio appena conosciuto. Solo a me a quanto pare non è concesso, morirò nubile.

Certo, sta facendo le cose veramente in grande, invitando praticamente chiunque. Io e lei siamo rimaste in contatto in questi anni, dove per rimaste in contatto intendo che periodicamente mi inonda di messaggi vocali che potrebbero essere riassunti in "Ciao, come sto". Con Fabrizio, invece, la conoscenza è decisamente più labile e passa attraverso Massimiliano, l'allora fidanzato di Valeria, che ci aveva messe in contatto all'epoca in cui cercavo casa a Milano. Poi, una volta fatta la sua conoscenza, avevo scoperto con orrore che lei, tramite il suo di fidanzato, aveva questo giro di amicizie romane, tra cui figuravano anche Fabrizio e la sua nuova ragazza.

La cretina, per l'appunto.

Certi amori non finiscono, fanno dei giri immensi e poi ritornano a Cisternino solo ed esclusivamente perché il mondo è un posto piccolissimo.

Certo, rispondo. È l'evento dell'anno, ti pare che me lo perdo? Ci vediamo là!

Chiude la conversazione con un'emoji che fa l'occhiolino.

Okay, ha solo trentasei anni ma è ufficialmente diventato un boomer.

Mi soffermo a guardare il suo profilo, il solito insieme di foto da maschio etero basico in cui si alternano vacanze a Ibiza e coreografie della curva nord dell'Olimpico.

Ripenso al giorno in cui mi ha lasciata e a mio padre che con la sua capacità di vedere sempre il lato positivo delle cose aveva commentato sollevato: «Meno male, avevo il terrore ti sposassi un laziale».

Devo purtroppo ammettere che è ancora un bel tipo, uno di quelli con la faccia da eterno ragazzino. Ogni tanto in qualche foto fa capolino sua moglie, quella che Valeria definisce «la tua brutta copia», e con lei la bambina che hanno avuto da un annetto.

La mia brutta copia, al contrario di me, a quanto pare è in

grado di procreare e, contrariamente a quanto afferma la mia migliore amica, è oggettivamente una bellissima ragazza.

Siamo entrambe di corporatura minuta, anche lei è bionda come me, ma mentre le mie schiariture sono frutto di frequenti e ahimè costose sedute dal parrucchiere, il suo biondo ha un effetto diverso dal mio, sembra naturale, come se ci fosse nata.

Forse ci è nata davvero? Esiste ancora qualche trentenne che non si tinge i capelli?

Il pensiero mi incupisce, decido di scacciarlo.

Da un'attenta disamina delle ultime foto pubblicate, scattate in occasione di un weekend lungo a Ischia, dove si sono recati per il battesimo di non so chi, non posso fare a meno di notare che, nonostante abbia partorito da relativamente poco, ha meno pancia di me, e i fianchi credo non sappia proprio cosa siano.

La detesto.

Mi è passata la voglia di vedere la TV.

Prima di mettermi a dormire, con un gesto istintivo che è diventato ormai familiare, apro il cassetto del comodino ed estraggo il mio quaderno.

Sfoglio qualche pagina fino ad arrivare a quella che mi interessa: aprile 2022 recita l'intestazione.

Fisso il ventiseiesimo quadratino del mese, corrispondente alla data di oggi.

Noto che i quadretti anneriti fino a quel momento sono decisamente predominanti. Possiamo affermare con relativa sicurezza che questo non sia il periodo migliore della mia vita.

Annerisco l'ennesima casella, ripongo il quaderno nel cassetto, spengo la luce e schiaccio la testa sul cuscino sperando di addormentarmi rapidamente.

## 6.
## FUORI TEMPO MASSIMO

Mi sembra che il tempo ultimamente abbia preso a scorrere a velocità mai toccate prima.

Ecco il mio bilancio di queste ultime settimane. Lo definirei drammatico.

*Ore dormite: poche.*
*Videocall di lavoro: tante.*
*Rapporti sessuali a scopi procreativi: troppi.*
*Gite con i genitori di Gabriele alla scoperta delle bellezze del territorio lombardo: fortunatamente ancora nessuna.*
*Volte in cui Antonio mi ha ricordato di essere il leader del progetto: innumerevoli.*
*Caselle nere: decisamente predominanti.*

La faccenda di Bollicine alla fine, com'era prevedibile, si è sgonfiata rapidamente.

La gente ha già trovato qualcosa di nuovo per cui indignarsi, e Giancarlo ha optato per il suo solito approccio "facciamo finta che non sia mai successo", su cui ha costruito la sua intera omertosa carriera.

Antonio ha potuto così dedicare tutto il suo tempo al "progetto confidenziale" ostinandosi a voler contare sul mio extra effort, con grande divertimento di Claudia e Lorenzo che se ne sono invece tatticamente chiamati fuori.

Se non fosse per questa novità, sarebbe un periodo abbastanza piatto. Una routine senza particolari alti e bassi, quasi rassicurante nella sua noiosa ripetitività.

L'esperienza, però, mi insegna che queste sono esattamente le condizioni ideali per far sì che si verifichi l'imponderabile.

È pomeriggio e sono a casa mia.
Fa stranamente freddo per essere maggio, infatti indosso un maglione e sorseggio una tisana che millanta di potermi disintossicare grazie ai benefici del karkadè.
Non so neanche cosa sia il karkadè, è uno di quegli alimenti verso cui compio un cieco e costoso atto di fede sperando che riescano ad allungarmi la vita.
Pioggia e freddo sono comparsi all'improvviso, rendendo questo maggio molto più simile a un novembre. «Maggembre», lo ha definito un geniale neologismo coniato ormai anni fa.
Sono infastidita da questo inaspettato cambio di rotta. Lo scorso weekend io e Gabriele pranzavamo in un ristorante all'aperto entrambi in maniche corte.
Sembrerebbe che a breve arriverà un'ondata di calore senza precedenti. Diciamo che il clima ce la sta mettendo tutta per contribuire ad accrescere quella sensazione di costante spaesamento che ultimamente sembra averci colpiti tutti.

Ci sarebbe la temperatura ideale per rannicchiarsi sul divano con la copertina a guardare una serie TV, una di quelle talmente ben riuscite che quando le hai terminate è un po' come la fine di una relazione: la vita all'improvviso ti sembra insopportabilmente vuota.
E invece sono seduta su una scomodissima sedia che era stata pensata per pranzare e non per lavorare dalle otto alle dodici ore, e sono qui che sbadiglio davanti al computer durante una delle tanto infinite quanto superflue riunioni di allineamento convocate da Antonio.
Siamo in quindici, ma stanno parlando solo in quattro, ininterrottamente da almeno mezz'ora.
Le riunioni di lavoro in video, però, hanno un enorme vantaggio rispetto a quelle dal vivo: è più facile sparire, confondersi con lo sfondo, trasformarsi in una comparsa.
Credo sia questo il vero motivo per cui lo smart working

piace tanto ai miei coetanei. Non ho mai creduto davvero a quella frottola del volersi cucinare da soli il proprio pranzo.

Ogni tanto, con uno sforzo sovradimensionato rispetto alle mie energie, faccio del mio meglio per mostrare un'espressione interessata. Poi, quando non riesco più a resistere e la noia raggiunge il suo apice, prendo in mano il telefono e butto un occhio a Instagram.

Devo assolutamente sapere qual è l'ennesimo motivo che ha spinto mia sorella a uscire in una serata infrasettimanale, controllare se Valeria stia sopravvivendo alla trasferta di lavoro ad Amsterdam, verificare che la piccola Vittoria Lucia Ferragni oggi abbia mangiato tutto.

E poi non si sa mai quali sorprese possano riservarci i social, magari la moglie di Fabrizio si è imbruttita di colpo, chissà.

Prima che possa dedicarmi a queste attività, di gran lunga più interessanti delle slide che scorrono sullo schermo, noto un numero inquietantemente alto di chiamate perse provenienti da mia madre.

I miei genitori hanno questa capacità di telefonarmi esclusivamente in orario di lavoro, quando è praticamente impossibile che riesca a rispondere, per poi lamentarsene in continuazione.

Le mando un messaggio.

Non posso parlare, sono in riunione. È successo qualcosa?

Mi aspetto il solito: "Ma com'è possibile che tu stia sempre in riunione?" invece la sua risposta mi lascia di sasso. E non solo perché è articolata come un telegramma: presenta indubbiamente un problema di sostanza, oltre che di forma.

Divorzio ultimato. Casa venduta. Da svuotare. Devi venire a prendere le tue cose.

Non capisco.

Fisso lo schermo con un'espressione confusa. Di cosa sta parlando?

I miei genitori sono separati ormai da più di quindici anni, ma ignoravo avessero anche solo cominciato le pratiche per il divorzio.

E perché, poi, vendere la nostra casa? Sono impazziti? Non mi sembra una notizia da dare via messaggio con questa disinvoltura.

«Martina, cosa ne pensi della proposta?»

Questa non è mia mamma, è Antonio che mi sta facendo una domanda, ma io ho evidentemente perso il filo del discorso e non so a cosa si riferisca. Vaglielo a spiegare.

Vedo quindici facce incasellate in altrettanti riquadri fissarmi in attesa che dica qualcosa.

«Scusami, eccomi, non riuscivo a togliere il muto», mento spudoratamente.

«Sono d'accordo con te», improvviso.

Tanto è sempre quello che vuole sentirsi dire.

Ovviamente ho indovinato.

Seguono altri venti minuti di sproloqui utili solo a gonfiare il suo già spropositato ego, quando finalmente riesco a mettere giù e chiamare mia madre.

Chiaramente adesso non mi risponde. Ma si può?

Decido allora di chiamare mio padre.

Anche qui squilli a vuoto, ma alla fine riesco a parlarci.

«Ho ricevuto un messaggio assurdo da mamma. Cos'è questa storia del divorzio e della vendita della casa? Vi pare il modo di dirmelo? A cose fatte, poi? E che vuol dire "vieni a prendere la tua roba"? Ma dove la metto, io, la mia roba? È tantissima, e non ho posto qui a Milano. E poi mamma dove andrà a vivere? E Micol? Che a quanto mi risulta abita ancora con lei, a meno che nel frattempo non abbia cambiato casa e non me l'abbia detto, dato che a quanto pare reputate tutti superfluo mettermi al corrente delle vostre decisioni che scusate se riguardano anche la mia, di vita.»

Silenzio. Seguono dei rumori strani, avverto delle voci di sottofondo.

«Martina, non ti sento. Non capisco niente. Senti, sto giocando a padel, ti va se ti chiamo dopo? Ciao.»

Riattacca senza neanche attendere la mia risposta.

Il padel? A quasi settant'anni? È uno scherzo, dai.

Chiamo mia sorella a cui ripeto il medesimo sproloquio, e

a cui lei in tutta tranquillità replica: «Ma come, non lo sapevi? Non te l'avevo detto? Sei sicura?».

«No che non me l'avevi detto», ribatto visibilmente scocciata. «Me lo ricorderei. Ci siamo sentite poco tempo fa e tu mi hai solo consigliato di andare dalla Wanna Marchi dei Castelli.»

«Ah, che strano, ero convinta di sì, vabbè, adesso che lo sai che cosa ti cambia? Comunque si chiama Deborah non Wanna. Che nome è Wanna? Ahah.»

Ride. A me viene da piangere.

«Senti, sai che c'è? Fammi il favore, diglielo anche a quei due: non me ne frega niente dei fatti loro, del divorzio, della casa. Io ho già tanti problemi di mio. Non ci vengo a Roma. Arrangiatevi.»

Mancano ancora molte ore al momento di andare a letto, ma mi porto avanti e annerisco la casella odierna preventivamente.

Certe giornate, come certe vite, sono già segnate in anticipo.

* * *

«Per lei il decaffeinato, giusto?»

Il cameriere ormai mi guarda con compatimento.

Sono seduta a un tavolino del solito bar con Claudia e Lorenzo, ufficialmente per un "meeting di avanzamento progetto", in pratica, dopo una serata passata a discutere con Gabriele che, cito testualmente, «non capisce perché la cosa mi sconvolga tanto», necessitavo di un summit di emergenza.

«Posso dire che la cosa che mi turba di più del tuo racconto è che tua sorella non abbia idea di chi sia Wanna Marchi? Come si può? Dai! Wanna Marchi! Iconica, cazzo.»

Claudia lo fulmina con lo sguardo. «Bravo Lorenzo, hai centrato esattamente il punto del problema, complimenti. Come faremmo senza di te?»

«Dai, almeno io provo a farle fare qualche risata... Guardala, si è presentata con una faccia da funerale, così non va bene.»

«Non andrà bene, ma tu non sei mica di aiuto.»

Opto per richiamarli entrambi all'ordine.

«Potreste, per favore, smetterla di litigare e soprattutto di parlare di me come se non fossi qui?»

«Scusaci, hai ragione», rispondono in coro.

Claudia decide di prendere in mano la situazione.

«Allora, analizziamo con calma la faccenda.»

Assume un tono stranamente professionale e inizia a illustrare la sua analisi dei fatti.

«I tuoi genitori hanno deciso di divorziare, cosa che arrivati a questo punto è una pura formalità, e qui direi che siamo tutti d'accordo. Della gente normale te lo avrebbe detto prima? Probabilmente sì. Loro non l'hanno fatto? Amen.»

«Ma perché non l'hanno fatto?» chiedo senza voler ottenere una risposta, al solo scopo di lamentarmi un po'.

«Che importa», risponde lei. «Avranno avuto i loro motivi, le loro turbe. Lo sai come sono questi della loro generazione, non li hanno educati a esprimere le emozioni, probabilmente si vergognavano, o erano dispiaciuti, o entrambe le cose.»

Non so come faccia Claudia a essere sempre così lucida, vorrei avere anch'io questa capacità. Invece sono cintura nera di lagna, un *sensei* della lamentela.

«Ecco, adesso mi dispiace per loro, adesso mi sento in colpa.»

Trattengo a fatica qualche lacrima, una reazione assolutamente eccessiva e che mi capita più del dovuto quando sono in forti situazioni di stress.

«Qui invece abbiamo qualcuno che non si fa problemi a esprimere proprio tutte le sue emozioni», interviene Lorenzo.

«Lorenzo, taci per cortesia. Martina, non piangere, dai, andiamo avanti.»

Claudia mi allunga un fazzoletto come fa con i suoi figli. Allo stesso modo inizia a parlarmi come se fossi una bambina di cinque anni.

«La casa, te lo hanno spiegato quando sei riuscita a parlarci, l'hanno venduta per motivi economici. Lo so che è uno shock. È il posto in cui sei cresciuta, ma dovevano sistemare le cose. Il divorzio serve proprio a questo, a sistemare le cose in via definitiva. Certo è successo tutto più velocemente del previsto, ma meglio per loro che siano riusciti a piazzarla subito.»

Alla faccia del veloce, penso tra me e me, sarà stata fuori sì e no per due giorni.

Ma cos'è successo ultimamente al mercato immobiliare? La gente compra case con una disinvoltura un tempo impensabile.

«E poi, dai, lo sai anche tu», Claudia continua la sua disamina, «non aveva senso per loro tenere ancora una casa così grande, con voi che ormai siete diventate adulte. Peraltro con i soldi della vendita possono aiutarti a prendere una bella casa a Milano, per formarti la tua, di famiglia.»

Questa frase è il colpo di grazia, mi colpisce come un cazzotto in pieno stomaco.

«Ah, capirai, chi ce l'avrà mai una famiglia. Non sta minimamente procedendo bene su quel fronte», replico sconsolata, soffiandomi il naso.

«Ah sì? Mi dispiace. Senti, lo so che è una domanda indiscreta, ma non è che stai pensando di fare la procreazione assistita, per caso?» mi chiede Lorenzo.

La mia espressione confusa non sembra fermarlo.

«Te lo dico perché degli amici del mio fidanzato stanno organizzando tutto, vanno negli Stati Uniti. Se vuoi ti metto in contatto così ti spiegano.»

Claudia credo si stia ormai trattenendo dal picchiarlo. Si volta verso di me.

«Martina, ascoltami. Non hai bisogno di fare la procreazione assistita, o forse un domani sì, non lo so, quello che so per certo è che adesso è prematuro.»

L'ascolto con attenzione.

«Lo so che ti sembra passato tantissimo, ma è da relativamente poco che state provando, non farti prendere dal panico e soprattutto non stare ad ascoltare questo matto che parla di cose che non conosce.»

Lorenzo fa una faccia offesa.

«Fidati di me», continua Claudia. «Non ci pensare nemmeno a questo argomento adesso, affronta un problema alla volta. Vai dai tuoi genitori, sistema quello che devi sistemare, e vedrai che le cose faranno il loro corso. Troppa carne al fuoco non ha mai fatto bene a nessuno.»

Claudia ha ragione. Se voglio uscirne viva devo evitare di farmi prendere dal panico e concentrarmi su quello che riesco a gestire volta per volta.

Quello che però i miei due amici non hanno capito, o più probabilmente non sono riuscita io a spiegare, è che non ho voglia di andare a Roma la prossima settimana.

Non ne ho la benché minima intenzione.

Mi fa male il pensiero di rivedere quella casa sapendo che non esisterà più, e soprattutto non voglio mettere le mani dentro una vita di ricordi e decidere cosa tenere e cosa buttare.

Non sono Marie Kondo, questa roba non trasuda gioia, mi procura solo angoscia.

Sebbene, se interrogata ad alta voce, affermi l'esatto contrario, quando penso a casa mia non penso al piccolo bilocale in affitto che divido con Gabriele, penso al grande appartamento in cui sono cresciuta.

Penso alla cucina in cui facevo i compiti mentre mia mamma bisticciava con la nonna, al lungo corridoio in cui Micol e io ci rincorrevamo, al ripostiglio dove ci si nascondeva quando giocavamo a nascondino. Sempre lo stesso, io lo sapevo che era lì, allora prima fingevo di cercarla da qualche altre parte e lei rideva pensando di avermi ingannata.

Ripenso alla mia camera da letto che ha ancora sul muro i segni con lo scotch dei poster di Leonardo DiCaprio e al mio letto in cui passavo intere giornate, a studiare, a parlare al telefono con Valeria, persino a mangiare – quest'ultima attività con particolare disappunto di mia madre. Seduta lì sopra ho baciato per la prima volta Fabrizio e sempre lì, rannicchiata in un angolo, ho pianto senza sosta quando non ha voluto più saperne di me.

Penso a mio padre, che quando se n'è andato ha lasciato tutti i suoi libri, perché non voleva ci ritrovassimo con una libreria mezza vuota, voleva darci l'impressione che, sebbene si stessero separando, le cose in fin dei conti non sarebbero cambiate così tanto.

Le case non sono solo case. Non hanno la mera funzione temporanea di darci un posto dove dormire e mangiare. Sono dei luoghi vivi, una testimonianza di tutto quello che siamo stati e anche di quello che forse non riusciremo a essere mai più.

Se non restano lì a ricordarcelo, come possiamo essere in grado di farlo noi?

* * *

Il resto della mattina lo passo tentando di lavorare, ottenendo scarsi risultati e concludendo poco o niente. Per quanto provi a ignorarla, questa faccenda continua a turbarmi, come un ronzio di sottofondo che non mi permette davvero di concentrarmi.

Il ronzio di sottofondo però esiste davvero, ed è Antonio che batte rumorosamente sulla tastiera. Io e la sua barra spaziatrice chiediamo pietà in contemporanea.

Unica nota positiva: Gabriele, con cui stamattina ci siamo salutati con freddezza, mi ha mandato un messaggio di scuse.

Un: Mi dispiace ancora per ieri sera, non ti ho capita, che credo dica tutto quello che ci sia da dire.

Capisco che per lui sia difficile rendersi conto di cosa significa per me tutto questo perché è nato e cresciuto qui, non ha dovuto cambiare città e nessuno ha intenzione di vendere casa sua – dovrebbero prima passare sul cadavere di sua mamma. A volte, però, vorrei solo che riuscisse a mettersi nei miei panni, a capire che cosa provo, a essere un poco più empatico. Invece lui si approccia alla vita e ai sentimenti come si approccia ai suoi business case, e la mia diventa una quotidiana guerra con la sua estrema razionalità.

Gli mando un cuoricino.

Chiaramente, proprio mentre ho il telefono in mano, Giancarlo si avvicina alla mia scrivania e mi chiede di seguirlo nel suo ufficio, vuole parlarmi in privato.

Che sarà successo questa volta?

L'ufficio di Giancarlo è una stanza non particolarmente grande, molto colorata, come si addice agli ambienti creativi che ci tengono a trasmettere informalità, finendo però per ottenere un effetto un po' infantile, tipo Asilo Mariuccia.

Alle pareti ha appeso dei poster degli AC/DC, figli probabilmente di un'epoca in cui era stato più giovane e da quanto sembrerebbe anche rockettaro.

Allontano velocemente l'immagine ridicola che si sta formando nella mia mente.

Sulla sua scrivania qualche foto della sua famiglia e una piantina che ha visto giorni migliori, come me del resto. Noto immediatamente, con la coda dell'occhio, una borraccia nuova di zecca.

Che gli ultimi avvenimenti abbiano risvegliato in lui una coscienza ambientalista?

Meglio non farsi troppe domande.

Prendo posto sulla sedia di fronte alla sua scrivania.

«Allora Martina, come stai, come procedono le cose? Sei felice di lavorare al progetto che desideravi?»

Nella maggior parte delle aziende, quando i tuoi responsabili vogliono dirti qualcosa la prendono sempre alla larga. Mai una volta che vadano dritti al punto, bisogna sempre parlare per almeno cinque minuti di qualcos'altro.

Claudia mi perdonerà, ma oggi non sono dell'umore giusto per giocare secondo le cosiddette regole non scritte. Farò una cosa che il mio capo non si aspetta, risponderò a questa domanda di circostanza con la massima schiettezza.

«Tutto bene Giancarlo, ti ringrazio. Sono felice, direi che il lavoro procede. È molto... stimolante, nonostante spesso sia anche *challenging*.» Butto là una parola a caso in inglese, magari mi riconosce come sua simile. Antonio è solito esprimersi così. «Però, ecco, se ricordi bene ti avevo chiesto tempo fa di gestirlo in prima persona, questo progetto, e mi avevi detto che era una cosa fattibile. Invece ci sto lavorando sotto la direzione di Antonio.»

Mi guarda per qualche secondo, come se volesse soppesare la risposta.

Quello che dice dopo non assomiglia neanche lontanamente a quanto speravo.

«Antonio è bravissimo, non è vero? Non potrebbe esserci un responsabile migliore.»

«Sì Antonio è bravissimo, adoro lavorare con lui», mento sperando di risultare sufficientemente credibile, per poi aggiungere: «Speravo, però, mi dessi modo di spendermi di più. Credo di aver acquisito abbastanza esperienza negli ultimi anni e pensavo di averti dimostrato che posso cavarmela da sola».

Brava, professionale, matura, inattaccabile.

Il punto non è sminuire Antonio, anche se ovviamente vorrei, il punto qui sono io.

Ottimo discorso. Servirà a qualcosa?

Figuriamoci.

«Tu non mi devi dimostrare niente, Martina, so quanto vali, ma si tratta di un cliente molto delicato, troppo complesso per affidartelo interamente. Non hai sufficiente esperienza. Antonio è la persona giusta, su questo non ho dubbi, ma ho insistito io affinché ti inserisse nel team di lavoro, perché credo che il tuo contributo sia impagabile.»

Mi sta intortando? Sì, mi sta intortando.

Basta, ci ho provato, ci rinuncio. Direi che il messaggio è sufficientemente chiaro.

Giancarlo approfitta del mio silenzio per continuare.

«È proprio per questo che volevo parlarti oggi. Come forse già sai, dobbiamo andare in trasferta a Monaco e presentare le nostre prime idee al cliente. Io non potrò partecipare perché sono bloccato in una riunione strategica con l'internazionale, così ho pensato che potresti andare tu al posto mio, insieme ad Antonio. Partecipare a questi eventi è molto importante e saresti il suo braccio destro per qualsiasi problema. Che ne dici? Te la sentiresti?»

Questa proprio non me l'aspettavo.

È un qualcosa che non mi ha mai chiesto prima d'ora e non pensavo mi avrebbe mai proposto.

Sarei felicissima, se solo non ci fosse un piccolo problema: è lo stesso periodo in cui teoricamente dovrei andare a Roma a recuperare le mie cose da casa dei miei genitori prima che sia consegnata al nuovo proprietario.

Sono combattuta. Una parte di me vorrebbe dissociarsi da questa egoistica follia e far sì che si risolvessero la cosa da soli, un'altra parte, invece, vuole dire addio a quella casa.

Dire addio a una casa, come se fosse una persona: so che sembra assurdo, e forse in parte lo è, ma se penso che in quelle stanze tra poco abiterà qualcun altro sento gli occhi farsi improvvisamente lucidi, allora rimando indietro quelle lacrime, magari eccessive, ma credo anche comprensibili.

Non che abbia voglia di spiegarle a Giancarlo. A tutto c'è un limite.

Devo aver assunto un'espressione preoccupata mentre questi pensieri mi affollano la mente, perché a quel punto il mio capo si affretta ad aggiungere: «Certo, capiamo se te la senti, perché in caso contrario nessun problema. Però mi sembrava un'ottima opportunità per te, per farti finalmente cimentare con un incarico delicato come mi stai chiedendo da tempo».

Non posso crederci neanch'io alla drammaticità di questa coincidenza.

Perché l'universo ha deciso di accanirsi contro di me? Aspettavo un'opportunità del genere da tantissimo tempo, e proprio adesso doveva arrivare?

I miei genitori sono stati sposati per quasi vent'anni, separati per altri quindici, questo divorzio è decisamente fuori tempo massimo.

Egoisti che non sono altro.

«Sì, scusami Giancarlo, stavo riflettendo su una cosa, pensando a impegni che avevo già preso... Ricordi che devo andare a quel matrimonio in Puglia?»

Mi guarda come se non sapesse di cosa sto parlando. Probabilmente è così, i tuoi capi si ricordano sempre di averti concesso le ferie solo quando effettivamente sparisci e a loro manca la terra sotto i piedi.

«Poco male», continuo. «Ce la faccio a incastrare tutto. Certo che me la sento, ti ringrazio per questa opportunità pazzesca. Sarò felice di essere io a presentare, lo farò al meglio.»

* * *

Venti minuti dopo stringo tra le mani l'ennesimo decaffeinato con aria rassegnata.

Credo di aver perso il conto.

«Non credete che stiamo passando un po' troppo tempo in questo bar?» ci domanda Lorenzo. «Ci sono gli estremi per licenziarci con la giusta causa? Claudia, tuo marito è avvocato, chiedi un po', che qua è un attimo che si mette male e dobbiamo diventare freelance facendo finta sia stata una nostra iniziativa. Come Riccardo. Ve lo ricordate quello che faceva il grafico? Poveraccio che brutta fine che ha fatto.»

Lo fisso allibita mentre scuote la testa dispiaciuto. Chi cazzo è Riccardo?

«Scusate davvero, scusa Lorenzo, hai ragione», mi sento di giustificarmi. «Ma è successa una cosa e vi dovevo assolutamente aggiornare a voce, facciamo veloce giuro.»

«Riesci a stare ferma qualche ora senza finire in un dramma? Non dico tanto, solo qualche ora. Comincio a preoccuparmi seriamente per te», aggiunge Claudia.

Mi esibisco in quella che credo sia a tutti gli effetti una risata isterica.

«Tranquilli, niente drammi, è tutto sotto controllo, giuro. C'è solo un piccolo problema con il "progetto confidenziale".»

Mi guardo intorno per sincerarmi che non ci siano orecchie indiscrete, ma vedo solo un paio di anziani e una mamma con un bambino che mangia il gelato, non propriamente gente interessata a carpire i nostri segreti aziendali. Abbasso comunque la voce con fare cospiratorio, non si sa mai.

«Giancarlo mi ha chiesto di andare a Monaco al posto suo per accompagnare Antonio ed essere il suo braccio destro. È una cosa grossa, un'occasione!»

«Be', mi sembra una bella notizia. Brava. Alla buon'ora! E dove sta il problema?» mi chiede Claudia.

«Il problema è che io teoricamente sarei a Roma a svuotare la casa della mia infanzia, che quei due pazzi egoriferiti che mi hanno messa al mondo hanno venduto a mia insaputa, ricordate? A questo punto direi proprio che li lascerò fare da soli, questa è un'occasione che non posso farmi sfuggire. Diciamo che alla fine il destino ha scelto per me.»

I due mi fissano in silenzio.

A un certo punto vedo che Claudia sta per prendere la parola, ma Lorenzo la interrompe parlandole sopra.

«Martina, te lo dirò nella tua lingua madre, così capisci meglio, *stai a fa' 'na cazzata.*»

«Sono d'accordo», si affretta ad aggiungere Claudia.

«Perché?» sbotto io, senza nascondere la mia irritazione. «Siete i primi a spronarmi su questa cosa di Antonio, soprattutto tu, Lorenzo, e per una volta che ho l'opportunità di fare qualcosa di importante qui dentro, per una volta che mi si presenta un'occasione, mi dite che sto sbagliando tutto?»

«Non stai sbagliando, ti stai cagando sotto, che è diverso.»

Okay, forse un po' tranchant, ma credo che Lorenzo non abbia tutti i torti.

Non contento, rincara la dose: «Tu non vuoi affrontare questa questione della casa, allora ti nascondi dietro la scusa del lavoro. Come se saltare questa presentazione compromettesse la tua carriera, come se fosse la cosa migliore che può capitarti qua dentro. E sai benissimo che non lo è, e che Giancarlo te lo ha chiesto solo perché ti aveva promesso una cosa e adesso non è in grado di gestire il tuo malcontento. Magari sa che nessun altro vuole fare da balia ad Antonio. Sarà una trasferta da incubo, con quello che ti comanda a bacchetta trattandoti come se fossi la sua assistente».

Claudia lo ascolta annuendo, per poi intervenire: «Il timing è sicuramente infelice, e il comportamento dei tuoi genitori diciamo non dei migliori...».

«Per usare un eufemismo», aggiungo io.

«Okay», continua Claudia. «Ma ha ragione Lorenzo, ti conosco troppo bene ormai, stai palesemente usando la trasferta come scusa, dipingendola come la grande opportunità che, mi dispiace, non è. Tu non vuoi affrontare i tuoi genitori e non vuoi fare i conti con questa loro decisione, e in parte ti capisco. Ma ti dico un'altra cosa: se non sarai tu in prima persona a svuotare quella casa, te ne pentirai per sempre. E vedrai che ce ne pentiremo anche noi, perché ci tormenterai talmente tanto con questo rimpianto che alla fine saremo costretti a cambiare lavoro pur di non sentirti. E chi pensi che sarà così scemo da assumere uno come Lorenzo? Lo manderai in mezzo a una strada, sentiti responsabile.»

«Parla per te, che incominci ad avere anche una certa età», sbotta lui, stizzito. «Ti ricordo che io una volta ho fatto un colloquio da Facebook.»

«Ma se ti hanno scartato al primo step!» gli fa notare Claudia.

«Che c'entra, intanto mi hanno chiamato. Tu puoi dire lo stesso? Non mi risulta.»

Interrompo questo ennesimo, inutile battibecco tirando un sospiro in stile condannato a morte. «Ho capito. Vado a Roma quindi, mi tocca.»

«Sì, ti tocca», ribadisce Claudia. «E vedrai che, per quanto ti sembrerà difficile, sarai contenta di averlo fatto. Tua madre altrimenti disporrà delle tue cose a suo piacimento, mentre questo è un qualcosa che devi gestire tu in prima persona, come un'adulta. Ascolta una che ha qualche annetto più di te e ci è passata a sua volta. Arriva per tutti il momento di chiudere una fase della vita e iniziare finalmente ad affrontare quello che viene dopo.»

«E cosa verrebbe dopo?» le chiedo più spaventata che incuriosita.

«Non lo so», risponde lei. «Non lo sa nessuno. Ma non abbiamo altra alternativa che andare avanti e scoprirlo.»

## 7.
## QUELLI CHE CE L'HANNO FATTA

Giancarlo ha preso abbastanza bene la notizia del mio rifiuto di partire per Monaco. Diciamo che non si è strappato i capelli nemmeno quando gli ho detto che avrei dovuto prendere una settimana di ferie per andare a Roma e poi direttamente al matrimonio che avevo già in programma.

Mentre gli spiegavo la situazione avevo la sensazione che mi stesse a malapena ascoltando, sembrava distratto, preso da altro.

Mi ha liquidata con un frettoloso e disinteressato: «No problem, Martina, fai quello che devi fare, ci vediamo al tuo rientro».

Antonio, ovviamente, è in un brodo di giuggiole all'idea di avere tutto il peso del delicatissimo incontro sulle sue spalle, anche se vuole dare a intendere l'esatto contrario.

Sono giorni che gira per l'ufficio con fare isterico, cercando pretesti per raccontare a chiunque che lui e soltanto lui sarà il sostituto di Giancarlo e che questa cosa lo turba terribilmente, quando sappiamo tutti che in realtà la trova estremamente appagante.

Nel messaggio che mi manda per aggiornarmi, Lorenzo la definisce una bizzarra forma di masturbazione.

Una riflessione che trovo tanto vera quanto disgustosa.

Io, purtroppo, oggi mi sto perdendo lo spettacolo perché sono a casa mia.

Dovrei lavorare, ma sto già litigando con la valigia. Amo portarmi avanti con tutte le attività che detesto fare, fa parte della mia costante propensione al sacrificio.

Ho guardato il meteo e a Roma è praticamente già estate. Qui fa ancora freddo e non ho ancora fatto il cambio di stagione, né so se e quando lo farò, ciò significa che devo arrampicarmi su una scala e capire in quale anfratto dell'armadio lo scorso settembre ho frettolosamente appallottolato il mio guardaroba estivo.

Quando ho finito di recuperare tutto sono sudata come se fossi stata in palestra.

Perché non sono una di quelle persone minimaliste che vivono di niente e che preparano bagagli leggerissimi? Una di quelle ragazze «'nu jeans e 'na maglietta, 'na faccia acqua e sapone», fanciulle di una bellezza semplice, ma al contempo sofisticata, che hanno bisogno di poco per risultare eleganti, perché hanno un fascino e una classe completamente innati.

Invece, quando ho finito finalmente di preparare i bagagli, sembra che debba traslocare l'intera famiglia di *Settimo Cielo*: padre reverendo, moglie devotissima, sette figli, e pure il cane Happy nel ruolo di Happy.

Vado avanti fino a un orario oggettivamente indecoroso.

Quando rientra dal lavoro, Gabriele pensa che in camera nostra sia scoppiata una bomba, e non riesco a dargli torto.

«Quanti mesi starai via?» sghignazza con fare insopportabile, indicando il mio trolley e le numerose borse che lo circondano.

«Fai meno il simpatico», rispondo inviperita.

Nulla mi stressa di più che preparare i bagagli, a maggior ragione per un viaggio che non voglio fare. Ci manca solo lui.

«Hai per caso ritirato il mio completo dalla tintoria?» mi chiede senza rendersi conto di aver appena firmato la sua condanna a morte con questa semplice domanda.

«Ah grazie! Ecco cos'era che mancava, non riuscivo a darmi pace. Come ho potuto dimenticarmene?»

Lo squadro con uno sguardo di puro odio.

«No, Gabriele, nel caso non te ne fossi accorto, la mia vita in questo periodo è leggermente complicata e il tuo vestito è l'ultimo dei miei problemi.»

«Lo avevo intuito», risponde lui, prima di allontanarsi terrorizzato.

Gabriele ha imparato a girarmi alla larga quando mi innervosisco, perché sa benissimo che l'escalation è dietro l'angolo e lui diventa la mia vittima preferita per sfogare pretestuosamente tutte le mie frustrazioni.

Ci immagino un domani protagonisti di un processo come quello di Johnny Depp e Amber Heard. Io che lo accuso di non aver svuotato la lavastoviglie di proposito, al fine di lasciare a me l'ingrato compito, lui che mi sputtana pubblicamente dicendo che una notte ho pensato fosse una rappresaglia nei suoi confronti andare a dormire sul divano con l'orsacchiotto di quando ero piccola.

Vedo già i meme, gli spezzoni virali su TikTok: è una prospettiva raccapricciante.

Non è questa, però, la notte giusta per le rappresaglie; stavolta sono consapevole che ho bisogno di lui, forse più di quanto lui non abbia bisogno di me.

Ci mettiamo a letto abbracciati come quando c'eravamo appena conosciuti, io che non riesco a dormire e gli dico che non voglio partire, lui che mi accarezza la testa e mi tranquillizza.

«Mi raggiungerai presto?» gli chiedo con fare lamentoso.

«Sì», promette lui. «Non ti accorgerai neanche che sia passata una settimana, e in un attimo saremo in Puglia a brindare alla salute della tua amica francese.»

«Guarda che non è francese, è di Cisternino», puntualizzo.

«Lo so», risponde lui ridendo. «Natalie di Cisternino.»

Rido a mia volta.

Sì, penso mentre mi guardo intorno. Mi piacerebbe un giorno considerare questo posto casa mia ma, per quanto mi sforzi, al momento mi riesce impossibile.

Non riesco a considerare casa un posto e una città in cui mi sono sempre sentita così provvisoria.

Casa mia forse non è nemmeno dove sono diretta domani mattina, o almeno ha smesso di esserlo da tempo. Quello è un posto abitato esclusivamente da fantasmi del passato che a un certo punto ha iniziato ad andare avanti senza di me, chissà in quale direzione. Come se fosse rilevante.

A volte temo che un posto da chiamare casa semplicemente per me non esista.

È con questo pensiero in testa che annerisco l'ennesima casella del mio quaderno, mentre sento Gabriele addormentarsi di fianco a me.

Chissà di che colore sarebbero le sue caselle?

Chissà con quale forza riesce, in giornate così, a sostenere anche il peso delle mie?

Spengo la luce e provo a dormire, ripassando mentalmente tutto quello che ho infilato in valigia, sperando di non aver dimenticato nulla, con la consapevolezza di averlo sicuramente fatto.

* * *

Il treno alta velocità Frecciarossa 9637 in partenza da Milano Centrale e diretto a Roma Termini è in partenza al binario otto con un ritardo preannunciato di quindici minuti.

Trenitalia ormai non ci prova neppure più a non deluderti, lo sconforto è incluso nel prezzo del biglietto.

Impiego questo quarto d'ora bonus a vagare per la stazione, cercando di resistere alla tentazione di spendere soldi in scemenze che non mi servono.

Coerentemente mi ritrovo con un pacco di biscotti al pistacchio, una pila di riviste e una palette di ombretti che sono sicura non saprò come utilizzare, ma che a detta della commessa della profumeria sono perfetti per il mio incarnato ambrato. Dove l'abbia visto l'incarnato ambrato non lo so manco io, stamattina lo specchio mi restituiva il solito colorito giallognolo.

Però evidentemente mentire è sempre una strategia di marketing efficace, perché alla fine li ho comprati.

Svaligio sempre l'edicola prima di ogni viaggio in treno perché mi illudo che passerò l'intero tragitto a leggere, cosa che chiaramente non si verifica mai.

A volte, per mantenere accesa questa illusione, mi porto

anche il libro che stava prendendo polvere sul mio comodino, almeno gli faccio cambiare aria.

Solitamente trascorro l'intero viaggio a fissare lo schermo dello smartphone, con la sola eccezione dei tratti di gallerie, per esempio quello infinito tra Bologna e Firenze; ecco, lì sono costretta a leggere davvero perché il cellulare non prende e il wi-fi del treno non riesco mai a farlo funzionare. Forse quel wi-fi farlocco è frutto di un accordo sottobanco tra le Ferrovie dello Stato e la lobby dell'editoria. In Italia si leggono in media 3,2 libri l'anno, scommetto tutti durante le gallerie.

Detesto viaggiare, sono una persona molto irrequieta che non riesce a stare seduta composta a lungo. Quando viaggio con Gabriele lui si addormenta di botto per poi risvegliarsi all'arrivo. Non so come faccia, si addormenta a comando, è una specie di robot.

Allora io resto sveglia, a simpatizzare con quei bambini che chiedono costantemente ai loro genitori: "Quanto manca? Quando arriviamo?".

Vorrei unirmi al loro coro lamentoso, e invece sono costretta a sfogliare «Internazionale» sperando che la gente mi scambi per quello che non sono, ossia un'esperta di geopolitica.

I biscotti al pistacchio sono immangiabili, perché li ho comprati? Sanno di bagnoschiuma, o almeno di quello che credo saprebbe il bagnoschiuma se lo assaggiassi.

Decido di offrirli ai vicini di posto che, fiutata la fregatura, rifiutano cordialmente.

Questa recente popolarità del pistacchio rimane un mistero che non riesco proprio a spiegarmi. Come ha fatto la legge della domanda e dell'offerta a tirare fuori tutto quel pistacchio oggi considerato necessario? È così facile produrre pistacchio? Un domani le nostre automobili saranno alimentate a pistacchio? Perché non torna internet, così la smetto di farmi queste domande idiote?

Il viaggio in treno, indipendentemente dalla sua durata, è sempre faticoso.

La fatica, però, è modulata in base al censo. Il treno è uno dei pochi ambiti della nostra vita in cui la demarcazione tra chi è ricco e chi campa di stenti è ancora ufficialmente sancita nero su bianco, non devi dedurla da sottili elementi di contesto.

Chi ha più soldi compra un biglietto di prima classe, che adesso però non si chiama più così, lo hanno sostituito con degli eufemismi anglofoni.

Le diverse compagnie ricorrono a parole come *club*, *executive*, *business*, *premium*, ma vogliono dire tutte la stessa cosa: qui ci sono quelli che ce l'hanno fatta.

Chi ce l'ha fatta ha diritto a poltrone più spaziose, una salviettina umidificata, un pacco di taralli e una bevanda, offerti entrambi dal carrello che attraversa i vagoni.

I soldi spesi bene ovviamente non sono per i taralli, quanto per lo spazio extra.

Il vero lusso oggigiorno lo si misura in base a quanto riesci a tenere a distanza gli altri.

Anche la seconda classe non si chiama più così, anche qua l'eufemismo la fa da padrone.

Tra tutti il mio preferito è *smart*, perché ti sta dicendo: "Guarda che non sei povero, sei furbo, è molto meglio". Mi verrebbe da dissentire, però, dato che ti ritrovi a viaggiare con le gambe del vicino conficcate nel costato e se ti viene fame o sete devi provvedere da solo ai tuoi bisogni.

Non solo ti tocca essere furbo, devi essere anche autosufficiente.

Dato che non esiste nulla di più trasversale della maleducazione, in entrambi gli ambienti trovi gente che ascolta video o musica a tutto volume. La cosiddetta «carrozza del silenzio» ha la stessa autorità sul tema di quando mia madre ci imponeva l'omonimo gioco.

Pagare per non essere disturbati a quanto pare non è ancora possibile. Io lo farei subito, non ci sarebbero soldi spesi meglio.

Il controllore non redarguisce mai i cafoni, si limita esclusivamente a controllare che tu abbia un titolo di viaggio e non stia pensando di usufruire gratis di un'esperienza così indimenticabile.

Non esistendo praticamente più i biglietti cartacei, adesso bisogna comunicare ad alta voce il proprio codice, chiamato inspiegabilmente PNR. Questa passerà alla storia come l'epoca degli acronimi che memorizziamo senza conoscerne il significato.

Per motivi a me ignoti non è possibile comunicare l'intero codice. Forse perché è valido anche per il ritorno e qualcuno potrebbe appropriarsene indebitamente?

*Ladri di PNR*, un nuovo capolavoro neorealista.

Il controllore, quindi, te ne chiede sempre una parte e mai la stessa. Può essere la penultima cifra o un altro elemento a caso, tanto per mantenere l'effetto sorpresa.

Fai la giravolta, falla un'altra volta e sei a posto fino alla prossima fermata, quando mugugnerai un laconico «già controllato».

Non so bene cosa aspettarmi da questo mio viaggio a Roma. Solitamente torno in città per pochissimi giorni, spesso c'è anche Gabriele con me. Facciamo delle toccate e fuga faticosissime, in cui per concorso di colpa non riesco mai a incontrare chi vorrei davvero vedere, e alla fine passo le giornate trascinandolo in tutti i miei posti preferiti.

Si tratta di bar e ristoranti normalissimi che non hanno niente di particolare, anzi spesso, lo riconosco, sono parecchio scadenti sotto il profilo gastronomico. Chiaramente lo costringo, con una pistola alla tempia, a definirsi strabiliato.

Questa volta però sarà diverso, perché i tempi saranno più dilatati, perché lui non sarà con me, e perché non potrò in alcun modo considerare questo soggiorno come una vacanza.

Questo sarà a tutti gli effetti un tornare a casa per l'ultima volta.

E il pensiero di questo addio mi fa salire in gola uno strano magone, che vorrei scacciare, ma che sento aumentare contro la mia volontà, mentre, osservandolo fuori dal finestrino, il paesaggio abbandona la tipica monotonia industriale della Pianura Padana e, passate le colonne d'Ercole di Firenze, inizia ad assumere caratteristiche più familiari. Un po' come Heidi che, in cattività a Francoforte, scruta fuori dalla finestra cercando di intravedere le sue montagne, io ho un sussulto ogni volta che passiamo accanto a un pino marittimo.

A ognuno il suo.

Dopo circa tre ore e mezza «*siamo in arrivo alla stazione di Roma Termini, termine corsa del treno. I gentili passeggeri* – tra cui la sottoscritta – *sono invitati a scendere*».

Non me lo faccio ripetere due volte.

Mentre cammino lungo il binario, quel senso di inquietudine provato fino a poco prima finalmente mi abbandona. Tutto mi sembra così piacevolmente familiare: la temperatura, l'aria, le chiacchiere delle persone che mi sfilano accanto. Tutto è come è sempre stato, persino i tassisti abusivi sono sempre gli stessi, hanno praticamente il posto fisso.

«Signori' serve un taxi?»

Scuoto la testa.

"A volte anche l'illegalità si porta dietro la sua buona dose di garanzie", dico tra me e me.

Mi guardo intorno avvertendo una strana sensazione rasserenante, come di un abbraccio a lungo desiderato.

Osservo a una a una le automobili parcheggiate lungo via Marsala, finché non riconosco la piccola Toyota di Valeria. La vedo aprire la portiera quel tanto che basta per sporgersi verso l'alto e farmi segno di venire verso di lei.

Sono felicissima di vederla e ancora incredula che abbia trovato il tempo per me.

«Grazie per essere venuta a prendermi», le dico salendo in macchina.

«Figurati», risponde lei, mentre mi aiuta a sistemare i miei numerosi bagagli. «Così almeno sono sicura di riuscire a vederti. E poi mi hai dato una scusa per rincasare più tardi e lasciare a Nicola l'emozione e la gioia infinita di lavare e nutrire un duenne scalciante.»

«Ah, scalcia?» le chiedo sinceramente interessata.

«Tutto il tempo», ribadisce Valeria. «E per i motivi più stupidi. Pensa che l'altro giorno ha avuto una crisi di nervi perché gli si era spezzato il biscotto e voleva che lo riattaccassi. Non voleva un altro biscotto, no, voleva che riattaccassi proprio quello. Ero talmente disperata che a un certo punto ho preso la Nutella e ho provato a usarla come colla, come una specie di muratore. Inutile dirti che non ha funzionato.»

Scoppio a ridere, immaginandomi la scena.

«Brava. Mi hai appena fatto passare la voglia di avere figli», le dico.

«E ti dirò, questo è niente», aggiunge lei mentre ingrana la marcia e si avvia verso casa mia.

# PARTE SECONDA

## LA CASA DEI RICORDI

«Strana cosa la memoria.
Nel momento in cui mi trovavo realmente lì,
non mi rendevo nemmeno conto del paesaggio.
Non mi sembrava che avesse niente di particolare,
e non immaginavo neanche lontanamente
che diciott'anni dopo avrei potuto ricordarmelo
fin nei minimi dettagli.»

HARUKI MURAKAMI, *Norwegian Wood. Tokyo Blues*

# 8.
## DÉJÀ-VU

Sono nata e cresciuta nel quartiere Della Vittoria, che per un motivo che non ho mai capito tutti chiamano Prati. In realtà quello sarebbe il nome del quartiere immediatamente adiacente, ma col tempo mi sono adeguata e ho finito per chiamarlo anch'io così. Nessuno lo chiama mai Della Vittoria, neppure i suoi abitanti.

Il quartiere si estende dal Foro Italico fino a viale delle Milizie da un lato, mentre dall'altro arriva all'incirca a piazzale degli Eroi, dove comincia un'altra zona chiamata Trionfale.

Le ragioni della toponomastica sono facilmente intuibili: aveva lo scopo di festeggiare la vittoria della prima guerra mondiale. Quella che però sappiamo essere stata una vittoria un po' del cazzo, a riprova del fatto che non importa come vanno davvero le cose, importa sempre e solo come te le racconti.

Invece il perché Prati si chiami così non l'ho mai saputo. Da bambina sentivo mia nonna raccontare che, quando era piccola lei, in quella zona non c'erano molti edifici, ma dei prati nel senso letterale del termine, perciò credo che il nome provenga da lì.

La storia di Roma è ricca di queste informazioni tramandate di generazione in generazione, per cui a un certo punto diventa difficile distinguere l'aneddoto dalla realtà.

Forse, più che difficile, diventa semplicemente poco rilevante.

Mia nonna mi raccontava che i prati si estendevano fino al Tevere, dove da ragazza si recava con le sue sorelle e le sue amiche per fare il bagno d'estate. Per quanto mi impegni non riesco proprio a immaginarmela una vita in cui il Tevere sia stato balneabile, però so per certo che è accaduto, e in un certo senso questo diventa parte anche della mia storia.

Credo sia per questo motivo che a Milano non potrò mai sentirmi veramente a casa, lì non c'è nulla che mi abbia preceduto. Ci sono solo io che arrivo in un afosissimo pomeriggio di fine estate con la prenotazione di un albergo e una valigia più grande di quella che sto trasportando oggi, davanti a me un futuro completamente incerto.

Negli anni ho capito che, almeno per quanto mi riguarda, più è grande la valigia, più ho voglia di tornare immediatamente indietro. Quella volta non aveva fatto eccezione.

Da una parte penso sia entusiasmante l'idea di spostarsi e di costruirsi qualcosa altrove, dall'altra credo che nessuno dovrebbe essere costretto a diventare il capostipite di sé stesso.

Mi guardo intorno mentre Valeria sfreccia abilmente nel traffico serale della capitale.

«Ti mancava questo bel traffico, ve'?» mi domanda, mentre rallenta giusto in tempo per evitare di colpire in pieno un motorino che ci sta superando a destra.

«'Sta stronza!» le urla il motociclista, incurante del fatto di avere palesemente torto marcio.

«Ma vedi d'annattene a fanculo», risponde lei, prima di girarsi nuovamente verso di me.

«Dicevamo?» chiede ridendo.

«Ti sembrerà incredibile, ma sì, mi manca», rispondo con fare volutamente provocatorio.

«Lo dici solo perché sei appena arrivata, ti do un paio di giorni e sarai felicissima di vivere altrove, fidati.»

«Forse hai ragione, tendiamo sempre a romanticizzare il passato, finiamo per sopravvalutare tutto quello che abbiamo perduto e che solo per questo motivo ci sembra magnifico. Se ci pensi lo facciamo con gli ex fidanzati, perché non farlo pure con le città?»

«Ma parla per te, io non romanticizzo nessuno, la mia vita non è mai stata meglio di così», risponde, scrutandomi poi con aria vagamente interrogativa.

«C'è per caso qualcosa che devo sapere?»

«No! Niente, era per parlare», dico forse un po' troppo frettolosamente, sentendomi in colpa non so neanch'io per cosa.

Valeria mi procura spesso questo effetto, è come se riuscisse a leggermi dentro cose di cui nemmeno io sono consapevole fino in fondo.

Cala il silenzio nell'abitacolo, interrotto solo dai numerosi clacson che ci circondano. Ci lasciamo alle spalle viale del Muro Torto e attraversiamo il Tevere passando su un ponte che sono parecchio sicura anni fa avesse un altro senso di percorrenza. Non ho idea di che percorso stia facendo, se mi mettessi alla guida io al suo posto, non saprei come arrivare a casa mia.

Realizzare questa cosa è una specie di doccia fredda.

Incomincio ad avvertire una strana sensazione di déjà-vu, come se quello che mi circonda non mi appartenesse del tutto e l'avesse vissuto un'altra persona in una vita precedente, e forse in un certo senso è proprio così.

Non sono più la stessa persona che se n'è andata dieci anni fa, ma non sono neanche in grado di dire chi sono diventata.

Osservo la gente passeggiare sul Lungotevere. Mi sento in vacanza, una turista a casa mia.

"Finché ce l'avrò, una casa", dico tra me e me.

Saluto Valeria con la promessa di rivederci nei prossimi giorni, promessa di cui mi pento immediatamente dato che mi fa acconsentire contro la mia volontà ad accompagnarla a una lezione di yoga.

«Perché mi odi così tanto?» le domando. «Non ti sembra che stia già vivendo un momento complicato?»

«Dai, che ti fa bene. E poi così almeno ci vediamo noi due da sole, che se vieni a casa ci stanno Nicola e Gregorio e non è la stessa cosa.»

«Sai com'è, sono la tua famiglia», le faccio notare.

«Ah sì? A volte mi chiedo cosa ci facciano in casa mia, grazie per avermelo spiegato», risponde lei fissandomi con aria serissima.

«Valeria, sei una deficiente», ribatto scendendo dall'auto e andando a recupere i miei due trolley dal bagagliaio.

«Non c'è di che!» mi urla lei.

«Scusa, grazie del passaggio», le dico.

«Figurati, lo so che a Milano siete un po' sgarbati, non è colpa vostra.»

Mi avvicino al portone del palazzo in cui sono nata e ho passato tutta la mia vita.

È il tipico palazzo di questa zona, dall'aria signorile, con il tappeto rosso sulle scale di marmo, le rifiniture in ottone, la portineria di legno e l'ascensore in ferro battuto anni Venti.

Ho le chiavi da qualche parte in borsa, ma citofono ugualmente per annunciare il mio arrivo.

Mi giro per salutare Valeria, che mi fa un cenno con la mano mentre riparte spedita verso casa sua.

«Ci vediamo a yoga!»

«Sì. Contaci!»

Apro il pesante portone di legno e mi godo il fresco a tratti irreale dell'androne. Raggiungo il pianerottolo del quinto piano in cui le nostre piante, particolarmente rigogliose, stonano accanto a quelle rinsecchite della dirimpettaia.

Mia madre viene ad aprirmi la porta e, dopo avermi salutata frettolosamente, torna rapida in cucina.

Lascio i miei bagagli all'ingresso e la raggiungo.

Noto che, come al solito, ha preparato cibo sufficiente per nutrire un esercito.

«Abbiamo ospiti a cena?» le domando alludendo alla quantità eccessiva di pentole e padelle che vedo in funzione.

«No, ci siete solo tu e Micol», risponde lei senza capire il perché della domanda, continuando a spadellare.

«Hai cucinato un sacco di roba», le faccio notare.

«Ma no, solo due cosette. Ho pensato che con questo caldo ci volesse qualcosa di leggero. Ho fatto il pollo coi peperoni e una frittatina di zucchine d'accompagnamento.»

«Pensa se faceva freddo!»

Mi guarda senza capire, per poi aggiungere: «Hai visto che vergogna le piante della Marangon?».

«No, che c'hanno?» mento per non darle troppo spago.

È pericolosissimo darle spago.

«Sono tutte morte! Stecchite! Non le hai viste?»

«Mamma, la Marangon è vedova, vive sola, c'ha ottanta e passa anni, mi pare un miracolo si regga in piedi lei, figurati se pensa alle piante poveraccia.»

«Che c'entra, non mi sembra una scusa per rovinare il decoro del palazzo.»

La trovo decisamente in forma, il divorzio non sembra averla minimamente turbata. Vedo che, anche in un momento del genere, ha sempre in testa le giuste priorità.

La casa, come al solito ordinatissima, non è tanto diversa da come l'ho lasciata l'ultima volta. Non si direbbe che da qui a una settimana sarà completamente svuotata.

Forse non sono qui per questo, forse me lo sono sognato?

«Sei pronta?» le chiedo mentre gira la frittata con un gesto veloce, che non saprei mai replicare a mia volta.

«Per cosa?» risponde lei.

Benissimo.

«Come per cosa, ma', il trasloco.»

«Ah vabbè quello, certo, che ci vuole», commenta lei, quasi seccata dalla domanda.

Non mi aspettavo una risposta tanto diversa, quel "che ci vuole" è la sua filosofia da sempre, che ha applicato a qualunque ambito della sua vita.

Non so quante volte le ho sentito pronunciare quella frase. Era la sua risposta standard a tutto, a chi le chiedeva come facesse ad avere due figlie, un lavoro e nessun aiuto domestico, a chi le domandava dove trovasse il tempo di tenere la casa così bene e di essere sempre vestita e truccata di tutto punto, mai un capello fuori posto.

«Ma sì, che ci vuole.» Sono sicura che l'abbia detto anche in sala parto.

Nulla sembra costarle fatica, potrebbe affrontare un killer a mani nude, mentre io vado in crisi alla prima difficoltà; e sono convinta che una parte di lei un po' mi compatisca per questo.

Le mie riflessioni sono interrotte da un rumore di chiavi nella toppa e da mia sorella Micol che fa il suo ingresso in soggiorno urlando: «Eccomi! Sono in ritardo? È già arrivata Martina?».

Le vado incontro e lei mi salta al collo, abbracciandomi come se non mi vedesse da una vita.

In un certo senso è così, l'ultima volta che sono venuta a Roma era Natale, ormai quasi sei mesi fa.

«Oh, finalmente! Come stai bene!» mi dice squadrandomi dalla testa ai piedi.

Un complimento dovuto a non so cosa, forse ai capelli portati finalmente con la riga in mezzo. Me ne compiaccio.

«Lavatevi le mani!» ci urla mia mamma dalla cucina.

Ci mettiamo a tavola in sala da pranzo. A farci compagnia c'è la TV accesa di sottofondo, un qualcosa a cui non sono più abituata ma che immediatamente mi riporta alla mia infanzia.

Del resto, anche la programmazione è rimasta abbastanza invariata. A quest'ora su Canale 5 c'è *Striscia la notizia*, che va in onda da più di trent'anni sempre uguale a sé stesso. Persino Enzo Iacchetti ed Ezio Greggio sono ancora saldi alla conduzione, accompagnati dai soliti rumori inconfondibili.

Noto però che alle veline viene lasciato sempre meno spazio, cosa che comprendo e che trovo adeguata al momento storico, ma non capisco perché questo taglio abbia finito per colpire anche il povero Gabibbo. La cancel culture, a quanto pare, non risparmia proprio nessuno.

Mia mamma e Micol non badano alla televisione accesa, stanno parlando di gente che non conosco e io fatico a seguire la loro conversazione. Ogni tanto provo a intervenire, chiedendo chi sia la persona a cui si stanno riferendo, per poi pentirmene immediatamente, perché segue un coro di stupiti: «Ma come, non ti ricordi di Armando?», «Dai, Luisa e Antonio, i genitori di Giovanni, quelli con la casa a Santa Severa».

Ma chi sono Armando e Giovanni? Chi è tutta questa gente? Perché l'ho rimossa?

A volte è la mia memoria a essere sorprendentemente labile. Altre volte, invece, sono davvero persone che non ho mai conosciuto, gente che fa parte di una vita che è andata avanti anche in mia assenza.

Perché il mondo non si comporta come *Striscia la notizia*? Perché non rimane fermo e immutabile?

Sulla tavola continua a comparire roba da mangiare, adesso è il turno dei salumi e dei formaggi.

Ecco un'altra caratteristica che demarca nettamente il confine tra tutte le persone della mia età e i loro ben più anziani genitori: il frigorifero sempre pieno di affettati da rifilarti con disinvoltura in ogni momento della giornata.

Dopo il pollo, i peperoni e pure la frittata, mia sorella e io ci rifiutiamo di ingerire anche il prosciutto.

Mia mamma, più risentita che preoccupata, si affretta a domandarci: «Non è che siete diventate vegane? Adesso va molto di moda tra voi giovani. Pure Francesco lo è diventato».

«Chi sarebbe mo' Francesco?» domando con un tono decisamente rassegnato.

«Nessuno, il figlio della sua amica, cosa, come si chiama, Sonia. Guarda, lascia perdere», risponde Micol.

Mia mamma non sembra neanche averla sentita e continua a parlare praticamente da sola.

Ci racconta di Bruno, che ovviamente non so chi sia, immagino qualche altro amico suo, che è dovuto diventare vegetariano dopo che gli hanno diagnosticato «un brutto male».

«Quale brutto male?» chiede mia sorella con la perspicacia che la contraddistingue.

«Brutto, bruttissimo!» Mia mamma scuote la testa sconsolata.

«Poverino. Sarà un tumore», le spiego. «La gente dell'età sua non lo chiama col suo nome, non chiedermi perché.»

«Ah, ecco!» risponde lei.

«Io infatti non lo mangio, il prosciutto. Fa venire il cancro. Povero Bruno.»

"Detto da una che fuma", non posso fare a meno di pensare.

Intanto, al solo sentir pronunciare quella parola, mia madre inorridisce e fa un segno di rifiuto con la mano. Un po' per farla contenta, un po' per esorcizzare il tutto, addento una fettina di prosciutto.

Per la prima volta in vita mia, guardandola provo una strana forma di tenerezza.

Quel "che ci vuole" mi suona improvvisamente più falso, più posticcio. Come se fosse rigato in superficie e attraverso i graffi si vedesse la fragilità celata sul fondo. Pian piano si fa strada in me la consapevolezza che, non so dire quando, un giorno qualsiasi mentre non ero qui, mia madre abbia smesso di essere la persona preposta a difendermi dalle brutture di questo mondo e si sia trasformata in una bambina che, in un universo alla rovescia che vorrei non fosse il mio, cerca paradossalmente in me una qualche forma di protezione.

Peccato che io non sia in grado di fornirgliela, non sono in grado di offrirla neanche a me stessa.

Nel mentre, in sottofondo, i conduttori illustrano la classifica dei «Nuovi mostri».

A dispetto del nome, li trovo sorprendentemente rassicuranti.

* * *

Dopo aver finito di cenare e aver caricato la lavastoviglie, faccio per prendere i miei bagagli e portarli in camera mia.

Però mi fermo sulla soglia perplessa, c'è qualcosa che non va.

Da Natale a oggi mia mamma ha cambiato la disposizione delle stanze?

Questa non è camera mia, o almeno non le somiglia affatto.

In fondo, lì dove c'era il mio letto, adesso c'è un divano. Il mio armadio è sparito, e con esso i pochi vestiti che ci avevo lasciato dentro, cedendo il posto a un più bello, ma sicuramente meno pratico, comò, chiaramente pieno di roba sua. La mia scrivania con la libreria annessa è rimasta invariata, ma adesso è sommersa di faldoni e carte che non mi appartengono. L'angolo in cui c'era il mio piccolo televisore con videoregistratore incorporato è stato soppiantato da un cavalletto da pittore. Vero che non lo usavo dal '98, ma non mi risulta che in questa casa qualcuno sappia dipingere.

La tenerezza provata fino a qualche minuto prima per mia madre svanisce rapidamente.

Inferocita, torno in cucina a grandi passi pronta a lamentarmi.

La trovo china sul suo computer, talmente concentrata che non sembra badare troppo a me. Lo sguardo crucciato e gli occhiali da vista lasciano presagire qualche guaio informatico di grande entità, come quella volta che diceva di aver cancellato Google, invece era solo sparita l'icona dal desktop. Quando gliel'ho ripristinata, a Mountain View hanno certamente tirato tutti un sospiro di sollievo.

«Ah, brava Martina, eccoti. Ti sei sistemata? Ti volevo chiedere una mano. Perché non trovo la puntata di *Un posto al sole* di oggi su Rai Replay? Me la cerchi tu?»

«Si chiama RaiPlay, mamma, sì, ma prima potresti aiutarmi tu a trovare camera mia? È irriconoscibile. Perché hai cambiato tutto?» le domando palesemente alterata.

«Cambiato tutto! Sei sempre la solita esagerata. Le ho dato una rinfrescata. Volevo che fosse uno spazio più funzionale, più moderno, adatto a essere usato come studio. C'è un inserto bellissimo sull'ultimo numero di "Cose di Casa", si chiama *Lo studio: oasi di benessere*, aspetta che te lo recupero così lo metti in pratica anche tu per casa tua.»

Si alza per andare a cercare la rivista, ma la blocco immediatamente.

«No grazie, non mi serve, non abbiamo uno studio in casa, non abbiamo spazio, abbiamo a malapena il bagno. Perché tu invece ne hai uno? Cosa dovresti farci? E perché proprio in camera mia?»

«E dove, se no?» risponde lei, perplessa dalla domanda. «Dove dovrei realizzarlo? In camera di tua sorella? Lei abita ancora qui.» Mi guarda come se fossi io la matta.

Certo, non fa una piega.

«Ma perché hai uno studio? Non lavori, sei in pensione», insisto.

«Che domanda», sbuffa. «Ce l'ho e basta. Una stanza dove occuparmi delle mie questioni, dove fare le mie cose, ma mi devo giustificare con te?» replica con aria capricciosa.

«E perché c'è un cavalletto per dipingere?»

Questa la voglio proprio capire, sono curiosa.

«Perché da quando tuo padre e io abbiamo deciso di divorziare ho iniziato a dipingere. Mi trasmette un'immensa serenità, dovresti provare anche tu.»

«Certo, come se non avessi niente da fare tutto il giorno.»

«Mah. Che ci vuole?»

Decido di rinunciare e non insisto oltre, ho paura di quello che potrebbe aggiungere.

Mi butto sul divano pensando che la generazione dei miei genitori è stata privilegiata in una maniera di cui non sono minimamente consapevoli: impieghi molto più sicuri e meglio retribuiti, ampie e comode abitazioni a costi irrisori, una congiuntura economica più che favorevole, la possibilità di costruirsi una famiglia senza dover fare grosse rinunce e senza troppe preoccupazioni. Ti credo che poi ti viene voglia di dipingere.

A quel tempo un solo stipendio poteva essere sufficiente. Mia madre non aveva bisogno di lavorare, ma era l'unica nel suo giro di amiche a ostinarsi a farlo.

Tutte le mattine, dopo averci lasciate davanti a scuola, andava in questa piccola merceria di via degli Scipioni dove passava la giornata tra stoffe, nastri, gomitoli e della biancheria intima particolarmente scomoda che ci costringeva a indossare con la scusa che fosse di qualità.

Molte adolescenti comprano di nascosto le sigarette, io compravo i perizomi in pizzo sintetico.

«Perché ti ostini ad andare in quel negoziaccio buio e polveroso?» le domandava mio padre.

«Perché non ho nessuna intenzione di stare a casa ad annoiarmi per far contento te», rispondeva lei.

Queste conversazioni avevano luogo tipicamente la sera tardi, quando pensavano che mia sorella e io non fossimo a portata di orecchio. Sentendoli litigare dalle nostre stanze, ci muovevamo quatte quatte, attente a non fare alcun rumore, posizionandoci in corridoio per ascoltare meglio.

Da che ho memoria, non c'è stata sera che non passassero a discutere animatamente, per usare un eufemismo. Diciamo che la notizia della loro separazione quando è arrivata non è stata propriamente una sorpresa.

All'inizio Micol era molto piccola, non capiva bene cosa succedesse.

«Mamma e papà non si vogliono bene?» mi domandava spaventata, gli occhi sgranati e lucidi.

«No, è normale», le dicevo. «Tutte le coppie litigano. Vedrai, anche tu da grande litigherai con tuo marito.»

Soltanto adesso mi rendo conto di quanto fosse tristemente sbagliata quella frase nella bocca di una sedicenne.

Mio padre a un certo punto alzava la voce, esasperato.

«Non capisco perché paghiamo una tata che ci guardi le bambine al pomeriggio, quando tu potresti lasciare quel lavoro, o quantomeno farlo part-time se proprio ci tieni così tanto.»

«Possiamo smettere di pagare la tata, la signora Marangon ha detto che ce le guarda volentieri lei al pomeriggio mentre sono al negozio.»

«E io dovrei lasciare le mie figlie a quella vecchia fascista perché la loro madre non ha voglia di fare la madre?»

«Che vuol dire fascista?» mi aveva domandato quella sera Micol, ma ricordo che l'interrogativo dovette rimanere senza risposta perché a quel punto mia madre, dopo un silenzio carico di disprezzo, aveva abbandonato il soggiorno e noi eravamo tornate velocemente nelle nostre stanze.

Mia madre è sempre stata molto battagliera, attenta alle questioni di genere e ai diritti delle donne. Ci ha fatto promettere che nella vita non avremmo mai rinunciato alla nostra indipendenza economica, per quanto piccola fosse.

Se lo sapesse ci rimarrebbe molto male, ma se la nostra epoca martoriata ce lo consentisse, io rinuncerei immediatamente al mio lavoro lasciando a Gabriele tutto il divertimento.

La verità è che sono troppo pigra e svogliata per poter anche solo pensare di essere una brava femminista.

Stasera mi trovo nel medesimo corridoio, ma sto frugando nel lungo armadio a muro alla ricerca di un paio di lenzuola pulite con cui trasformare quel divano in qualcosa che assomigli a un letto.

"Un'oasi di benessere", per l'appunto.

"Che ci vuole", dico a me stessa.

Sono distrutta, non vedo l'ora di stendermi, ma prima recupero il mio quaderno dal trolley. Ovviamente l'ho portato con me. Osservo la casella corrispondente alla data di oggi e decido di lasciarla bianca. Tutto sommato è stata una bella giornata. A parte i sentimenti contrastanti, nel complesso è stato piacevole tornare a casa e rivedere la mia famiglia, sono felice di averlo fatto.

Metto in carica il mio smartphone su cui noto solo ora un messaggio di Gabriele. Mi era completamente sfuggito.

Che fai? Sei arrivata? Io sono a una festa, non prende il telefono, ci sentiamo domani? Buonanotte!

A una festa?! In mezzo alla settimana? È forse impazzito? Pensa di avere vent'anni?

Con mia grande sorpresa, trovo anche un messaggio di Fabrizio, in risposta alla Instagram story che ho pubblicato qualche ora fa e che vede una foto della stazione Termini con su scritto Back R-Home.

Non male vero? Sono il Mogol della caption a mezzo social.

Sei a Roma??? mi scrive lui aggiungendo l'emoticon dell'occhiolino.

L'occhiolino. Così giovane, così boomer.

Non ti sfugge niente, rispondo.

Mi metto a sfogliare la copia di «Internazionale» che mi sono ben guardata dal leggere in treno e mi addormento immediatamente.

## 9.
## NIENT'ALTRO CHE PARTI CONTRAENTI

È ormai mattino presto, e io mi sveglio con la schiena distrutta. Sostituire il mio letto con un divano non è stata un'idea geniale.

Stanotte faccio cambio con Micol, ho deciso. Non me ne frega niente se oppone resistenza.

Da quanto ho capito, si è recentemente messa in testa di fare il cammino di Santiago con le sue amiche questa estate. Dice che lo farà «per ritrovare sé stessa», ma in realtà sono sicura che il suo unico scopo sia rimorchiare qualcuno. In ogni caso, meglio che si abitui fin da subito alla scomodità e alle privazioni che inevitabilmente caratterizzeranno un'esperienza di questo tipo.

Glielo dovrò comunicare direttamente stasera, stamattina è uscita di casa presto per andare all'università con la sua amica Flaminia che deve sostenere un esame particolarmente difficile ma, cito testualmente, la cosa non la preoccupa perché Deborah, la cartomante dei Castelli, le ha detto che andrà sicuramente benissimo.

Spero per lei, e un po' anche per la carriera di Deborah, che comunque abbia almeno aperto il libro.

Io invece non ho particolari programmi per oggi, tranne cominciare a fare ordine tra la mia roba. Fra pochi giorni la ditta di traslochi sarà qui per smontare i mobili, e per quella data dovrei aver quantomeno isolato quello che devo conservare rispetto a quello che invece va dato via, ma nonostante lo scarso tempo a disposizione decido di prendermela con calma e rimandare quel momento.

Ciondolo per casa e noto per la prima volta quanto, col passare del tempo, assomigli sempre meno a come me la ricordo. Devo togliere le riviste d'arredo a mia madre e probabilmente anche internet, dato che ha disseminato in ogni angolo delle discutibili creazioni più shabby che chic che fanno a pugni con il resto degli altrimenti classicissimi arredi.

Boiserie di legno, tappeti persiani, chinoiserie, lampadario in cristallo di Boemia, statuette d'avorio africane... non c'è un elemento decorativo in questa casa che non evochi nella migliore delle ipotesi appropriazione culturale, nella peggiore qualcosa che oggi è diventato reato.

Mi siedo al tavolo della cucina, o meglio dovrei dire «tinello», per usare un termine corretto seppur in via d'estinzione, individuando l'esiguo spazio lasciato libero da un gigantesco centrotavola realizzato con materiali a mio avviso ingiustamente strappati alla discarica.

Apro le ante della dispensa, ma non trovo nulla che sia di mio gusto: i bastoncini di crusca mi sembrano una punizione eccessiva per questa mattina. Sono costretta a optare per una colazione improbabile con un paio di merendine e una tisana drenante alla betulla.

"Perché non sono scesa al bar sotto casa?"

Mentre mi pongo questo interrogativo per cui purtroppo non ho una risposta, mia mamma approfitta del mio momento di palese vulnerabilità gastronomica per avvicinarsi tutta gongolante e allungarmi sul tavolo un pacchetto con fare solenne.

«Volevo dartelo ieri sera, ma ho preferito aspettare che non ci fosse tua sorella», mi dice con aria cospiratoria.

«Che cos'è?» le chiedo sorpresa. «Non dovevi farmi un regalo», la rimprovero mentre scarto e soppeso tra le mani la raffinata scatolina di velluto.

L'ho detto per pura educazione, in realtà sono molto felice all'idea di un regalo, penso possa trattarsi di qualche oggetto di valore. Magari è un gioiello di famiglia tramandato di madre in figlia? Un antico monile appartenuto a mia nonna e che giustamente spetta a me in quanto nipote primogenita. Insomma una di quelle cose che i genitori, trattenendo a stento le lacrime di commozione, ti regalano il giorno del tuo matrimonio, ma che, vista l'allergia di Gabriele al concetto di nozze, evidentemente sono costretti a donarti una mattina qualunque mentre ti ingozzi di grassi idrogenati all'indomani del loro divorzio.

Del resto, la vita è ingiusta per tutti, mica solo per noi.

Apro la scatolina, ma al suo interno non trovo nessuna pietra preziosa.

C'è solo una medaglietta, in quello che credo sia argento, con incisa la figura della Vergine Maria e una scritta in inglese che recita: ITALY VIRGIN OF CARMEL.

Rimango in silenzio per qualche secondo, il tempo necessario a mia madre per esclamare soddisfatta: «La scorsa settimana sono stata a una messa solenne in onore della Madonna del Carmelo e ho preso questa cosa per te. L'ho fatta benedire dal monsignore in persona».

La Madonna del Carmelo? Come Cettina di *Un medico in famiglia*?

Passi la pittura, passi lo shabby chic, ma a questo punto credo che mia madre sia uscita definitivamente di senno. Come ha fatto una ex femminista che negli anni Settanta è scesa in strada per il diritto all'aborto a trasformarsi in una sorta di beniamina della curia?

Trattenendo a stento l'entusiasmo, e ignorando la mia espressione basita, inizia a sproloquiare a proposito di questa messa.

Capisco che si è trattato di un evento esclusivissimo a cui lei ha avuto l'onore di accedere, dato che non so quale sua amica conosce una persona che è a sua volta sposata con un funzionario molto in vista del Vaticano.

Realizzo con orrore che mia madre tratta gli eventi religiosi come noi a Milano consideriamo, che so, la Settimana della Moda o quella del Fuorisalone.

Il funzionario però, a quanto pare, non deve sapere che lei ha divorziato. Non starebbe bene altrimenti ricevere la benedizione che tanto ormai ha ricevuto lo stesso, mi riferisce con l'aria soddisfatta di un bambino che ha appena combinato una marachella senza farsi beccare.

Interrompo questo elenco infinito di nomi, cariche paraecclesiali e riflessioni deliranti, per domandarle: «Okay, ma perché me la stai regalando?».

Mi guarda con quello che temo sia compatimento, esitando un po' prima di dirmi con gli occhi lucidi per la commozione: «Be', ho pregato per te, affinché tu possa avere presto un bambino».

Be'. Esilarante, considerato che per anni ha pregato esattamente per il suo opposto.

Comunque, mannaggia a me e al giorno in cui le ho detto che io e Gabriele avevamo iniziato a provarci.

Cosa mi è saltato in mente? Mai dare troppa confidenza ai propri genitori. Un errore madornale, la vita non è una puntata di *Una mamma per amica*.

«Grazie mamma», le dico palesemente sconvolta da questa iniziativa, per poi riportarla all'ordine con un «Guarda che non c'è bisogno che preghi per me, non sono mica messa così male».

«E chi ha detto che sei messa male?» risponde con un tono risentito. «Certo che sei proprio suscettibile», aggiunge.

Ahia, adesso parte la lamentela. Tipico di mia madre: riuscirebbe a far la vittima anche se avesse causato lei un attentato terroristico.

«Scusami tanto, se volevo fare una cosa bella per te. Avrei potuto pensare a chiunque altro, sai? Al mio amico Bruno, per esempio, o avrei potuto pensare a me stessa per una buona volta. Del resto sto solo divorziando, ma a te non importa niente, non mi chiedi neanche come sto. Ma va bene, va bene, io penso a te, perché sono tua madre e ho chiesto alla Vergine del Carmelo di intercedere per te e questo è il ringraziamento.»

«E dimmi un po', che t'ha risposto la Vergine?» le chiedo con fare provocatorio.

«Non ci parlo con te», ribatte lei palesemente offesa. «Quando fai così si vede proprio che sei figlia di tuo padre.»

* * *

Mio padre, che tanto per fare una cosa nuova ha appena finito di giocare a padel, mi chiede di raggiungerlo da Antonini per un aperitivo e per darmi delle spiegazioni di persona.

«Non ce n'è bisogno», gli dico, pur raggiungendolo ugualmente con fare rassegnato.

Siamo seduti a un tavolino all'aperto. Davanti a noi un piattino di tartine, un prosecco per lui e un crodino per me.

Le spiegazioni però dovranno aspettare, siamo già al terzo giro di presentazioni e saluti con amici e conoscenti incontrati per caso. Gente che come lui ha smesso ormai da un pezzo di lavorare a tempo pieno e adesso si gode la vita.

Bello, chissà cosa si prova.

Dubito diventerò mai una di loro e, seppure questa consapevolezza in parte mi uccida, decido di scacciarla via addentando una tartina con la polpa di granchio.

"Qui e ora", come dicono quelle che meditano.

Intanto si susseguono numerosi i vari:

«Buongiorno, avvocato.»

«Hai visto che ha fatto la Roma ieri sera? Nun ce se crede.»

«Quant'è cresciuta sua figlia, è la piccola questa?»

«Ma come la grande?! Ma se sembra una bambina!»

Tutti pronunciati come se non fossi lì.

Un po' annuisco e sorrido, un po' mi limito a masticare.

Le spiegazioni di mio padre, quando arrivano, non aggiungono molto a quanto ci eravamo già detti per telefono. Lui e mia madre stanno semplicemente sistemando le cose in via definitiva.

«Forse in maniera un po' sbrigativa», si sente di ammettere.

«Ah dici? Ma no, perché?» rispondo con fare sarcastico.

«Martina, non trattarmi come tratti tua sorella, guarda che me ne accorgo», mi dice lui.

Touché.

«Quando arriverai alla mia età ti renderai conto che alcune scelte, per quanto difficili, vanno prese, e a volte vanno prese rapidamente.»

«Perché rapidamente? Ti servivano soldi?»

«Martina, tu non preoccuparti.»

Eccolo il "non preoccuparti" di mio padre, parente stretto del "che ci vuole" di mia madre.

Due facce della stessa medaglia, due modi diversi di farsi forza da soli e al tempo stesso di proteggermi.

Non che non sia loro grata per questo, ma ho trentaquattro anni, potrebbero iniziare a trattarmi come un'adulta in grado di comprendere. A volte sembra che, per loro due, Micol e io siamo completamente interscambiabili, e soprattutto ancora minorenni.

Non so perché mio padre mi abbia promesso delle spiegazioni oggi, lo conosco troppo bene per sapere che preferirebbe farsi staccare un dente senza anestesia piuttosto che aprirsi veramente.

È una persona molto poco empatica, come sono forse tutti gli uomini della sua generazione, ma è anche un pragmatico, uno che non rimugina sulle cose.

A volte alcuni comportamenti di Gabriele me lo ricordano tantissimo. Che Freud alla fine avesse ragione? Finiamo per innamorarci di persone che non sono altro che la copia dei nostri genitori?

Il pensiero mi fa rabbrividire.

Lo ascolto continuare a parlare più a sé stesso che a me, e intanto rifletto sul fatto che il divorzio sia una questione puramente economica, e in questo non è poi così diverso dal matrimonio.

Possiamo romanticizzare l'amore quanto ci pare, ma alla fine tutto si riduce a una questione di contratti e recesso dai medesimi.

Li chiamiamo coniugi, ma non sono altro che parti contraenti.

«Non mi serve un pezzo di carta per dimostrarti che ti amo», mi ha detto una volta Gabriele durante una delle nostre infinite discussioni sul tema matrimonio in cui lo mettevo alle strette e gli dettavo minacciosi ultimatum a cui non credevo neanch'io.

"Non serve a te, ma serve a me", pensavo prima di iniziare la mia ennesima rappresaglia orsacchiotto munita.

"Guarda il lato positivo", dico oggi a me stessa. "Se non ci sposiamo non potremo neanche mai divorziare."

Intanto mio padre, approfittando della mia palese rassegnazione, ha cambiato argomento, mi sta chiedendo del mio lavoro.

Non so se me la sento di affrontare questa conversazione: mi infilo in bocca un'altra tartina.

Mi chiede come procede, se ho delle buone prospettive, se penso di rimanere ancora a lungo in quell'agenzia o se mi sto guardando intorno.

«Te lo chiedo perché mi sembra ormai passato parecchio tempo da quando hai cominciato, non ti sei mai mossa da lì.»

Grazie dell'informazione, papà, non me n'ero mica accorta.

L'altro giorno ho notato che ha visitato il mio profilo LinkedIn. Si stava forse documentando per questo incontro? La prospettiva è a dir poco intollerabile.

Non pago, decide di aggiornarmi su quello che stanno facendo i figli dei suoi amici. Gente che non conosco e che chiaramente già detesto. C'è chi ha finito la specializzazione e adesso è il più giovane chirurgo ortopedico in Italia, il virtuoso del femore; chi si è sposato e ha già fatto due figli, chi ha vinto non so quale concorso pubblico in prefettura. Manca solo la medaglia d'oro olimpica e completiamo l'album di figurine «I figli dei vostri sogni 1987/1988».

Decido quindi di affrontare questa conversazione con grande aplomb e capacità di improvvisazione. Gli parlo del mio lavoro in maniera lacunosa, glisso, minimizzo, arrivo persino a mentire quando necessario.

«Ho rifiutato delle offerte», invento di sana pianta. «Sai, Giancarlo dice che ho buone possibilità di crescita, a breve mi farà gestire un progetto importante.»

«Bravissima, queste sì che sono belle notizie», mi dice lui.

Chissà se mi crede o fa finta di?

Mentre sorseggio il mio crodino scruto la sua espressione e in me si fa strada una triste consapevolezza: in cuor mio sono sicura di averlo irrimediabilmente deluso.

Vorrei dirgli: "Se ti può consolare, non sai quanto ho deluso me stessa".

Cambio discorso, gli chiedo della sua compagna.

«Come sta Caterina?»

«Bene, perché?» risponde lui un po' sulla difensiva.

«No niente, domandavo, tanto per chiedere, è parecchio che non la nomini.»

«È impegnata, lavora molto», dice lui borbottando.

Caterina è entrata ufficialmente nella sua, e di conseguenza nella nostra, vita ormai parecchi anni fa. Sono abbastanza sicura che in realtà fosse già presente da tempo immemore, senza però darlo a vedere, abile a gestire quel ruolo di amante che vede coinvolte molte donne per i motivi più disparati. A volte è destino, per alcune si tratta di sfortuna, altre volte è frutto di un disegno ben preciso: le relazioni a metà sanno essere confortevoli per entrambe le parti.

Micol e io le siamo affezionate, è una brava donna, e con noi è sempre stata più che gentile, anche se l'ultima volta che l'ho vista ho registrato dell'insofferenza nei confronti di mio padre e della sua famiglia, ossia noi. Credo che lui le piacesse molto di più come amante che come compagno di vita, e credo che questa idea del divorzio, al contrario di quello che si potrebbe immaginare, non le vada affatto a genio.

Parliamo di vacanze. Lui a breve partirà per la Sardegna con un «gruppo di amici».

«E Caterina?» gli domando.

«Ha le sue cose a cui pensare, il papà sta poco bene, adesso lo hanno ricoverato. Sai, quasi novant'anni, col diabete, il piede malandato... non una bella situazione.»

Improvvisamente mi sento in colpa. Forse quella che ho visto lo scorso Natale non era insofferenza, forse aveva solo le sue preoccupazioni. Quei problemi tipici di un'altra fase della vita, quella in cui bisogna ineluttabilmente prepararsi a dire addio ai propri genitori. Il momento in cui si diventa davvero adulti per la prima volta, indipendentemente dalla propria età.

Penso di non aver mai detestato i miei genitori quanto in

queste ultime settimane, ma al contempo il pensiero che quel giorno potrebbe non essere poi così lontano mi paralizza. Avverto immediatamente la ahimè familiare morsa del panico, quella che riservo esclusivamente alle grandi paure: morte, voli a medio e lungo raggio, parrucchieri che non conosco a sufficienza.

Anche se non ho fame, afferro l'ultima tartina: gamberi e maionese, colesterolo puro, meglio che mio padre non la tocchi.

«Sei pazza a voler andare in Islanda a prendere freddo», mi dice intanto lui che pensa alle vacanze, completamente ignaro del fatto che io stia invece pensando alla sua mortalità come essere umano.

«Quello è Gabriele, lo sai che sono anni che mi tormenta con quest'ossessione per il Nord Europa. Io lo assecondo, che devo fare?»

«Fai bene, tua madre non mi ha mai voluto dare retta e guarda com'è finita.»

Annuisco comunicandogli in anteprima che mia sorella vuole fare il Cammino di Santiago, mi sembra doveroso informarlo visto che sarà lui a finanziarlo.

Mi dice che non potrà essere tanto peggio dell'anno in cui ha fatto il Cammino di Santorini, una processione con tappa in ogni cocktail bar dell'isola.

Ridiamo.

Mio padre sa essere simpatico, glielo devo riconoscere.

«A proposito di Santorini», esclama, per poi aggiungere: «Non c'eri andata anche tu con quel tuo fidanzato? Come si chiamava?».

«Chi? Fabrizio?» gli chiedo, conoscendo benissimo la risposta.

«Ah sì, brava, ecco come si chiamava. Fabrizio, il laziale.»

Niente, non l'ha superata.

«Mi sa che l'ho visto qualche giorno fa, era lui, possibile?» mi domanda descrivendomi la scena. «Camminava su via Cola di Rienzo, era in compagnia di quella che credo fosse la moglie? Spingevano un passeggino. Per caso ha avuto anche un figlio?»

«Ah non lo so, non lo sento da allora», mento, cercando di nascondere il mio fastidio. «Forse non era lui, magari ti sei sbagliato», aggiungo velocemente.

Mi accorgo però che mio padre, improvvisamente preso da alcuni messaggi sul suo smartphone, ha smesso di ascoltarmi.

## 10.
## VADA A BORDO, CAZZO!

Mio padre è avvocato, ma non ha mai voluto che seguissi le sue orme.

Ha fatto di molto peggio: si è messo in testa che avrei dovuto studiare medicina. Chissà perché desiderava così tanto una figlia medico: forse per le possibilità di guadagno, forse per il prestigio sociale?

L'ho sempre trovato estremamente ironico, considerato che lui ha il terrore di tutte le pratiche sanitarie, anche le più innocue. Non si farebbe mai toccare da nessuno, neanche se fosse in fin di vita.

Se avesse una freccia conficcata nell'occhio, mi chiederebbe di spostargliela leggermente, per vedere meglio la Roma.

Fra tutti i modi in cui potevo deludere le sue aspettative, ho optato per l'iscrizione a Scienze Politiche.

Non che avessi una particolare vocazione a riguardo, del resto non penso si sia mai vista una bambina dire "da grande farò la scienziata politica", anche se con tutte queste storie della buonanotte per bambine ribelli il rischio è ormai dietro l'angolo.

Semplicemente era una facoltà adatta a me, nella misura in cui offriva un po' di tutto, senza approfondire nulla in particolare: poca economia, poco diritto, poca matematica e tanta storia, che era la materia in cui riuscivo meglio a scuola, al punto che nel periodo di massimo hype per gli Egizi, durante le elementari, io e Valeria avevamo anche preso in considerazione l'idea di diventare archeologhe. Idea che poi fortunatamente abbiamo accantonato, ci mancherebbe solo, tra i mille problemi che abbiamo oggi, andare pure in giro per il mondo a spolverare sarcofagi.

Valeria mi aveva seguita in questa scelta universitaria, più per mancanza di inventiva che per inclinazione personale.

Con gli esami ce la cavavamo bene. Certo, non eravamo Lila e Lenù dell'*Amica geniale*, dubito che alla Normale di Pisa si stessero strappando i capelli all'idea di non averci tra i loro studenti, però, complice anche il nostro sgobbare in assenza di una vita sociale particolarmente frizzante, portavamo a casa ottimi risultati.

Caratteristica peculiare di tutte le facoltà di Scienze Politiche è che per frequentarle devi essere, o quantomeno apparire, politicamente impegnato, pena l'esclusione sociale.

Gli studenti militano tutti in qualche partito, scrivono parole infuocate su giornali universitari che non leggono neanche i loro parenti, raccolgono firme per qualunque cosa, puntando al fatto che potresti confonderti col foglio presenze.

Valeria e io non eravamo delle complete ignoranti senza alcuna consapevolezza del mondo che ci circondava, ma da lì a saper collocare su una cartina muta il Tagikistan come i nostri compagni di corso ce ne passava.

C'era sempre qualche nuovo conflitto bellico, qualche causa con cui schierarsi, anche nobilissima per carità, di cui noi non sapevamo un bel niente e su cui passavamo le ore in aula computer a documentarci. Più che le ore, sarebbe più onesto dire i primi cinque minuti. Raccoglievamo le informazioni minime per sostenere una qualche forma di conversazione sul tema, e dedicavamo il restante tempo a giocare a Pet Society, una specie di Tamagotchi per adulti con troppo tempo libero molto in voga all'epoca e che andava fortissimo anche nella pubblica amministrazione. Avevo una fonte certa: mia zia, impiegata comunale.

Valeria, che era un pochino ansiosa, allo scopo di omologarsi ed evitare di diventare una paria dell'impegnato milieu universitario, si era procurata da sua cugina una borsa usata di Emergency. Un'orrenda tracolla lisa, con cui dichiarare furbescamente al mondo universitario la sua inattaccabile posizione bipartisan: a fianco di chi soffre, ma senza bandiere di sorta.

In quel periodo frequentava un compagno di corso, quel Massimiliano che mi ha trovato poi una casa a Milano, un ex rappresentante d'istituto appassionato di occupazioni, noiosissimi cineforum fantozziani, infiniti cortei al sabato sotto il sole a picco, quando la gente normale, tra cui io, stava in spiaggia a Fregene a mangiare gli spaghetti con le vongole.

Era uno di quei maschi che ti deve sempre spiegare come gira il mondo, che ti tratta con la condiscendenza di chi è convinto di essere più intelligente di te e ci tiene che tu ne diventi al più presto consapevole a tua volta.

Non che non lo sopportassi, lo detestavo proprio.

Però era una bella storia la loro, molto romantica. Lui una volta le aveva persino organizzato una caccia al tesoro che, dopo diversi giri surreali a raccogliere indizi per la città, culminava davanti alla storica sede del PCI in via delle Botteghe Oscure.

«Qual era il premio finale?» le avevo domandato. «Un poster di Togliatti?»

«No, una poesia scritta da lui», mi aveva risposto lei con occhi sognanti.

«Ah», mi ero limitata ad aggiungere.

Certo, non capivo cosa avessero in comune, direi fondamentalmente nulla, ma sembravano una coppia affiatata, o almeno lei era felice.

Probabilmente al buon funzionamento della cosa contribuiva anche la borsa di Emergency, così come il fatto che Valeria guardasse *Amici di Maria De Filippi* di nascosto, dicendogli che andava a un incontro di sole donne contro i medici obiettori.

Me la ritrovavo tutti i sabato sera sul divano di casa mia. Si presentava con il gelato, indossando una maglietta con la scritta OBIETTA SU 'STA FREGNA.

Se ci ripenso rido a crepapelle, ma io non ero messa molto meglio in quel periodo, anzi.

La mia relazione con Fabrizio era praticamente finita, ed ero l'unica a non essersene accorta.

C'è una cosa che caratterizza tutti gli amori di gioventù, e generalmente è il "chi cazzo me l'ha fatto fare" postumo.

Ci ripensi dall'alto della tua relazione attuale, stabile, matura, pacifica, in cui se proprio una mattina ti annoi decidi di fare una piazzata perché lui non ha portato fuori la pattumiera, e ti senti realizzata, soddisfatta.

È una cosa che si impara ad apprezzare con gli anni questa della stabilità senza particolari colpi al cuore; da giovane, invece, tendi a idealizzare la persona di cui ti sei innamorata. Ti sembra la più intelligente, la più affascinante, capace di mirabolanti prodezze.

La realtà dei fatti potrebbe smentirti, se solo ti degnassi di osservarla.

Invece è tutto un "Come suona bene la chitarra" e sta sbagliando persino *La canzone del sole.*

"È bellissimo, ha qualcosa di Leonardo DiCaprio", quando è palesemente il sosia di Giancarlo Magalli.

"Non esiste persona più acculturata", e invece è stato convinto per anni che la celebre poesia di Pascoli si chiamasse *Per agosto.*

Tra i miei tanti difetti, quelli veri, non quelli che racconto ai colloqui quando tento di farmi assumere, c'è questo fatto di fermarmi sempre alla prima opportunità, finendo per idealizzarla.

È una forma di pessimismo conservativo, la mia. Sono sempre convinta che il meglio l'abbia già incontrato e che statisticamente quanto mi aspetta non possa che rivelarsi un peggioramento. Vedo una casa che potrei affittare? La voglio prendere anche se ha i tubi che perdono, tanto difficilmente ne troverò una migliore. Devo comprare un vestito per andare a un matrimonio? Ne prendo uno che mi cade così e così, del resto è l'ultima taglia, non posso rischiare di farmela sfuggire e ritrovarmi senza nient'altro in mano.

È la filosofia del meno peggio, la sindrome dell'accontentarsi.

Con i miei fidanzati ho spesso applicato lo stesso principio, probabilmente dettato da una forma di insicurezza, e così ho fatto anche con Fabrizio, finendo per accontentarmi dei brandelli di una relazione che sì, probabilmente era stata anche importante per un periodo della nostra vita, ma che ormai faceva acqua da tutte le parti.

Il nostro grande amore si è concluso in un modo che faticherei a definire epico.

Mi ha detto che non era più tanto sicuro di amarmi mentre mangiavamo un gelato nel parcheggio del benzinaio di corso Francia, come una versione sfigata di Babi e Step di *Tre metri sopra il cielo.*

Già quello avrebbe dovuto allarmarmi, due ventenni con casa libera dai propri genitori che, invece di passare il pomeriggio a rotolarsi nelle lenzuola, languono in un parcheggio mangiando gelato gusto Plasmon.

Invece non ho fatto in tempo a realizzare che stavamo affondando, che lui aveva già abbandonato la nave, più veloce del comandante Schettino.

"Vada a bordo, cazzo."

Non è tornato.

Nel giro di poche settimane già frequentava un'altra ragazza. Una svampita convinta che l'altra celebre poesia del Pascoli si chiamasse *La cavallina storta.*

Nessuno li ha mai visti mangiare gelato.

Ci sono solo due modi per reagire al trauma della separazione: buttarsi addosso alla prima persona che si incontra, che spesso statisticamente si rivela la peggiore immaginabile, oppure chiudersi in casa, mettendo in atto pratiche autolesioniste.

Non sei tu a decidere, dipende dalla tua natura. È come la bacchetta di Harry Potter: è lei a scegliere il mago.

Mi sa che la mia bacchetta, come me, era masochista.

Per un po' non ho dormito e ho basato la mia alimentazione esclusivamente sulle Fonzies e un occasionale Fruttolo, per l'apporto di vitamine. Mi guardavo bene dallo studiare, passando le giornate chiusa in camera mia a guardare foto di vite migliori della mia su Flickr, una sorta di antenato di Instagram. Era più o meno la stessa cosa, solo che dovevi avere la reflex.

La Ferragni ce l'aveva.

Questo stile di vita poco salutare aveva finito, evidentemente, per farmi ammalare.

Me ne sono resa conto solo quando ho passato una notte in osservazione al pronto soccorso del policlinico Gemelli, attaccata a una flebo e guardata con pietà da tutti gli anziani in attesa di ricovero.

Al pronto soccorso, si sa, bisogna andarci solo in mancanza di valide alternative, perché sai quando entri, non sai quando esci. È uno dei luoghi più inospitali del pianeta, progettato appositamente per dissuaderti dal frequentarlo, con quelle sedie di plastica che aggiungono il mal di schiena alla tua già lunga lista di problemi, e il personale che è stato formato appositamente per maltrattarti.

Quella notte ero in compagnia del solito melting pot ospedaliero: un po' di ossa fracassate, qualche dito amputato, un colpo di frusta, diverse persone in fin di vita col codice verde e la raccomandazione di bere molta acqua.

Ovviamente mi aveva accompagnata mia madre. Mio padre si era rifiutato di partecipare alla spedizione, il pronto soccorso gli faceva troppa impressione.

È arrivato molto più tardi, credo costretto contro la sua volontà. Senza verificare se fossi ancora in vita, è immediatamente corso nell'altra stanza dove si diceva ci fosse un dirigente della Roma in preda a un principio di infarto.

È riapparso diverse ore più tardi per tranquillizzarmi.

«Non preoccuparti», mi ha detto al suo ritorno. «Gli hanno fatto gli enzimi, pare si sia trattato di un falso allarme.»

È stata una notte orribile. Per mio padre, principalmente.

## 11.
## NON È POI COSÌ MALE

Come va a Roma? I tuoi genitori si stanno comportando bene?

Questo è Gabriele che mi manda un messaggio. Dopo aver salutato mio padre, mi sono avviata di nuovo verso casa.

Sto facendo il giro di piazza Mazzini, che francamente non ricordavo fosse così ampia.

Complici i trenta gradi di questo maggio più che tiepido, sto sudando come in piena estate.

La grossa fontana al centro della piazza è stranamente vuota. Qualche ordinanza anti-siccità? Semplice manutenzione?

La mente mi riporta a tutte le volte in cui da ragazzina ci ho fatto il bagno con le mie amiche. Un rito che caratterizzava la fine di ogni anno scolastico e che mi ricorda un periodo più spensierato e soprattutto privo di qualsivoglia forma di germofobia.

Bei tempi.

Ah eccolo il party boy! Com'era la festa? Ma soprattutto di chi era? scrivo a mia volta.

Di una mia collega, ha invitato tutto l'ufficio.

Collega? Femmina? Quanti anni ha? Avverto più di una punta di gelosia, ma decido saggiamente di metterla da parte. Non mi sembra il caso di fare polemica in questo momento, nonostante il pensiero vada immediatamente a Caterina e alla storia che si sa, ama ripetersi, prima come tragedia, poi come farsa.

– Dai dimmi dei tuoi, insiste lui.

– Diciamo che potrebbe andare meglio. Ma anche peggio se è per questo, digito velocemente sulla tastiera dello smartphone, ripensando alla conversazione avuta con mio padre poco fa.

– Come mai?

– Mah, mi sento costantemente a disagio, sono a casa senza sentirmici veramente. Mia madre ha fatto sparire il mio letto e messo un cavalletto per dipingere, ma non è neanche quello il punto. Poi, con una punta di disperazione, aggiungo: Non so se capisci cosa intendo.

No che non può capire.

– Un cavalletto?! Credo di non volerne saperne di più. Te lo ricordi, vero, che non sei lì per loro ma per te?

Che dire, ha ragione da vendere, ma questo non rende la cosa meno inaffrontabile.

E non è ancora neanche cominciata la parte peggiore.

Gabriele, ignaro dei pensieri che mi affollano la mente, continua a scrivere:

– Mia mamma vuole sapere se ti sta piacendo Roma e se quando torni andiamo alla Certosa di Pavia che secondo lei, ambasciator non porta pena, non ha niente da invidiare a San Pietro.

– Assecondala come sempre. Dille che mi trova d'accordo.

– Ah, ho chiamato per l'appartamento in viale Umbria, quello dell'annuncio che ti piaceva, ricordi?

Incredibile, tracce di redenzione per il mio compagno che si sta finalmente muovendo attivamente per trovarci una nuova casa.

Forse non mi tradisce. Forse.

Tiro un sospiro di sollievo. Tra la medaglietta benedetta della Madonna del Carmelo e l'interrogatorio di mio padre, diciamo che questa settimana romana non è iniziata nel migliore dei modi. Ci voleva finalmente una bella notizia.

Ci siamo mossi tardi. Purtroppo è già stato venduto.

Okay, forse ho cantato vittoria troppo presto.

Trattengo a stento un moto di rabbia per quel «ci», dato che era almeno una settimana che cercavo di convincerlo che fosse la casa adatta a noi.

Da una parte è vero che il mercato immobiliare milanese viaggia ormai a una velocità che un tempo sarebbe stata inconcepibile, non dandoti il tempo di ponderare un acquisto a dir poco delicato; dall'altra parte la celebre indecisione di

Gabriele, mista alla sua ossessione per la perfezione, farà sì che di questo passo, quando finalmente troveremo l'appartamento per noi, saremo già pronti per la casa di riposo.

Ehi, mi dispiace, continua a scrivere lui.

Per poi aggiungere: Guarda che casa nostra non è poi così male.

* * *

«Casa nostra non è poi così male. Loro direbbero *très charmante.*»

La frase è la stessa, sebbene riferita a un'altra casa e a un altro tempo. E soprattutto a pronunciarla non è Gabriele, bensì Fabrizio.

«Sì, se il tuo standard sono *I Miserabili* di Victor Hugo, penso si possa definire *charmante*», rido mentre ci verso dell'altro vino.

Era l'estate del 2009 e ci trovavamo in Francia, per la precisione a Parigi.

Durante gli anni universitari a un certo punto a me e Valeria era presa questa inspiegabile frenesia di voler lavorare. Al grido di "Non passeremo un'altra lunga estate sotto l'ombrellone", cosa per cui oggi daremmo volentieri un rene, c'eravamo messe a cercare stage ed esperienze professionali, preferibilmente all'estero.

Come chiunque non abbia mai dovuto farlo per necessità, romanticizzavamo il mondo del lavoro. Palesemente deviate da troppe ore di visione di *Sex and the City*, quella delle donne in carriera ci sembrava una vita appagante, stimolante, incredibilmente glamour.

La reputavamo di gran lunga preferibile allo studio, e non vedevamo l'ora di trasformarci nella versione realizzata di noi stesse.

Mi vedo oggi arrivare in ufficio sudata, con il trucco che è già colato alle nove del mattino, vestita come un bambino di terza elementare in gita scolastica dato che, al contrario di Carrie Bradshaw, prendo la metro e sono costretta a considerare il taxi un bene di lusso. Mi vedo affrontare la pedanteria di Antonio, ascoltare i ragionamenti da boomer di Giancarlo, trovare nella pausa pranzo con Claudia e Lorenzo il massimo momento di gioia dell'intera giornata, anche se stiamo strapagando un piatto riscaldato in un posto in cui farebbero bene a recarsi il prima possibile i NAS, e niente, vorrei prendere oggi quelle due giovani ingenue sognatrici e spedirle a calci sotto l'ombrellone.

Valeria, alla fine, era riuscita a partire insieme al suo fidanzato.

Erano andati in Australia con quei programmi per giovani under trenta con cui quei gran furbi degli australiani si assicurano costantemente un afflusso di manodopera a basso costo, spacciando il tutto per esperienza formativa. Chissà se così la coscienza di classe di Massimiliano si era rafforzata o più probabilmente aveva subito il colpo di grazia?

I miei genitori avevano avuto un mancamento dopo aver visto i prezzi del volo Roma-Canberra, così li avevo convinti a farmi ripiegare su Parigi.

Alla fine, nel complesso, non avevano speso tanto meno, cosa che non mancano di rinfacciarmi tutt'ora.

Fabrizio, che inspiegabilmente all'epoca amava ancora passare il tempo insieme a me, ovviamente mi aveva seguita.

Mio padre aveva sborsato una cifra da estorsione per affittarmi un piccolo sottotetto, anzi uno «studiò», come lo chiamavano loro, vicino alla fermata della metro Bastille.

Fabrizio, appena arrivato, mi aveva chiesto perché la metro si chiamasse così, nonostante non ci fosse lì vicino la Bastiglia, o almeno lui non l'aveva ancora vista; e questo, insieme a *Per agosto*, doveva suonare come un campanello d'allarme.

Purtroppo non lo fece.

Tutte le mattine, dopo aver fatto colazione con i croissant surgelati del Carrefour, gli unici che ci potevamo permettere, le nostre strade si separavano.

Io prendevo l'autobus e attraversavo la Senna, passando davanti all'Institut du Monde Arabe, diretta a Saint-Germain dove, in aperta contraddizione col mio percorso di studi e con particolare disappunto di mio padre, avevo trovato uno stage, leggasi lavoro non retribuito, in una galleria d'arte.

Fabrizio, invece, restava a casa a studiare. Stava preparando diritto privato e credo che il solo peso extra del Torrente-Schlesinger gli fosse costato più del biglietto Ryanair.

La sera quando rientravo dal lavoro, mentre cenavamo, lui mi ripeteva gli elementi essenziali del contratto, io gli raccontavo quanti quadri avevo venduto quel giorno, ovvero nessuno.

Cucinavamo qualche piatto tipico della cucina francese, per esempio la pasta aglio olio e peperoncino, guardando qualche puntata di una serie TV.

A volte la sera uscivamo e passeggiavamo godendoci il fresco dell'estate parigina, decisamente preferibile alla calura romana.

Era un bel periodo, il mio quaderno dell'epoca era pieno di caselle bianche. Non era una convivenza nel senso adulto del termine, non avevamo il pensiero dei conti, delle bollette, tutto lo stress delle nostre vite attuali.

Eravamo dei bambini che giocavano a fare gli adulti.

Eravamo felici, e non ce ne rendevamo conto.

Ho amato molto quell'estate a Parigi, al punto che ancora oggi fatico a tornare in quella città. Banalmente non ci sono mai stata con Gabriele, perché mi sembrerebbe di tradire Fabrizio e vorrei che quel ricordo si mantenesse inalterato.

Reputo una profonda ingiustizia il fatto che la maggior parte delle persone acquisiscano soldi e tempo per viaggiare solo una volta raggiunta la mezza età, quando l'impatto del luogo visitato non sarà mai sopravvalutato e idealizzato come quando avevi vent'anni.

Credo funzioni un pochino così anche per le relazioni sentimentali, ed è il motivo per cui, sebbene quelle successive siano preferibili e dotate di maggiori comfort, non riesci mai a rimetterci lo stesso sciocco entusiasmo delle prime volte.

Amare a vent'anni è un atto di fede, amare a trenta, invece, è una scelta ponderata.

Cosa che è contemporaneamente sia la sua rovina sia la sua fortuna.

A Parigi sono riuscita a tornarci solo una volta, anni dopo. Mi ci ha portata Valeria quando avevamo iniziato davvero a lavorare entrambe. Diceva che lo faceva per me, che era giunto il momento di esorcizzare il ricordo, ma principalmente credo volesse migliorare il guardaroba per darsi un tono in ufficio.

Mi sono fatta forza, ho preso qualche giorno di ferie e siamo partite insieme per un weekend lungo.

Alloggiavamo in un grazioso alberghetto vicino al Jardin des Plantes, non lontano dalla zona in cui, nel soggiorno precedente, vivevo e lavoravo. La galleria però non c'era più, aveva chiuso definitivamente. Sulla vetrina abbiamo trovato il cartello AFFITTASI.

«Strano, con quel business model così di successo», aveva commentato lei.

Abbiamo passato la giornata a girovagare nel quartiere senza un programma preciso, godendoci il Jardin du Luxembourg che iniziava a tingersi dei colori autunnali.

Camminavo guardandomi intorno con aria stranita: strade e palazzi improvvisamente avevano assunto un'aria meno familiare, mi sembrava tutto così caotico, turistico, ma anche estremamente dozzinale.

Il posto era sempre lo stesso, ma ero io probabilmente a essere cambiata e a guardarlo con occhi diversi, un po' sbrigativi e in parte disillusi, e sono parecchio sicura sarebbero gli stessi occhi con cui lo guarderebbe anche lui, qualora ci tornasse.

In questi anni ho pensato tanto a Fabrizio e alla nostra relazione.

Mi sono arrovellata a lungo sul perché fosse finita, su quella ragazza che aveva preferito a me e che comunque non aveva finito per sposare. Non era l'amore della sua vita, come del resto non lo ero neppure io, e probabilmente neanche lui era la persona giusta per me.

Allora è stato giusto che andasse così? Aveva ragione lui? Sbagliavo io a volermi impuntare?

Non so. Credo che da queste faccende sentimentali non si esca mai del tutto vincitori o sconfitti.

Questo l'ho capito quel pomeriggio, camminando per le strade di Parigi, ben attenta a non passare vicino al piccolo appartamento in cui avevamo abitato insieme. Non avrei sopportato di vederlo occupato da altre persone, magari altre figure di passaggio, due ragazzi come noi, o peggio una giovane famiglia, ossia quello che noi non eravamo mai riusciti a essere, qualcosa di veramente stabile, duraturo, proiettato verso il futuro.

Ero, forse scioccamente, convinta che noi due non ce ne fossimo mai andati e in qualche maniera abitassimo ancora lì, entrambi per sempre vincitori di questa battaglia immaginaria.

Credo che esistano molteplici versioni di noi stessi, che progressivamente rimangono cristallizzate in tutte le case che abitiamo nel corso della nostra vita. Anche se queste ultime finiscono per cambiare in funzione dei nuovi occupanti, loro, come fantasmi, restano felicemente intrappolate, senza dover crescere, senza finire per invecchiare.

A dover andare avanti sono altre persone, spesso completamente diverse.

## 12.
### A TESTA IN GIÙ

Un giorno ho compiuto venticinque anni e da quel momento il mio fisico mi ha abbandonata.

È un'affermazione iperbolica, ovviamente, so di essere tecnicamente in buona salute, ma è come se in quel momento fosse cominciato un lento e inesorabile declino.

Non ci si sveglia una mattina e ci si ritrova improvvisamente anziani, quello dell'essere umano è un lungo processo di deterioramento.

Si comincia con le piccole cose: un dolorino alla schiena che non hai mai avvertito prima, il fiato corto quando sali le scale, le ginocchia che fanno *crac* quando ti pieghi. A un certo punto ti accorgi che non digerisci più nulla, poi realizzi che il tuo metabolismo è diventato sedentario almeno quanto te. Si iniziano a intravedere le prime rughe, nonostante tu abbia ancora l'acne giovanile, una specie di ingiusta e ignobile staffetta epidermica di cui nessuno ti aveva parlato, e in un attimo ti ritrovi a dover prendere appuntamento tutti i mesi dal parrucchiere per coprire la ricrescita bianca, o peggio ancora provi a fare da te con le tinte del supermercato.

Un'esperienza che non mi sentirei di ripetere o consigliare.

Non credo che la motivazione di questo decadimento fisico sia solo anagrafica, lo stile di vita che conduciamo è senza dubbio poco salutare.

Procediamo tutti a una velocità che non può essere considerata sostenibile, corriamo come criceti sulla ruota senza sapere neanche noi perché e finiamo per somatizzare tutto e fermarci solo quando è il nostro corpo a costringerci, spesso anche violentemente, a farlo.

Il lavoro in questo ha la responsabilità principale: fonte di pochissime gratificazioni a fronte di parecchio stress.

Sarà un caso, ma non c'è un mio collega che stia del tutto bene, fisicamente intendo.

Hanno tutti qualcosa che non va, soprattutto le donne.

C'è quella con la psoriasi, quella con la tiroidite di Hashimoto, quell'altra con la colite spastica...

Non è un ufficio, è un lazzaretto.

Non bisogna essere uno scienziato per accorgersi di questa correlazione.

Anche i datori di lavoro, secondo me, ne sono pienamente consapevoli, ma la soluzione per la maggior parte di loro raramente consiste nell'assumere altre persone in modo da rendere maggiormente gestibile il carico di lavoro. La nostra generazione, professionalmente parlando, è talmente martoriata da tagli e contenimento dei costi, che ormai essere messi nelle condizioni di fare il lavoro di altre tre persone si è trasformata in una bizzarra forma di privilegio.

In compenso è tutto un costante parlare di «life work balance». Ti mandano via e-mail video sulla mindfulness, cito testualmente, «al fine di contrastare l'insorgenza della sindrome da burn out».

Ce l'ho io una soluzione rivoluzionaria per contrastare il burn out, si chiama farci fare la pausa pranzo.

Credo sia per questo motivo che in molti, decisamente troppi, finiscono per cadere vittime dello yoga, meglio noto come l'oppio dei popoli contemporaneo.

Tra questi figura senza dubbio Valeria, che negli ultimi anni è diventata una fervente sostenitrice dei benefici della «pratica».

A sentire lei, lo yoga le ha cambiato la vita, al punto da arrivare a regalarle un parto sereno e senza stress grazie alla giusta respirazione. «Un parto positivo», ama definirlo.

Mah, a sentire il suo compagno non è andata esattamente

così, ma chi siamo noi per giudicare i meccanismi di rimozione del trauma altrui?

Sono trascorsi un paio di giorni da quando mi ha lasciata davanti a casa mia e oggi purtroppo è arrivato il giorno in cui ci siamo date appuntamento nel centro yoga vicino al suo ufficio che è solita frequentare in pausa pranzo.

Scusami davvero se ti costringo ad accompagnarmi, mi ha scritto ieri sera. Ma quando hai un bambino piccolo sei costretta a ottimizzare tutti i pochi momenti liberi.

Mmm, brutta questa frase.

Preludio di un "Tu non sei mamma non puoi capire"? Non sarebbe da lei.

Figurati, le ho risposto. Per vederti un'oretta farò quasi volentieri il cane a testa in giù.

Alle tredici e quindici in punto sono davanti al centro e la vedo arrivare a passo svelto, l'aria sconvolta, gli occhi cerchiati. Non ha una bella cera.

«Sei sicura che non ti farebbe meglio una bella carbonara? Ho letto un articolo che diceva che è sorprendentemente… come si dice? Mindful», provo a proporle, ma per tutta risposta lei alza gli occhi al cielo e mi spinge di forza dentro al centro.

Sono praticamente condannata a morte e non ho diritto manco all'ultimo pasto.

Mentre ci cambiamo, mi chiede come procede con la questione della casa.

«Dai, bene», le dico.

«Non hai ancora impacchettato niente vero?» mi domanda con fare inquisitorio.

Cazzo. Come fa a leggermi sempre nel pensiero? Sarà il suo terzo occhio? Tutti quei chakra aperti?

«Ho iniziato a raccogliere un po' di cose», mento. «Non ti preoccupare, ho ancora un sacco di tempo per fare tutto», aggiungo frettolosamente per chiudere la conversazione.

Improvvisamente trovarmi qui invece che a casa mia a inscatolare non mi sembra una prospettiva tanto orribile.

Per fortuna scopro con mio grande sollievo che la tortura durerà solo sessanta minuti.

Non capisco perché la maggior parte delle lezioni, anzi delle classi di yoga, come dicono loro con quell'intollerabile anglicismo, arrivino sempre a un'ora e mezza se non due.

Non sono un medico, ma sono abbastanza sicura che assumere troppo a lungo posizioni così scomode sia controproducente per la salute di chiunque.

Noto poi che anche a Roma, come a Milano, i centri yoga sono indistinguibili tra loro.

Sono tutti dei seminterrati arredati imitando dei templi hindu, in cui purtroppo l'aerazione degli spazi non sembra mai essere la priorità.

Sono anche contrari all'aria condizionata per motivi probabilmente ideologici. Mi auguro non economici, visto quanto osano chiedere per un ingresso singolo, peggio ancora per un abbonamento.

Non sono mai stata una persona sportiva, ma ogni volta che mi approccio a una lezione di yoga, costretta dal conformismo sociale a cui mio malgrado finisco spesso per cedere, rimpiango i bei tempi dei brevetti di nuoto dell'infanzia, in cui grazie a una comoda classificazione in pesciolini, stelline, cavallucci, e altra fauna marina varia, si veniva accorpati in livelli di competenza quantomeno omogenei.

In ogni corso di yoga invece, indipendentemente dalla lezione e dall'insegnante, ci sono sempre le stesse due fazioni contrapposte: i fenomeni del contorsionismo e gli inetti disperati che quando si piegano non riescono neanche a toccarsi le ginocchia.

Io, non serve neanche dirlo, ovviamente appartengo a questi ultimi.

Anche se siamo quelli che più di tutti dovrebbero beneficiare dello sguardo attento dell'insegnante, noi inetti solitamente ci posizioniamo in fondo alla sala, in modo che i fenomeni non abbiano davanti agli occhi le nostre posizioni sbilenche.

Il loro malcelato scherno è una prospettiva per molti di noi intollerabile.

Valeria, ovviamente, si posiziona in prima fila e mi fa un cenno con la mano per dirmi di seguirla, a cui rispondo scuotendo la testa in maniera inequivocabile.

Dato che nessuno parla con un tono di voce normale e sussurrano tutti, sussurra anche Valeria. «Che stai facendo laggiù?» mi chiede a mezza bocca.

«Sto benissimo qua, non preoccuparti!» le rispondo con un tono di voce credo leggermente troppo alto.

«Shh!» mi riprende la ragazza seduta vicino a lei, le gambe annodate in maniera innaturale, l'indice e il pollice congiunti in quello che ho recentemente scoperto chiamarsi *mudra*.

Mi rivolgo a Valeria con l'inequivocabile *mudra* romano in cui gli indici aperti rivolti verso il basso suggeriscono il messaggio "Ti faccio un culo così" e mi taccio iniziando a osservare chi è seduto accanto a me.

Solitamente ci riconosciamo tra noi inetti prima ancora di cominciare la lezione, e non solo per i fisici poco tonici, ma perché siamo quelli vestiti peggio.

Tra le due alternative che caratterizzano i contorsionisti – look da santone balinese e tutina fluo multicolor –, noi siamo quelli con le stesse magliette scolorite che usiamo come pigiama.

Gli insegnanti ci tengono a precisare che la pratica non è agonismo, non è competizione, bensì è un'attività individuale, in cui ognuno deve restare all'interno dei propri limiti e non è necessario si spinga oltre.

Io ammetto di avere delle serie difficoltà con questo approccio, dovute al fatto che se ascoltassi davvero il mio corpo come consigliano loro, sono certa che in questo momento mi troverei sul divano invece che qui, per cui purtroppo non mi resta altra alternativa che superare i miei limiti.

A tal proposito, ecco che fa il suo ingresso l'insegnante, una splendida donna di circa quarantacinque anni, fisico mozzafiato, abbronzatura color Singita Miracle Beach.

Prima di prendere posto saluta caldamente la ragazza con le gambe annodate, commentando con un entusiasmo, che francamente reputo eccessivo, il ritiro da cui sono appena tornate: una tre giorni in Toscana caratterizzata da sveglie all'alba, cibo vegano, pernottamenti in celle monacali e molteplici ore di pratica.

Un incubo, praticamente.

Vorrei dirle "Shh!" a mia volta, ma mi ricordo che non siamo all'asilo infantile.

Sembrerebbe che siamo molto fortunati perché la lezione di oggi sarà proprio ispirata a quella del venerato maestro che ha tenuto i workshop durante la punitiva esperienza.

Cominciamo subito con il classico mantra «*oooom*» che i miei compagni declamano a gran voce, mentre io vado in playback come alla recita di Natale.

A quanto pare, bisogna dedicare questa pratica a qualcuno o a qualcosa, decido quindi di dedicarla a mia mamma, per pareggiare i conti con la medaglietta benedetta.

Non mi piace avere debiti, fossero anche spirituali.

Saranno almeno cinque anni che tento di fare yoga, eppure non ho ancora capito cosa siano gli ischi, e soprattutto come dovrei fare a sedermici sopra.

Lo yoga è tutto così, è un complesso insieme di istruzioni che devi necessariamente decodificare mentre assumi posizioni improbabili tentando di ricordarti di respirare.

Per complicarti ulteriormente la faccenda, gli insegnanti amano chiamare le posizioni, o meglio le *asana*, in lingua originale, anche se si capiscono solo tra di loro. *Adho mukha svanasana* è il cane a testa in giù, *Virabhadrasana* è il guerriero, *Balasana* è il bambino.

Svaccasana sono io quando mi stendo a quattro di bastoni perché non ne posso più, cosa che si verifica dopo il primo quarto d'ora, quando rimpiango di non essere andata a pranzo da sola.

Avere gli occhi di tutti puntati addosso mi sprona ad andare avanti e, nonostante le mie siano le uniche articolazioni a

non piegarsi a trecentosessanta gradi, non so come, riesco ad arrivare alla fine della lezione.
Mani portate al cuore e giuro solennemente a me stessa che non mi farò mai più un torto simile. Saluto tutti dicendo che è stata una pratica bellissima e che tornerò senz'altro alla prima occasione.
Chissà come si dice cazzara in sanscrito?

# 13.
## BUONA LA PRIMA

Ho dolori ovunque, anche ai muscoli della cui esistenza non ero consapevole fino a oggi.

Credo sia colpa in egual misura sia della lezione di yoga sia del fatto che mia sorella, com'era prevedibile, non ha avuto pietà di me e si è rifiutata di cedermi il suo letto. Perciò sto ancora dormendo sul divano che mia mamma ha inspiegabilmente piazzato in camera mia, anzi, pardon, nel suo studio, ricordiamo oasi di benessere.

Nonostante tutto questo, da quando sono qui mi ostino a mettere caselle bianche sul mio quaderno, quasi non mi riconosco, in preda a questo ottimismo sfrenato.

«Micol, dai, lo scorso capodanno hai dormito per terra a Martignano da Flaminia, sei giovane, pigliati 'sto divano e non rompere», l'avevo supplicata ieri sera.

«Che c'entra, a Martignano ce l'avevo il letto, ho dormito per terra perché avevo bevuto.»

Lo dice come se fosse una cosa normale, che non dovrebbe destare alcuna preoccupazione.

Decido che non è il caso di approfondire la faccenda.

«Senti, com'è andato il tuo esame?» le domando.

Mia sorella studia giurisprudenza, nonostante sia la persona probabilmente meno adatta a una carriera accademica del genere. Mi chiedo quanti anni ancora ci vorranno prima che lo capisca a sua volta.

«Bene dai, le sapevo tutte le domande.»

Le domande, le sapevo. Ma che cos'è? Un quiz con Gerry Scotti?

«Ho sbagliato solo l'enfiteùsi.»

«Volevi dire l'enfitèusi», la correggo.

«Sì, anche tu la pronunci così?»

«No non è che io la pronuncio così, si pronuncia così.»

«Vabbè, a me non m'entra in testa perché non lo sapevo e per mesi l'ho letta in quel modo. Non mi sembra una cosa così grave, francamente, invece il professore ha fatto tutta una scena.»

«Che esagerato.»

«Infatti!»

Niente, non capirebbe il sarcasmo neanche se glielo disegnassi.

«Però alla fine sono passata quindi sticazzi.»

«Sticazzi sì», ho detto, finendo per assecondarla come ogni volta.

Del resto starò qui ancora poco tempo e stamattina mi sono alzata consapevole di non avere scuse, convinta di occuparmi di quello per cui sono venuta fin qui.

Cosa che inizierei a fare anche velocemente a patto che il custode dello stabile, il signor Mario, interrompa questa conversazione forzata a cui mi sta sottoponendo da una decina di minuti abbondanti, ovvero da quando mi ha intercettata di ritorno dal bar dove mi sono recata a fare una colazione finalmente priva di tisane drenanti.

«Marti'! Ma allora è vero che stai a Roma! Me l'aveva detto tu' madre che saresti venuta, ma io nun t'avevo mica vista. Anzi a dirla tutta c'ho messo pure un po' a riconoscerti», mi dice squadrandomi con quel modo che non sai mai se definire paterno o allusivo.

«Signor Mario, ma in che senso non mi riconosceva, sono invecchiata così tanto?» gli chiedo, rassegnata a dovergli dare spago.

Lui è sempre identico, solo leggermente più vecchio. Sempre abbronzatissimo tutto l'anno, ma i capelli si sono ormai tutti ingrigiti e le rughe intorno agli occhi si sono fatte decisamente evidenti. In guardiola, l'immancabile e professionalissima sciarpa della Roma, posizionata accanto a un santino di papa Giovanni Paolo II.

«Ma no, ma che invecchiata, sei sempre una gran bella ragazza.»

Ahia, mi sa che non era paterno.

«Ma io nun te riconoscevo perché sei bianca cadaverica. Ammazza, quanto sei bianca! A Milano nun ce l'avete mica er sole che c'è qua?» conclude con quella che vorrebbe essere una domanda, ma in realtà è un'affermazione.

Affermazione assolutamente falsa che non mi resta che assecondare per quieto vivere.

«No, niente sole, città decisamente grigia», gli dico per farlo contento.

«Ah, ecco, avoia se è grigia. Triste da morì, Milano.»

Inizia a fare mente locale.

«Ce so stato co mi moje a Milano, sarà stato er settantacinque? No aspe', era er settantanove, prima che nascesse mi fijo, possibile?»

Lo guardo con l'aria di chi vorrebbe dirgli: "Non lo so signor Mario, sta facendo tutto da solo, ma prego continui pure".

Mi limito ad annuire.

«Sì era er settantanove, sicuro. Ottobre. Faceva un freddo, ma un freddo! E poi c'era tutta quella nebbia… era pieno de nebbia, nun se vedeva niente. A un certo punto me so perso mi moje, non la trovavo più.»

Lo guardo interdetta: sarà successo davvero? Decido di assumere un'espressione preoccupata.

«Ma sto a scherza'! Magari me l'ero persa davvero, magari! E invece è ancora qua che rompe li cojoni!»

Rido, perché qui si deve ridere, è obbligatorio. Il patriarcato chiama, io rispondo.

Okay, direi che è tutto troppo per oggi, considerato che non sono neanche le nove di mattina.

«Signor Mario, mi scusi se la interrompo, ma devo andare, sono molto di corsa.»

«E certo che sei de corsa, corete sempre a Milano. Chissà

che ve corete, lo sapete solo voi. Ciao salutame tu madre, dije che si c'ha bisogno ce penso io a porta' giù i pacchi pesanti.»

«Grazie Mario, troppo gentile.»

Lo saluto e prendo le scale senza aspettare l'ascensore per non dargli occasione di ricominciare.

A volte invidio le persone come il signor Mario.

Invidio tutti quelli che a un certo punto della loro vita non se ne sono dovuti andare.

Cos'hanno fatto per meritarlo? A quale lotteria hanno partecipato?

Mi domando se sono felici, o se hanno il rimpianto di non aver provato qualcosa di diverso.

Forse dipende dalla tua indole. C'è chi si annoia a stare troppo fermo, i cosiddetti spiriti nomadi, ne conosco più di uno. Mia sorella è un po' così: partirebbe domani senza guardarsi indietro.

Io no, io sono stanziale, sarei rimasta molto volentieri a casa mia.

Esci dalla comfort zone, ti dicono tutti. Ma perché? Si sta molto bene al suo interno, non a caso si chiama comfort.

Uscirne è un atto irreversibile, non si torna indietro. Quando lasci il posto in cui sei nato per andartene da un'altra parte, quello che porti con te si mescola a quello che trovi lì, creando un bizzarro ibrido che da quel momento in poi ti definirà per il resto della tua vita, a partire dalla tua parlata.

Per Milano sono considerata troppo romana, mentre qui sono «la milanese», ma io sono sicura di non essere né l'una né l'altra cosa.

"E allora chi sono?" mi chiedo mentre, attraversando il pianerottolo, osservo le piante completamente stecchite della dirimpettaia.

Penso che per descrivere chiunque di noi bastino poche parole, spesso spietate.

È un esercizio che mi diverte molto. Faccio un tentativo con la Marangon.

«Di origini venete, nostalgica del Ventennio, attentava al decoro del palazzo con sporadiche annaffiature.»

Come volevasi dimostrare.
Non c'è spazio per la complessità e le sfaccettature dentro un epitaffio.
Chissà che forma avrà il mio?

«Martina, dov'eri?» mi chiede con tono allarmato mia madre non appena varco l'ingresso.
O almeno dovrei dire che ci provo: uno scatolone mezzo aperto blocca la porta blindata, lasciando libero solo un pertugio attraverso cui mi intrufolo a fatica.
La casa in pochi giorni è cambiata completamente: abiti e oggetti hanno iniziato via via a essere inscatolati o portati alla Caritas o in ultima istanza gettati.
Nonostante la sovrabbondanza di metri quadri si fa decisamente fatica a muoversi, sembra di stare in un accampamento.
«Ero a fare colazione al bar, te l'avevo detto che sarei scesa», le rispondo.
Ero sicura che non mi stesse ascoltando, presa com'era dai suoi impacchettamenti.
Fa una faccia risentita.
«Ma perché? C'è tutto in questa casa. Ho capito che stiamo traslocando, ma non siamo mica degli zingari. Vieni, ti faccio il caffè.»
Fa per andare in cucina, ma la fermo.
«Non serve, mamma, l'ho già preso al bar.»
Sbuffa infastidita.
«Vado a inscatolare le mie cose, okay?» le dico.
«Ah ecco, brava, finalmente! Guarda che tua sorella ha già finito. Fai fai, che poi ti faccio vedere dove devi mettere le cose da buttare.»
Mia sorella intanto dall'altra stanza urla: «Non si dice zingari. Se proprio devi, di' nomadi».
«I Nomadi per me sono solo i cantanti», ribatte mia madre.
Alzo gli occhi al cielo.
«Ha detto il signor Mario di dirti che ti aiuta lui coi pacchi pesanti», riferisco come richiesto.
«Per carità, lascialo perdere il signor Mario. Ha litigato

con la moglie e sta tutto friccicarello. Fa complimenti di dubbio gusto», mi riferisce tra l'imbarazzato e il lusingato.

«Ho notato», rispondo con il tono di chi non vuole sentire altro. «Vado nel tuo studio», e mi avvio verso la mia ex camera da letto.

* * *

Mi guardo intorno smarrita, ammetto di non sapere da dove cominciare.

Su uno scaffale della libreria c'è una cornice abbastanza kitsch che contiene una foto di me e Valeria da piccole al mare.

La prendo in mano e la osservo da vicino: la plastica un tempo azzurro acceso ora appare sbiadita, le palme in rilievo si stanno staccando, sotto i nostri volti la scritta BUONE VACANZE la cui «O» è sostituita da un sole che inspiegabilmente indossa a sua volta degli occhiali da sole.

L'iconografia degli anni Novanta è fantastica, se solo sospendi l'incredulità.

Non voglio buttarla. La poggio sulla scrivania e afferro un'altra cornice.

È molto diversa, è in argento e il bordo è decorato da motivi floreali molto delicati, credo sia in stile liberty o qualcosa del genere.

In foto ci sono io da bambina, avrò avuto a malapena tre anni, l'immancabile cappello di paglia, il maglione con le trecce rosa.

Sono sul balconcino di una casa che non riconosco. Ho l'aria imbronciata, chissà cosa mi aveva fatto indispettire? In piedi accanto a me, che mi tiene per mano, c'è mia nonna materna.

Si è messa in posa e sorride per tutte e due.

Erano anni durissimi per le foto di famiglia, quelli. Non essendoci la possibilità di scattarne molte, era sempre «buona la prima».

Forse è per questo che mi piacciono così tanto? Nonostante siano oggettivamente quasi sempre venute male, sono terribilmente realistiche. Degli spaccati di vita in cui a un certo punto il tempo si ferma e decide di cristallizzare un momento in tutta la sua imperfezione.

Non ho nessun ricordo del giorno e del posto in cui è stata scattata quella foto, probabilmente eravamo in montagna, a giudicare dall'abbigliamento. Per mia nonna doveva essere un ricordo importante in qualche misura, non si spiega altrimenti perché fosse finito tra quelli da incorniciare invece che relegato in qualche raccoglitore.

Estraggo la foto dalla sua cornice per vedere se sul retro è stato annotato qualche indizio, ma trovo solo una scritta a penna, con la sua inconfondibile grafia minuziosa da maestra elementare: *Martina e Nonna Linda, Roccacasale, agosto 1991.*

Queste parole non mi dicono molto, non ho memoria di quel posto o di quella casa, non mi risulta di esserci mai più tornata. Forse era un affitto per la stagione estiva? Un piccolo pezzo della mia vita, significativo o meno, che ho appaltato esclusivamente alla sua memoria. Del resto, funziona così con gli anziani: sono tante le piccole cose che trascuriamo e che non pensiamo di domandare loro quando ne abbiamo ancora la possibilità. Ed è quando non l'abbiamo più che quelle domande si ingigantiscono e assumono un'importanza che mai si sarebbe creduta possibile.

Ho preso quella cornice a casa sua, il giorno in cui abbiamo dovuto svuotarla diversi mesi dopo il suo funerale.

La casa in cui avevo passato tante serate e tanti fine settimana da bambina, mentre i miei genitori erano presi dai loro impegni, e che ricordavo calda, accogliente, con un persistente odore di soffritto, anche in orari poco congrui al suddetto, mi accoglieva improvvisamente gelida e inanimata.

Non potevo credere si trattasse veramente dello stesso luogo, eppure ogni cosa era lì a dimostrarmelo. A ricordarmi che lei non c'era più e con lei se n'era andata anche una parte di me. Erano da qualche parte insieme, l'anziana e la bambina.

Lì, realizzavo piano piano, non c'era più posto per nessuna di loro.

"Anche oggi sto salutando per sempre una parte di me", penso guardandomi intorno.

Anche se questa esperienza, per quanto faticosa, non è minimamente paragonabile a quella vissuta quel giorno.

Non credo esista attività più dolorosa del dover mettere mano alla casa di chi ci ha lasciato.

È una sorta di lutto amplificato in cui ogni piccolo oggetto è sia una coltellata in pieno petto sia un modo per provare a sentire quella persona ancora vicina.

Una specie di ponte tra questo mondo e quello che forse, si spera, esiste dall'altra parte.

Ho un ricordo precisissimo di mia madre che si muove velocemente per le stanze di quel grande appartamento con invidiabile efficienza, impartendo ordini a me e Micol che, troppo piccola per capire davvero cosa stesse succedendo, era più d'intralcio che altro.

«Scusami se non ti accompagno», ricordo mio padre farfugliare a proposito della sua ennesima metaforica fuga. «Ho una situazione urgente al lavoro.»

La situazione urgente credo fosse Caterina, che era la stessa urgenza del weekend precedente e di quello ancora prima. Era lì, sotto la sabbia, pronta ad accoglierlo nel momento in cui lui, come al solito, vi avrebbe ficcato dentro la testa, ben attento a non affrontare tutto il dolore e le complicazioni di questo mondo.

Quel "non preoccuparti", che troppo spesso finisce per dire anche a sé stesso.

«Mamma, ce la facciamo a sistemare casa di nonna da sole?» le avevo domandato quando avevo capito l'andazzo.

«Che ci vuole...» aveva risposto lei.

Quel giorno ho visto quella cornice sul comò vicino al letto con la testiera imbottita su cui da bambina avevo passato infiniti sabati sera a guardare la televisione fino a tardi insieme a lei. L'ho portata a casa e l'ho messa su quello scaffale in camera mia.

Negli anni credo di averne dimenticata l'esistenza, fino a oggi.

Provo una strana sensazione di rabbia mista a senso di colpa.

Trattengo a stento dei singhiozzi. Se comincio a piangere adesso, il resto della giornata sarà insostenibile. Afferro del pluriball, del nastro adesivo, e inizio a impacchettarla con cura per poi riporla in uno scatolone. Nello stesso scatolone lancio con meno cura la foto mia e di Valeria, le palme che non so come resistono all'ennesimo urto.

Passo ai libri e ai quaderni di scuola, sono una moltitudine insensata, alcuni risalgono addirittura alle elementari. C'è una specie di reperto archeologico: un quaderno le cui pagine sono piene di vocali, solo vocali, colonne intere così tratteggiate. Ho un vago ricordo di quelle ore infinite passate a delineare vocali, quasi quasi rivaluto il mio lavoro attuale.

Tra questi fanno capolino anche i miei quaderni delle caselle annerite.

Sono tanti, ho iniziato a compilarli quando ero alle medie, in questa casa ce ne sono abbastanza per coprire una decina d'anni. Li sfoglio con nostalgia, osservando come la grafia sia cambiata nel tempo, diventando via via più stilizzata, meno rotonda, più adulta. Mi scorrono davanti pagine e pagine di quadretti in cui saltano immediatamente all'occhio i periodi più duri, caratterizzati da una lunga sfilza di caselle nere. In questo settembre riconosco immediatamente il difficile esordio alle superiori, queste pagine interamente nere sono la separazione dei miei genitori, altrettanto nera è la rottura con Fabrizio.

Mi rendo conto che mi viene più facile rammentare il motivo dietro ogni casella nera, rispetto a una casella bianca.

Non che la cosa mi stupisca, i traumi sono tali proprio perché indelebili.

Negli anni incasellare le mie giornate in questa maniera, attraverso un bilancio rigoroso, ordinato, ripetitivo, mi è stato di aiuto in modi che mai avrei immaginato possibili. Mi ha aiutato a lasciarmi i momenti difficili alle spalle, a sentirli come qualcosa di chiuso, archiviato, collocato nel passato.

Pensavo che la casella di stasera sarebbe stata nera, invece credo che sorprendentemente sarà bianca. Perché più metto mano ai miei oggetti, più mi rendo conto che quest'attività sia sì dolorosa, ma anche necessaria, e aveva ragione Claudia, sono contenta di essere io a farla in prima persona.

Più vado avanti però, più la roba sembra aumentare invece di diminuire.

Soppeso alcuni testi scolastici, sono decisamente inutili, non ha alcun senso conservarli. A malincuore finiscono nella pila della roba da buttare.

Ben più interessanti sono invece i libri dell'università, con cui potrei darmi un tono nel mio appartamento milanese fingendomi un'esperta di sistemi elettorali comparati. Gabriele sarà felicissimo quando scoprirà che li porto tutti su con me.

Ne apro uno a caso e al suo interno trovo una foto utilizzata come segnalibro.

Siamo io e Fabrizio sulla cima del Centre Pompidou.

Io indosso degli occhiali da sole troppo grandi e lui si fa ombra sul volto con una mano.

Sembriamo felici, ridiamo.

«Come se ci fosse qualcosa da ridere», dico ad alta voce, mentre la lancio nella pila delle cose da buttare. Dopo una breve esitazione però ci ripenso, la recupero, e la posiziono nella scatola insieme alle cornici.

Sono troppo pavida per la *damnatio memoriae.*

* * *

Impiego ore a fare questo lavoro, al punto che perdo la cognizione del tempo e mi dimentico persino di pranzare. Si sono fatte ormai le quattro del pomeriggio e ho davanti a me tre pile ben distinte di roba: da buttare, da dare in beneficenza, da portare a Milano.

Come volevasi dimostrare, l'ultima è più corposa del previsto.

Ci ho provato, ma ci sono troppe cose da cui non riesco a separarmi, è già un trauma sufficiente pensare che questa casa non esisterà più, almeno non nell'aspetto che ha avuto fino a oggi, non posso separarmi pure dal suo contenuto.

Chissà come sarà la persona che l'abiterà al posto nostro? Mia madre non ha saputo dirmi più di tanto.

È molto probabile che faccia dei lavori di ristrutturazione. La nostra è solo una delle tante case della zona che stanno via via perdendo la loro identità originaria. Negli anni successivi ai primi Duemila, il quartiere ha visto il suo valore aumentare sensibilmente, mentre piano piano la mia generazione si impoveriva e perdeva ogni potere d'acquisto. Così gli appartamenti di ampia metratura che un tempo ospitavano famiglie benestanti, ma di certo non ricche, sono stati acquistati a caro prezzo da persone senza problemi di budget, quando non sono stati trasformati in discutibili bed and breakfast.

Così, della conformazione originaria e un po' popolare del quartiere, alla fine, è rimasto ben poco.

Chiedo a mia mamma se possiamo spedire gli scatoloni che ho preparato direttamente a Milano, io non posso portarli con me.

Domattina sono in partenza per la Puglia con Valeria, direzione matrimonio di Natalie.

Gabriele prenderà un volo da Milano e mi raggiungerà direttamente all'aeroporto di Bari.

Aiutate da un fin troppo entusiasta signor Mario, portiamo gli scatoloni al punto spedizioni vicino a casa, che ha preso il posto del piccolo negozio all'angolo che mia nonna era solita chiamare «Il Carbonaio», anche se non vendeva carbone, bensì detersivi e piccoli casalinghi.

«Perché lo chiami carbonaio?» le domandavo da piccola.

«Perché quando avevo la tua età venivo qui a comprare il ghiaccio», mi rispondeva lei.

Il fatto che il ghiaccio non apparisse da solo nel freezer ricordo mi sconvolgesse a tal punto che mi dimenticavo di domandarle se lì comprasse anche il carbone.

Immagino proprio di sì, ma questa coerenza semantica mi tocca aggiungerla oggi da sola.

Rientriamo a casa e mi rendo conto per la prima volta di quanto mi faccia impressione vederla così vuota.

Osservo gli scaffali improvvisamente deserti, le ante spalancate degli armadi ormai privi del loro contenuto, mentre la mia voce mi torna indietro con un'eco che non avevo mai sperimentato prima.

Sto facendo parecchia fatica a non commuovermi nel dover dire addio a questo posto.

Non mi aiuto di certo camminando attraverso le varie stanze, improvvisando una specie di malinconico tour dei ricordi che ottiene solo l'effetto di farmi sentire peggio.

Rido pensando a Micol che all'età di nove anni scivola sul marmo dell'ingresso e si rompe il braccio, per poi dire a tutti a scuola che era caduta sciando al solo scopo di preservare la dignità. Entro nella zona di servizio sul cui grosso armadio a muro stavo facendo rimbalzare la mia palla il pomeriggio del terremoto.

La tata mi aveva cercata per tutta la casa, correndo con Micol in braccio prima di trovarmi e trascinarmi giù in strada terrorizzata. Era originaria dall'Irpinia, quindi comprensibilmente anche le minime scosse di un innocuo terremoto romano le avevano risvegliato brutti ricordi.

Ricordo che quel giorno mia madre era tornata trafelata dal lavoro, ci aveva riportate su in casa, e aveva passato più tempo a tranquillizzare lei che noi, assolutamente elettrizzate dall'esperienza.

È paradossale, lo so, ma quando ami così tanto un posto, come io ho amato questa casa, persino le esperienze negative si trasformano in ricordi felici.

Attraverso il soggiorno, in cui sono rimasti solo i mobili di cui domani si occuperà una ditta specializzata. Tra questi mi colpisce la vecchia poltrona ereditata dal mio bisnonno e fatta rifoderare un milione di volte. Adesso è verde salvia, ma sono sicura abbia sempre avuto una trama floreale.

La fisso a lungo. Non saprei dire perché, tra i tanti momenti vissuti in questa casa, mi torni ora in mente il ricordo di una me bambina che, seduta su quella poltrona, mangia un pacchetto di zuccherini colorati guardando i cartoni alla televisione.

Ancora oggi riesco ad avvertire tutte le sensazioni, anche

fisiche, che hanno composto la felicità di quel preciso momento.

Ho letto, una volta, un articolo che diceva che possediamo una memoria rettiliana, una memoria emotiva, e questa forse dovrebbe bastarmi come spiegazione.

Ma, alla fine, che importa il perché? Di una cosa però sono parecchio sicura, penso mentre mi siedo sulla poltrona. Nonostante tutti i momenti di gioia che ho provato finora, e che mi auguro proverò ancora in futuro, un giorno, prima di morire, inspiegabilmente mi passerà davanti agli occhi questa scena di me, da bambina, in questa casa, che mangio gli zuccherini.

## 14.
### CAPITA SE LO FAI CAPITARE

«*E chiudendo gli occhi immagino, immagino Fiumicino!*»

Valeria è in fila di fianco a me e, mentre aspettiamo il nostro turno per i controlli di sicurezza prima di imbarcarci sull'aereo, sta deliziando tutti gli altri presenti con le sue discutibili doti canore.

Una coppia tedesca la guarda spaventata. La donna attira verso di sé suo figlio fissandola a lungo, ma lei sembra non rendersene conto e, rivolgendosi più a sé stessa che a me, esclama ad alta voce: «Questa canzone mi manda ai matti. Ma perché uno chiudendo gli occhi dovrebbe immaginare Fiumicino? Dai, che bella immaginazione di merda».

«Non so che dirti», le rispondo mentre armeggio con il mio trolley cercando di non farmi superare.

Dovrebbero darmi un premio perché le rispondo pure.

«Non possono nascere tutti De André, ogni generazione ha il poeta che si merita», concludo con fare solenne.

«A proposito di De André», continua lei, «ti ricordi cosa diceva sempre Massimiliano?»

No, e ho paura di scoprirlo.

Massimiliano. Non muoio dalla voglia di rivederlo e francamente non capisco perché Natalie lo abbia invitato.

Lo stesso, in effetti, vale anche per Fabrizio. Erano poco più che conoscenti già all'epoca.

Certo, con alcune persone di quel gruppo romano lei è rimasta particolarmente legata, e se da una parte capisco il senso di allargare l'invito a tutti loro, senza fare sgarbate esclusioni, dall'altra capisco meno perché quei due abbiano acconsentito. Forse hanno voglia di farsi una vacanza in Puglia? Forse se si fosse sposata a Busto Arsizio ci avrebbero pensato due volte?

L'addetto ai controlli ci fa segno di sbrigarci lanciandoci in malo modo i contenitori per far passare gli oggetti sotto il metal detector.

Sento montare l'ansia da prestazione, come quando è il tuo turno alla cassa del supermercato e vuoi sbrigarti a mettere tutto nei sacchetti, per liberare lo spazio per quello in fila dopo di te.

Le regole degli aeroporti ormai sono diventate completamente randomiche, non sai mai cosa si aspetteranno da te. Un'imprevedibilità che mi ricorda la vita lavorativa e che risolvo applicando il medesimo principio che guida gli uffici di tutto il mondo, ossia fai il minimo sindacale e poi se pretendono qualcosa di più agisci di conseguenza.

La strategia si rivela vincente anche in questa occasione, perché i miei liquidi rimangono comodamente nel beauty case all'interno del trolley e nessuno si aspetta che li tiri fuori.

Bravi, dieci punti a Fiumicino, d'ora in poi questo aeroporto entrerà anche nella mia più fervida immaginazione oltre che in quella di Tommaso Paradiso.

«Massimiliano diceva che *La guerra di Piero* in realtà non ti insegna a dare valore alla vita di ogni essere umano, bensì a sparare per primi», continua Valeria mentre recupera le sue cose dal contenitore.

«Non me lo avevi mai raccontato», ribatto, aggiungendo: «Direi che a questo punto sono sempre meno dispiaciuta che sia finita tra te e quel fine maître à penser».

«A breve potrai dirglielo di persona. Natalie voleva sapere se è un problema metterci seduti vicini allo stesso tavolo, ho detto di no, ovviamente», mi informa Valeria con aria fintamente disinteressata.

La conosco troppo bene per non sapere che in realtà è molto curiosa di rivederlo, come del resto sono curiosa io di rivedere Fabrizio.

«Ah, non sapevo venisse», le dico mentendo, mostrando

finto disinteresse a mia volta. «Sapevo solo di Fabrizio, perché ci siamo scritti», butto là con ulteriore nonchalance.

«In che senso vi siete scritti? Perché vi scrivete?» mi chiede lei, improvvisamente sull'attenti, posando un profumo che stava osservando al duty free e rivolgendomi tutta la sua attenzione.

«Ma che ne so, perché la gente si scrive? Capita», rispondo io sulla difensiva, afferrando un Toblerone, guardandolo con eccessivo interesse e fingendo di volerlo acquistare.

«Capita se lo fai capitare», conclude lei.

«Senti un po'», l'apostrofo indispettita, «se hai intenzione di fare così tutto il tempo, il viaggio sarà infinito. Torna a cantare va', io vado a comprare "Topolino" e una copia di "Internazionale" in cui occultarlo.»

«Mi sembra un'ottima strategia.»

* * *

Atterriamo all'aeroporto internazionale di Bari che è quasi ora di pranzo.

Siamo fermi in attesa che le hostess ci facciano scendere dall'aeromobile, ma come tutti quelli intorno a me mi porto avanti e inizio a riaccendere il cellulare.

Trovando un numero di chiamate perse da parte di Gabriele a dir poco spropositato, mi rivolgo a Valeria con fare allarmato.

«Perché Gabriele mi ha chiamato dieci volte mentre eravamo in volo? Gli sarà successo qualcosa?»

«Non lo so, richiamalo, ma sta' tranquilla, vedrai che non è niente.»

Lo chiamo. Il telefono squilla a vuoto, non risponde.

L'agitazione si trasforma in vero e proprio panico.

Riprovo varie volte, e all'ennesimo tentativo finalmente riesco a parlarci.

«Gabriele, stai bene? Che è successo?» gli dico spaventatissima.

«Tutto bene», mi dice lui, «Non volevo farti preoccupare.»

«Be', la prossima volta non chiamarmi duecento volte mentre sono in volo», gli faccio notare indispettita.

«Hai ragione», replica mortificato, «ma avevo fretta di avvisarti. È successa una cosa.»

Ahia. So già che quello che mi sta per dire non mi piacerà.

«Non parti, vero?» gli chiedo, assumendo mio malgrado il tono di una bambina delusa.

«Devo andare dal cliente per una questione molto importante. Dovrò lavorare tutto il weekend, mi dispiace davvero, Martina, sono io il primo a essere disperato.»

Valeria guarda la rabbia montare sul mio volto. Con un braccio mi fa cenno di muovermi, hanno aperto il portellone e stiamo scendendo tutti dall'aereo.

I passeggeri si avviano sulla scaletta mormorando saluti e ringraziamenti al personale di volo, mentre io vado avanti col pilota automatico continuando a parlare, anzi a litigare, al telefono.

«Sapevi di questo matrimonio da mesi, avevamo organizzato tutto per tempo», gli dico.

«Lo so, ma è un'emergenza, non potevo prevederla», risponde lui.

«Il tuo problema, Gabriele, è che col tuo lavoro c'è sempre un'emergenza. E non mi risulta che sei un cazzo di chirurgo, quindi la maggior parte delle volte sono delle gran belle emergenze del cazzo, lasciatelo dire, cazzo!»

La gente si volta a guardarmi. Valeria mi fa segno di abbassare la voce. E di non dire «cazzo» così tante volte, probabilmente.

«Senti, devo lasciarti ora, sono sull'autobus dell'aeroporto. Ho capito, non vieni. Ci sentiamo dopo okay?»

«Non essere arrab...» prova a dirmi lui, ma ho già riagganciato senza dargli il tempo di terminare la frase.

La gente continua a fissarmi, ma non me ne importa nulla. Mi rivolgo a Valeria sfogandomi.

«La verità è che non gliene frega un cazzo di me. Pensa solo a sé stesso e al suo cazzo di lavoro», le dico con le lacrime agli occhi. Lacrime di rabbia, di frustrazione, più che di disperazione.

«Non è vero, Gabriele ti adora, lo so per certo», mi consola lei, mentre io scuoto la testa. «Senti, facciamo così», aggiunge. «Lo so che sei dispiaciuta, ma prendila come un'occasione per noi due. Io sono senza famiglia, per la prima volta da... boh, anni? E tu sei senza Gabriele. Non possiamo trasformarlo in un pretesto per fare un weekend insieme da sole come quando eravamo ragazzine?»

Valeria non ha tutti i torti. Non ricordo neanche l'ultima volta che siamo partite soltanto io e lei. Forse era Parigi o forse quella volta quando siamo andate a casa di sua nonna a Santa Marinella? Non un viaggio particolarmente emozionante. Però abbiamo imparato a giocare a burraco. Una competenza che, sono sicura, ci tornerà utile negli anni a venire.

«Hai ragione», le dico, «potrebbe essere una bella occasione. Dimmi un po', a te non mancano Nicola e il piccolo Gregorio? Mi dispiace non essere riuscita a vederli questa settimana, sai quanto ne vada matta. In particolare per Nicola. Nel senso platonico del termine, si intende.»

«A volte vorrei che Gabriele fosse più simile a lui», aggiungo con aria sconsolata.

«Posso dirti una verità scioccante? Sei pronta?»

Annuisco.

«Non mi mancano nemmeno un po'.»

# 15.
## RURAL CHIC

«Allora, che ne dici? Non sembriamo Thelma e Louise?» mi domanda Valeria una volta salite a bordo dell'auto che ha noleggiato, una Opel Astra che speravo ci consegnassero più pulita.

«Oddio, non mi sembra un grande riferimento, non finiscono molto bene le due...» rispondo allacciandomi la cintura.

«Vabbè era così per dire, per dare un'idea del mood. Che pesantezza», sbuffa accendendo la radio.

Così iniziamo il nostro tragitto che, dopo una doverosa pausa focaccia e un'ancora più doverosa pausa orecchiette, ci porta fino a Cisternino, provincia di Brindisi, paese natale della sposa.

È venerdì pomeriggio, il matrimonio si terrà l'indomani mattina, la messa è prevista per le undici nella chiesa madre di San Nicola.

Gli invitati stanno arrivando tutti il giorno prima e si stanno sistemando in vari bed and breakfast nei dintorni della chiesa e della casa della sposa. Domani, dopo la messa, ci trasferiremo nel luogo del ricevimento, la Masseria Capocollo Eco-Resort, dove gli invitati che vengono da fuori potranno anche pernottare.

Inutile sottolineare quanto trovi esilarante il nome di questo posto.

«Siamo in tanti a venire da fuori?» mi chiede Valeria mentre trasciniamo il trolley sulle strade di Cisternino dopo aver parcheggiato.

«Credo di sì, tra il gruppo di Roma, quelli di Milano... e poi ci sono tutti i parenti e gli amici dello sposo», rispondo.

«Lo sposo è milanese?»

Giusta domanda, non lo conosce praticamente nessuno.

Potrei dire che non lo conosce neppure Natalie, dato che stanno insieme da meno di un anno. Gabriele, con il romanticismo che lo contraddistingue, sospetta infatti si tratti di un matrimonio riparatore.

«Ma va', è di Napoli. I milanesi non esistono, lo sai», le ricordo.

«E che fa 'sto sposo nella vita?» vuol sapere ancora Valeria – deformazione professionale da HR, la sua.

«Ah, non lo chiedere a me, qualcosa di noioso in una banca, figurati se ho registrato i dettagli», le dico, asciugandomi il sudore dalla fronte.

Fa caldissimo per essere soltanto i primi di giugno.

Il nostro bed and breakfast si trova a pochi metri di distanza dalla casa della sposa.

È il tipico edificio pugliese con pochi piani e troppi gradini.

Ci facciamo forza e dopo aver fatto il check-in, trasciniamo la valigia su per le scale fino alle nostre stanze.

– Com'è la tua camera? scrivo a Valeria non appena ho preso possesso della mia.

– Dai, carina, risponde lei. La tua?

– Ci sta. Le scrivo mentre osservo le pareti spugnate color verde acido. Una scelta cromatica che definirei audace.

– Perché non abbiamo prenotato un trullo? mi domanda lei all'improvviso.

– Perché volevano trecento euro per una notte, le ricordo.

– Ah giusto. Be' mi faccio una doccia, ci vediamo dopo, usciamo quando rinfresca.

– Ok a dopo.

Apro la valigia e tiro fuori il vestito per domani, sperando che appenderlo possa fare qualcosa per tutte le grinze che il trolley gli ha già procurato, una speranza che si rivelerà ovviamente vana.

Lo osservo e mi chiedo se ho azzeccato il dress code «rural

chic» indicato sulla partecipazione. La mia interpretazione del suddetto è "Se tua nonna andasse al Coachella", quindi ho optato per un vestito con stampa floreale sui toni caldi con degli inserti di pizzo. Completeranno il look delle onde morbide che mi farò fare direttamente domani mattina da Dino Hairstyle, l'unico parrucchiere in cui ho trovato posto nel raggio di chilometri, consigliatomi da Natalie, alla quale mi sono rivolta disperata.

Riprendo in mano il telefono e trovo un messaggio di Gabriele, palesemente dettato dai sensi di colpa.

Sei arrivata in hotel?

Mi limito a digitare: Sì.

Sono molto fiera di me.

Nulla ferisce più dei monosillabi.

Butto un occhio al profilo Instagram di Fabrizio, chissà se è già arrivato.

Nessun aggiornamento, nessun contenuto, neanche una story. Che noia, questi maschi etero.

Decido allora di dare un'occhiata a quello di sua moglie: scommetto che lei domani sarà molto più rural chic di me, con quelle gambe secche e i capelli di Kate Middleton.

Il suo profilo è altrettanto noioso: foto della figlia che si autosvezza felicemente mangiando le verdure – sicuramente finta, perché quale bambino sano di mente si autosvezzerebbe con dei vegetali? Segue foto di spalle con i capelli al vento hashtag #freedom, foto della figlia che ride, foto della figlia messa in posizione strana vicino a un palloncino a forma di numero che immagino indichi i mesi di età della creatura, foto di lei e Fabrizio con in braccio la bambina, hashtag #Ilovemyfamily.

Il dito mi scappa contro la mia volontà verso il cerchietto delle stories.

Ahia, potrà vedere che le ho visualizzate pur non seguendola.

Bene così, complimenti Martina, ottima figura!

La foto che ha pubblicato ritrae nuovamente la bambina che gioca per terra in soggiorno. Tiene in mano un arnese indistinguibile color beige che credo sia un giocattolo ma sicuramente serve come strumento di avviamento al daltonismo. Non è tanto quello però a colpirmi, bensì l'orario del caricamento: solo mezz'ora fa.

La signora De Angelis e relativa prole sono ancora a Roma, non sono mai partite per la Puglia.

Noto solo adesso che Fabrizio mi ha mandato un messaggio privato: una scontatissima foto dell'ala dell'aereo.

Quindi sta partendo. Verrà da solo. Registro l'informazione.

Una parte di me è semplicemente sollevata, sarà meno imbarazzante dover interagire con lui.

C'è però un'altra parte che decido di ignorare e che intendo negare anche a me stessa, ma soprattutto a Valeria, che purtroppo è semplicemente entusiasta.

* * *

Sono quasi le otto di sera, ma c'è ancora parecchia luce.

Sono piacevoli queste serate di giugno in cui le giornate si allungano e si inizia finalmente a respirare aria d'estate.

Usciamo e giriamo a piedi per Cisternino alla ricerca di un posto in cui cenare.

Il centro storico è molto grazioso, fermo nel tempo, sembra una cartolina. Mi dispiace che Gabriele se lo stia perdendo, decido di mandargli una foto in segno di pace.

Mi risponde immediatamente.

Che bello, mi dispiace davvero non essere lì, mi scrive allegando un suo selfie davanti al PC.

Ci sediamo ai tavolini all'aperto di un ristorante con buone recensioni.

Valeria ha ragione, è bello passare finalmente un weekend insieme solo io e lei, ma soprattutto sto iniziando ad apprezzare l'idea di trovarmi in quella che sembra essere una bolla fuori dal tempo. Improvvisamente non penso più a Giancarlo, ad Antonio, al cliente di Monaco, agli ego-deliri dei miei genitori e alla gravidanza che non arriva.

Non penso più a chi volevo diventare e non sono diventata, alla solita ansia per il futuro.

Voglio solo stare seduta in questo bellissimo paesino, bere

del vino bianco fresco, scherzare e ridere con Valeria fino a tarda notte. Tornare a casa un po' ubriaca, barcollando nel salire le scale, con lei che mi rimprovera ricordandomi che l'indomani mi devo svegliare presto per andare da Dino Hairstyle, le pareti spugnate verdi che non so neanch'io come mi conciliano il sonno.

Stiamo osservando il menu decidendo cosa ordinare, quando mi accorgo di aver ricevuto un messaggio da Natalina.

«Attenzione, è la sposa!» dico a Valeria con eccessivo entusiasmo, l'alcol che sta già facendo il suo lavoro.

«Cosa vuole?»

«Se è ancora quella storia della meditazione buddhista, io te lo dico, mi rifiuto. Non ho nulla contro il buddhismo e le meditazioni, ma non ho nessuna intenzione di farne una alla Masseria Capocollo Eco-Stocazzo con in mano il cuoppo dei fritti e il videomaker che mi riprende.»

Fisso lo schermo dello smartphone con aria sbalordita. Non riesco a credere ai miei occhi.

Dopo un po' alzo lo sguardo.

«Non si sposa più. Il matrimonio è annullato.»

«Stai scherzando?» chiede Valeria, strappandomi il telefono di mano.

«Ma porco demonio!» esclama a voce un po' troppo alta.

Una vecchietta che sta passando di lì scuote il capo con disapprovazione.

«Che si fa?» le domando.

«E che ne so?» risponde lei.

«Andiamo a casa sua?»

«Andiamo a casa sua.»

* * *

La casa dei genitori di Natalina è un appartamento in un bel palazzo non lontano dal centro.

Citofoniamo dicendo di essere sue amiche e viene ad aprirci sua madre, i bigodini in testa, l'aria sconvolta.

«Signora, tutto bene?» le domando avvicinandomi all'uscio. «Perdoni l'intrusione», mi affretto ad aggiungere, «ma abbiamo ricevuto un messaggio strano da sua figlia. Siamo sue amiche. Non so se si ricorda di me, sono Martina, la coinquilina di Milano di tanti anni fa.»

Lei mi guarda come se non mi riconoscesse. Probabilmente non mi riconosce davvero. Poco importa.

«In che senso il matrimonio è annullato?» le domando.

La signora ci fissa senza proferire parola. In tutta risposta sentiamo un lamento disperato provenire dalla stanza in fondo al corridoio.

La mamma di Natalie assume un'aria preoccupata e non solo non ci fa segno di entrare, prova proprio a mandarci via.

«Ma no, state tranquille. Quella mia figlia c'ha solo un poco di agitazione, è l'emozione della sposa. Tutto normale, una bella emozione sana.»

Le grida aumentano d'intensità. Valeria decide di esprimere la sua opinione.

«Scusi se mi permetto, signora, ma a giudicare dalle urla non mi sembra molto normale.»

Intanto dal fondo del corridoio sentiamo la voce di Natalie forte e chiara.

«Ma quale emozione! Gliela do io l'emozione a quello stronzo. Io non mi sposo. NON MI SPOSO!»

La signora, a quel punto rassegnata, ci lascia passare.

Attraversiamo velocemente il lungo corridoio e arriviamo in camera di Natalie, dove troviamo la sposa in vestaglia di raso color avorio d'ordinanza con relativa scritta BRIDE e delle ciabattine con un tacco troppo alto per essere veramente definite tali.

Sta girando vorticosamente per la stanza lanciando oggetti, fortunatamente si tratta per lo più di peluche. Sua sorella Cosimina e quella che scopriamo essere sua cugina Agnese cercano di calmarla, ma la mia attenzione è immediatamente catturata da un poster di Gabriel Garko sul muro in fondo alla stanza. Credo sia lì dal 1998, o almeno spero.

«Natalie, che succede?» le chiedo tra il preoccupato e lo sconcertato, continuando a fissare Garko a petto nudo, trattenendo a stento una risata per l'assurdità di tutta la situazione.

«Ciao Natalie, non ti vedo da anni, grazie per l'invito, auguri!» le dice all'improvviso Valeria con disinvoltura, come se quella che stiamo vivendo fosse una situazione socialmente accettabile.

Ovviamente la fulmino con lo sguardo.

Natalie inizia a tirare su con il naso e, tra i singhiozzi, ci racconta finalmente cosa è accaduto.

Raffaele, il suo fidanzato, a quanto pare ha accettato un lavoro a Napoli senza pensare di informare prima la sua futura moglie.

Non lo conosco abbastanza per giudicarlo, ma già da questa vicenda direi che non mi sembra un fulmine di guerra.

Lei a quanto pare lo ha scoperto poco fa, a cose ormai fatte, e si è sentita giustamente tradita.

«Io sono una donna in carriera», esclama Natalie a un certo punto, completamente dal nulla.

"Quale carriera?" penso tra me e me. "Fa l'impiegata nell'amministrazione di una società di assicurazioni, non la definirei proprio Ivanka Trump."

«Milano è la città per me. E quello pensa che mollerei tutto per seguirlo a Napoli? Cosa sono, un pacco postale?» urla inferocita mentre Agnese e Cosimina scuotono il capo ripetendo tutto quello che dice.

«Un pacco postale», «Come si permette», «Quello là».

Decido che qualcuno dovrà farla ragionare, e quel qualcuno purtroppo, a quanto pare, sono io.

«Be', la situazione è a dir poco sgradevole. Hai ragione ad arrabbiarti», provo a dirle.

I matti vanno sempre assecondati come prima cosa.

«Ma non ne avete parlato?» incalzo. «Annullare le nozze forse è un po'... precipitoso.»

Non so veramente che pesci pigliare, mi sembra una situazione allucinante.

«Parlato?» risponde lei come se fossi pazza e stessi suggerendo una cosa fuori dal mondo. «Non ho nessuna intenzione di parlarci, mai più nella vita. Per me Raffaele è morto.»

«Mi sembra un pelo drastico», le faccio notare. «Ma insomma, ci dev'essere una soluzione. Non è possibile finisca in questo modo. Siete tanto innamorati, avete deciso così... ehm rapidamente di sposarvi. Siete fatti l'uno per l'altra, no?» le chiedo con una punta di disperazione, pregando che Gabriele abbia torto e non sia davvero incinta.

«Ehm», Valeria si schiarisce la voce.

«Che c'è?» le chiede irritata Cosimina. Povera ragazza, ha l'aria di una che non ne può più.

«Accettare un'offerta di lavoro non è vincolante.»

Valeria inizia a parlare col tono calmo e risoluto che utilizza sul lavoro.

Adesso capisco a cosa è stata dovuta la sua rapida ascesa lavorativa: è molto padrona di sé stessa e della situazione al contrario di tutte le presenti, me inclusa.

«Va bene, ha accettato un'offerta e sicuramente farebbe una brutta figura col datore di lavoro a tirarsi indietro. Ma se non ha firmato nessun contratto, e soprattutto non ha dato le dimissioni nel suo impiego attuale, c'è ancora speranza che faccia un passo indietro.»

Continua rivolgendosi direttamente a Natalie che l'ascolta finalmente ammutolita.

«Devi parlarci, devi spiegargli le tue ragioni e dirgli come ti ha fatto sentire il fatto che abbia agito alle tue spalle su una cosa così importante. Sono sicura che fosse in buona fede.» Fa una breve pausa. «Questa a Napoli è probabilmente una situazione lavorativa molto migliorativa, di cui beneficereste entrambi», conclude infine.

Il pensiero non sembrava aver sfiorato nemmeno lontanamente Natalie che, finalmente calmatasi, riflette sull'ipotesi.

Nel mentre, Agnese corre a chiamare Raffaele per organizzare un tentativo di riconciliazione.

Che bello, sembra una puntata di *Stranamore*.

«Non sta bene che lo sposo veda la sposa la sera prima delle nozze!» esclama da lontano la mamma di Natalie, ovviamente ignorata da tutte le presenti.

La serata finisce con me, Valeria, Agnese e Cosimina che facciamo una cena improvvisata in cucina con un piatto di avanzi, comunque migliore di quello che mi cucino io normalmente, mentre Natalie è sotto, al portone, che discute con Raffaele.

Dopo quello che sembra un tempo interminabile, ma che in realtà sarà stata un'oretta in tutto, finalmente riemerge.

Ci passa davanti tutta sorridente, come se non fosse successo nulla.

«Tutto bene, Nat?» le chiede Cosimina in preda all'apprensione. Le diagnosticheranno lo stress post traumatico, a quella poveraccia.

«Abbiamo risolto. Tutto rientrato», risponde lei gongolante. «Perché state mangiando?» ci chiede osservandoci con aria perplessa.

"Non lo so, Natalì, fa' un po' te sono le dieci", dico tra me e me, ma decido di tacere.

«Non ha ancora firmato. Rifiuterà l'offerta?» le chiede più pragmaticamente Valeria.

«Non ancora, no, ma io gli ho detto di firmare.»

La guardiamo tutte con aria sconcertata, non credendo alle nostre orecchie.

«E perché mai?» domanda Agnese, palesemente sul punto di schiaffeggiarla.

«Perché il lavoro che ha ottenuto a Napoli è davvero prestigioso. Guadagnerà molto bene, molto più di adesso.»

Assumiamo un'espressione basita, mentre Valeria esibisce la tipica faccia di chi lo aveva detto prima di tutti, azzeccandoci. Intanto Natalie continua il suo monologo.

«E poi non me l'aveva ancora detto perché voleva che fosse una sorpresa. Voleva che fosse il suo regalo di nozze. Che gesto romantico! E io ho rovinato tutto. Pensate che i suoi genitori ci hanno già comprato un appartamento stupendo a Napoli. Duecento metri quadri, con vista su tutto il golfo. Vi rendete conto? Sono così felice, mi sento la persona più fortunata del mondo!»

Valeria e io ci guardiamo senza dire niente. Non c'è bisogno, sappiamo entrambe a cosa sta pensando l'altra, e non è un qualcosa che si possa esprimere ad alta voce.

«E la tua carriera?» le chiede Agnese.

Non si dà pace, la ragazza. Mi fa quasi tenerezza.

«E vabbè, troverò un lavoro a Napoli. O forse non lo troverò, chisseneimporta. L'importante è l'amore, e io sono molto innamorata», risponde Natalina con espressione sognante.

L'importante è l'amore. Okay, è ufficialmente troppo.

Facciamo per alzarci e salutare tutte, fingendo di essere più sollevate di quanto non siamo in realtà. Natalie ci dà due bacetti veloci e corre in camera sua a riposarsi, preoccupata che le troppe lacrime le segnino il volto in vista del make-up di domani.

Sua sorella, invece, ci accompagna alla porta.

«Grazie della cena», le dico.

«Scherzi, era il minimo. Grazie a voi due, soprattutto a te, Valeria. Mia sorella quando si impunta non ascolta nessuno», aggiunge eufemisticamente a mo' di spiegazione. «Tu sei riuscita a farla ragionare.»

«Non ho fatto niente», risponde Valeria. «Ho solo usato un po' di buonsenso.»

«Be', ha funzionato», continua Cosimina che, salutandoci, si volta verso di me.

«Sei davvero fortunata, Martina, ad avere un'amica così speciale.»

## 16.
### SÌ, LO VOGLIO

L'amica così speciale mi tira giù dal letto bussando con veemenza alla porta della mia stanza. Ci metto un po' a realizzare dove mi trovo quando apro gli occhi.

Ieri notte ero parecchio indecisa su che colore dare alla casella.

Da una parte la litigata con Gabriele mi faceva e fa ancora soffrire, dall'altra la serata con Valeria, malgrado gli imprevisti, è stata divertente. Una specie di avventura, come non ci capitava da tempo.

Mi sento un po' idiota a fare queste affermazioni, eppure è così.

Non ci rendiamo conto di quanto diventino apatiche le nostre vite dopo i trent'anni, forse è per questo che stiamo andando tutti al matrimonio di una persona a cui non siamo poi così legati: abbiamo bisogno di spezzare la routine.

Alla fine la casella è stata bianca, ma ci ho rimuginato a tal punto che ho finito per avere un sonno agitato, collezionando diversi incubi.

È una cosa che purtroppo mi capita spesso. Al mattino fatico a ricordarne i dettagli, assumono contorni sfocati, ma l'esperienza *live* è disturbante grazie a uno storytelling di altissimo livello.

Questa volta c'entrava principalmente il lavoro. C'era sicuramente Antonio, ricordo che Claudia lo accoltellava e io le dicevo: «Che hai fatto, sei scema? Vuoi finire in prigione?».

Devo assolutamente raccontarglielo, sicuramente commenterà dicendo: «In galera? Perfetto, così non devo più andare in ufficio».

Grazie alla luce del mattino che filtra dalle tapparelle riconosco la vernice spugnata verde e soprattutto distinguo nettamente la seguente frase provenire dal corridoio esterno: «Martina, non hai sentito la sveglia, sono le otto, muoviti!».

«Oh cazzo, no. Arrivo!» urlo a mia volta ancora sdraiata sul letto, per poi scattare immediatamente in piedi.

Ho un solo pensiero: Dino Hairstyle.

Mi butto addosso la prima cosa semi pulita che riesco a recuperare dalla valigia e, senza neanche farmi la doccia, mi lancio giù per le scale del B&B.

Attraverso praticamente correndo le strade di Cisternino, stranamente trafficate per essere il primo sabato di giugno, rischiando a più riprese di essere investita da uno dei numerosi furgoni che zigzagano all'impazzata.

Cosa sta succedendo a questo posto? C'è un raduno di servizi di catering?

«Non ho capito che hai detto. Matrimonio? Be', quale? Questo weekend si sposano praticamente tutti.»

Ad accogliermi con tono laconico, a tratti infastidito, è la receptionist del parrucchiere, una ragazza con i capelli grigio argento e una a mio avviso discutibile seppur innegabilmente attuale manicure fucsia.

È molto presa dal suo smartphone, non alza nemmeno lo sguardo.

La osservo con ammirazione, chiedendomi perché vadano così tanto di moda i capelli che mia nonna faceva di tutto per debellare.

«Quello di Natalina Lorusso», mi tocca specificare. «Ho chiamato due settimane fa per prendere appuntamento. Mi ha consigliato lei di venire da voi.»

Lo dico tutto d'un fiato, ansimando come se avessi appena corso una maratona.

In effetti è così che il mio fisico poco allenato deve aver percepito lo scatto di poco fa.

Penso a Valeria e al suo «Ma no, io penso di darmi una pettinata da sola» in risposta al mio «Prenoto pure per te?» e provo una ferale invidia.

La categoria delle capaci di rendersi presentabili in autonomia è una delle più detestabili e solitamente va di pari passo con quelle del partito «io non mi trucco mai, mi vedo meglio senza». Se mi presento struccata io da qualche parte, qualsiasi parte, state sicuri che chiamano le pompe funebri.

«Ah Natalie! Come no!» esclama lei con eccessivo entusiasmo, alzando finalmente lo sguardo dal suo smartphone e cambiando improvvisamente tono.

Benissimo, sono una cliente raccomandata, esattamente quello che desideravo.

«Be', mettiti pure seduta tranquilla.» Mi indica un divanetto in fondo alla stanza. «Che non la facciamo sposare se tu non sei pronta.»

Felice all'idea di essere arrivata in tempo a destinazione, mi siedo e decido di rilassarmi immergendomi nella lettura di una rivista lasciata lì dalla cliente precedente. Non sono solita comprarle, le gite dal parrucchiere sono la mia unica occasione per aggiornarmi sulla cronaca mondana.

Osservo prima la copertina.

I titoli dei servizi vanno dal semplice *Dimagrire senza sforzo* fino al più complesso *Imparare a vincere la timidezza*, passando per il pruriginoso *Ho scoperto l'orgasmo, ma non con mio marito*, fino al toccante *Malattia, non mi fai più paura.*

Rifletto sul fatto che l'avvento di internet abbia sicuramente danneggiato il settore dell'editoria periodica su carta stampata, ma a giudicare dagli articoli che ho sotto gli occhi forse non ha proprio tutte le colpe. Questi ci hanno oggettivamente messo del loro.

Sono a metà dell'articolo sull'orgasmo extraconiugale, un magistrale pezzo di infotainment in salsa Harmony veramente ben scritto, quando vengo prelevata da quello che a questo punto temo sia Dino Hairstyle in persona.

Conciato come Willy Wonka della *Fabbrica di cioccolato*, la sicumera che traspare a ogni sua parola non lascia presagire nulla di buono, e con essa il fatto che si rivolga a me chiamandomi «Amo», inequivocabile segno di un soggiorno di troppo a Milano.

«Come li facciamo questi capelli, amo?» mi chiede smanacciandoli e mettendomeli davanti alla faccia.

Con il terrore che inizia a comparire sul mio volto, gli chiedo delle onde morbide, come quelle della ragazza sulla copertina della rivista, definita «l'influencer più romantica del mondo».

«Ho capito. Li facciamo romantici, *boho*, come dopo una notte di follie sulla spiaggia!» dice ridendo mentre scuote la testa.

Sono letteralmente terrorizzata.

Annuisco sorridendo nervosamente, anche se la follia più grande che ho mai fatto in spiaggia è stata prendere il sole con la protezione 30 invece della 50.

Ovviamente mi sono scottata.

* * *

Un'ora dopo sto risalendo le scale del B&B con quella che ha tutta l'aria di assomigliare alla permanente con cui si è sposata mia madre nel lontano 1987.

Le parole di Dino riecheggiano nella mia mente.

«Te li faccio un po' stretti, così ti reggono fino a stasera. Tranquilla, poi si aprono da soli.»

Mi guardo allo specchio della stanza, disperata e soprattutto consapevole che il nido che ho in testa non si aprirà da solo neanche fra tre mesi.

È necessario un intervento drastico.

Il tempo di una rapidissima doccia e Valeria arriva in mio soccorso portando con sé un pettine largo e la voglia di deridermi. Quella non le manca mai.

«Stai benissimo!» esclama entrando in camera. «Gli avevi detto che volevi assomigliare a Whitney Houston? Cazzo, ti ha fatto identica.»

«Sta' zitta», le dico, mentre tento di ammorbidire il groviglio che ho in testa con il pettine che mi ha portato.

«Ecco, adesso hai qualcosa di Shirley Temple», continua lei annuendo soddisfatta, mentre finisce di truccarsi.

Sa anche mettersi l'eyeliner da sola, 'sta stronza.
«Quanto hai pagato per la piega?» mi chiede incuriosita.
«Sedici euro», rispondo.
«Be' pochissimo, praticamente niente», commenta lei tutta soddisfatta.
«Sì, a Milano me ne chiedono il doppio. Però poi esco senza voler denunciare il parrucchiere, giudica te cosa sia più conveniente.»

Alla fine, grazie all'aiuto di Valeria e a qualche forcina strategica, riesco ad assumere un aspetto decente. Con il mio bel vestito smerlettato e il make-up contouring in stile Kardashian, realizzato grazie a svariati precedenti tentativi, frutto di ore di studio approfondito di diversi tutorial su YouTube e financo a un certo punto per disperazione su TikTok, oserei quasi dire che sto molto bene.
Valeria è davvero splendida, con il suo solito caschetto ancora naturalmente scuro che non ha bisogno di frequenti tinte, sapientemente spettinato a regola d'arte, e l'abito da cocktail un po' retrò color verde acqua, che ben si abbina agli occhi chiari.
«L'ho azzeccato il colore?» mi chiede assumendo un'espressione crucciata. «È giusto per la mia stagione armocromatica, quella roba là?»
«Ma che ne so qual è la tua stagione armocromatica», ribatto con tono rassegnato, dandomi l'ennesima passata di fard. Sono esausta. «Però sei molto chic. Forse troppo», aggiungo squadrandola da capo a piedi.
«Dov'è il tuo rural?» le chiedo poi con fare inquisitorio.
«Ho riciclato l'abito del battesimo di mio nipote», risponde lei. «Mia cognata ci ha trascinati tutti in un agriturismo a Vetralla», aggiunge. «Sento che l'abito ha assorbito sufficiente ruralità.»
Rido.
Ci facciamo un selfie che mandiamo ai rispettivi compagni e ci avviamo verso la cerimonia.

* * *

La chiesa madre di San Nicola è una costruzione imponente, posizionata accanto a dei viottoli che ne fanno risaltare maggiormente la stazza.

La pietra bianca, tipica di questa cittadina e di questa zona della Puglia, riflette il sole che alle undici del mattino è già particolarmente accecante.

Gli invitati affollano il sagrato della chiesa, i bambini giocano rincorrendosi, quelle che immagino siano le loro mamme si sgolano già esasperate. Quella di un matrimonio è una giornata lunga per tutti, soprattutto per gli invitati.

Dal canto mio, rimango scioccata dalla visione di un sorprendentemente adulto cugino Francuzzo, mano nella mano con quella che ha tutta l'aria di poter essere la sua fidanzata.

L'attesa sarà lunga, si mormora che la sposa, a quanto pare, è in ritardo.

Valeria e io ci ripariamo all'ombra di una gigantesca pianta di ulivo che, insieme a una vera e propria foresta di pampas, decora l'ingresso della chiesa.

Come prevedibile, per questo matrimonio Natalie non ha badato a spese.

Un esercito di fotografi è già predisposto nei punti chiave e potrei giurare di aver visto ronzare sopra le nostre teste un drone, cosa che non credo sia del tutto legale, ma ce ne faremo una ragione. Capiamo l'esigenza degli sposi: vuoi mettere il privilegio di poter rivedere il tuo matrimonio dal punto di vista di un elicottero? Impagabile.

«Guarda!» Valeria richiama la mia attenzione con tono seccato, borbottando a mezza bocca: «Abiti lunghi, paillettes. Gente vestita di rosso o peggio di nero! Dov'è finito il bon ton? Perché nessuno rispetta più le regole dell'abbigliamento ai matrimoni?».

«Perché nessuno è vestito rural chic, mi dirai, mi sembra quello il problema principale», rispondo io con aria preoccupata, ringalluzzendomi solo quando avvisto una compagna di sventura con ai piedi degli stivaletti texani.

A lei è andata peggio, non oso immaginare il caldo dentro a quei cosi.

«In compenso c'è Pablo Escobar», esclama Valeria, indicando con la testa un ragazzo con una camicia vistosa almeno quanto i suoi baffi.

«Smettila», le dico, trascinandola dentro la chiesa.

Prendiamo posto sul lato sinistro, quello degli invitati della sposa, godendoci la temperatura decisamente inferiore rispetto all'esterno.

Con il cambiamento climatico in corso, ve lo dico, le chiese torneranno in auge, è il loro momento.

Raffaele, lo sposo, è già posizionato davanti all'altare e sta chiacchierando nervosamente con alcuni invitati, stringendo molteplici mani e ricevendo le prime congratulazioni.

«Dovremmo salutarlo?» chiedo a Valeria indicandolo.

«Io lo vedo ora per la prima volta», risponde lei.

«E perché, io?»

Vabbè, deduco quindi sia un no.

Piano piano gli invitati prendono posto nelle file di banchi.

Riconosco qualche faccia nota, altre invece mi lasciano addosso un senso di straniamento.

È dunque questa la vecchiaia? So chi sono molte di quelle persone, ma non riesco a ricollegare il nome al volto.

Per non sbagliare saluto tutti come se mi ricordassi perfettamente di loro. Ho una strategia infallibile, che ho imparato durante il mio lungo esilio milanese: chiedo sempre come va il lavoro. In media un lavoro ce l'hanno tutti. Non posso sbagliare.

«Come va il lavoro?» domando a quello che credo fosse un compagno di università di Natalie, non sono sicura, non mi ricordo bene neanche il nome, ricordo solo che pernottava a casa nostra ogni volta che perdeva le chiavi della sua, con una frequenza che ho sempre reputato eccessiva, se non sospetta.

Mi guarda un po' stranito.

«Sono nella logistica», mi dice dopo un po'.

«Ah, bello!» esclamo senza sapere cosa significhi.

«E cosa fai esattamente?» insisto per continuare la conversazione.

«Mi occupo di consegne, Amazon e affini.»

«Fantastico, io compro spessissimo online.»

Cade un silenzio imbarazzante in cui lui mi guarda come se fossi completamente cretina, prima di salutarmi e allontanarsi con una scusa.

«Piantala di fare networking, non sei a Milano», mi riprende Valeria.

Sbuffo, continuando a guardarmi intorno.

Di Fabrizio, a quanto pare, nessuna traccia.

A un certo punto avverto alle mie spalle una voce familiare.

«Posso sedermi vicino a voi?»

È Veronica, la figlia della proprietaria di casa in cui abitavamo Natalie e io.

Non la vedo da allora.

Non è cambiata di una virgola, ha sempre l'aria di una che potrebbe farla franca dopo un omicidio plurimo.

Accanto a lei c'è un tizio dall'aria torva che sembrerebbe volersi trovare ovunque tranne che qui.

«Ma certo, che bello rivederti dopo tanto tempo! Valeria, ti ricordi di Veronica?» esclamo ad alta voce, aggiungendo con uno sguardo eloquente: "La matta che sbroccava se gli shampoo non stavano allineati nel modo giusto".

Valeria risponde con il medesimo sguardo: "Uh, come no, il caso clinico!» e dicendo ad alta voce: «Certo! Ci siamo viste a Milano, come stai? Ne è passato di tempo».

«Eccome!» risponde lei. «Che bello rivederti Martina, come stai? Sei sempre a Milano? Ti presento mio marito.»

«Piacere.» Il tizio torvo ha appena emesso un impercettibile grugnito.

Chissà dove l'ha pescato, un soggetto del genere.

C'erano i saldi su Tinder?

Il suono dell'organo interrompe la nostra conversazione e il chiacchiericcio del resto degli invitati, mettendoci tutti sull'attenti.

Dopo qualche minuto d'attesa che sembra non passare

mai, la sposa fa finalmente il suo ingresso sulle note dell'*Ave Maria* di Schubert, e io faccio quello che faccio a tutti i matrimoni: comincio a piangere.

Valeria mi guarda allibita, mentre l'organizzatissima Veronica mi allunga un fazzoletto.

Natalie attraversa la navata al braccio del padre trattenendo a stento l'emozione.

Il fisico snello e longilineo è fasciato in uno splendido abito a sirena. I capelli color miele le cadono morbidi sulle spalle, tenuti in ordine da un semiraccolto a cui è agganciato un tradizionalissimo velo.

È una sposa classica, ma ha un tocco di contemporaneo.

"Non ha nulla di rural chic", penso un po' indispettita, ma è oggettivamente stupenda.

Osservandola, non riesco a fare a meno di pensare a quanto vorrei essere al suo posto. Quanto a lungo ho sognato questo giorno che per me potrebbe non arrivare mai.

Mi rendo conto per la prima volta da quando sono qui che quello che provo per Gabriele non è semplice risentimento per avermi piantata in asso all'ultimo momento, una parte di me sta mettendo in discussione questa relazione in cui le sue esigenze sembrano costantemente avere un ruolo predominante, in cui il suo lavoro sembra essere più importante di qualunque cosa, persino di me.

Quanto di me sto mettendo da parte nello stare con lui?

A quante cose sto rinunciando, oltre al matrimonio?

E per chi, poi?

Per uno che mi lascia cenare da sola quasi ogni sera perché il suo lavoro viene prima di tutto?

Forse questo bambino che non arriva è un segno del destino, forse semplicemente questo non è il mio momento, perché lui non è la persona giusta per me.

Sento il panico assalirmi al solo pensiero.

Ho trentaquattro anni, avrei dovuto rendermene conto prima, adesso è troppo tardi anche solo per pensare di ricominciare tutto da capo.

Il prete continua la sua omelia, ma io non lo sto ascoltando.

Mi guardo intorno e mi chiedo cosa ci faccio qui da sola.

Mi sento terribilmente fuori posto, e non solo relativamente a questo momento. È una sensazione che all'improvviso sento estendersi a tutti gli altri ambiti della mia vita.

Tutto quello che ho è riconducibile al contratto d'affitto di un piccolo bilocale che posso permettermi solo perché in condivisione con quello che oggi è il mio fidanzato.

Il mio lavoro non è certamente qualcosa di irrinunciabile o che mi renda particolarmente orgogliosa.

Non ho un piano B e da qualche giorno a questa parte non ho nemmeno una casa in cui poter tornare visto che a breve mia mamma e Micol si trasferiranno in una casa molto più piccola, che non ha posto per me così come per uno studio.

Se un tempo la prospettiva di non avere chiaro davanti a me il futuro era ancora tutto sommato accettabile, l'idea di aver perso anche il porto sicuro del passato mi è intollerabile.

Cerco di scacciare questi pensieri.

Nel frattempo Natalina e Raffaele si promettono di essersi fedeli sempre e di onorarsi tutti i giorni della loro vita.

Valeria sussurra a voce bassissima: «Scommetto verrà più facile a loro che ad altri, grazie ai duecento metri quadri di casa».

Le do una gomitata.

«Sì, lo voglio», esclama ad alta voce Natalie, seguita da Raffaele.

Il pubblico esplode in un fragoroso applauso mentre gli sposi, con fare impacciato, procedono allo scambio degli anelli.

Mi commuovo di nuovo, o forse sono lacrime di tutt'altro tipo.

Finita la celebrazione ci posizioniamo sul sagrato, in una mano i chicchi di riso, nell'altra i petali di fiori secchi. Li lanciamo contro gli sposi che, incuranti del disastro che sta cadendo sulle loro teste, continuano a baciarsi e ad abbracciarsi, immortalati dai flash dei numerosi fotografi presenti.

È in quel momento che lo vedo.

Fabrizio è in piedi tra la gente radunata sull'altro lato della piazza, indossa un completo leggero beige abbinato a un paio di Ray-Ban tartarugati. La camicia bianca fa risaltare il suo colorito naturalmente abbronzato, i capelli a spazzola castani sono ancora folti e pettinati da un lato, il sorriso è quello di sempre.

Lo osservo senza muovermi, finché non mi accorgo che sta facendo altrettanto.

Alza una mano a mo' di saluto, e io accenno un gesto a mia volta.

Poi, improvvisamente, sparisce nella folla.

## 17.
### UN RITO COLLETTIVO

Persino il navigatore sembra rifiutare il fatto che esista un posto chiamato Masseria Capocollo Eco-Resort.

Valeria sbuffa irritata, mentre io tento di fare conversazione con Veronica e il suo monosillabico coniuge.

Stiamo dando loro un passaggio, dato che non hanno pensato di noleggiare un'auto.

«Che si pensavano, di fare l'autostop?» mi aveva domandato Valeria seccata quando le avevo detto di aver acconsentito alla richiesta.

Poco importa che lui sia così taciturno, lei parla abbastanza per tutti e due.

«Abbiamo una bambina di due anni», ci racconta senza che nessuno gliel'abbia domandato. «Ma l'abbiamo lasciata a casa con i nonni, non ci sembrava il caso di farle fare un viaggio così lungo.»

"Un altro utero prolifico", dico tra me e me. Mi sarebbe sembrato strano il contrario.

Mi mostro interessata per pura educazione, per poi pentirmene immediatamente, perché a quel punto Veronica si sente autorizzata a farmi vedere tutte le foto della figlia dalla nascita a oggi.

Mi costringe persino a guardare un breve video girato in ospedale durante il travaglio, a quanto pare avevano composto una playlist apposita per quel momento.

Per un attimo temo finisca per farmi vedere anche la fase di espulsione.

Davanti alle immagini della figlia, il tizio torvo si scioglie leggermente. Prova persino a spiccicare qualche parola, ma tutto quello che afferma viene immediatamente corretto dalla moglie.

Adesso capisco perché sta sempre zitto, poveraccio.

«Tu hai figli?» mi chiede lei. Segue un silenzio imbarazzante, carico di odio malcelato da parte mia.

Perché mi fanno tutti costantemente questa domanda? Perché pensano sia un argomento di conversazione come un altro?

«No, ma sono "zia" di Gregorio, il bellissimo bambino di Valeria», rispondo infine con eccessivo entusiasmo, al solo scopo di mascherare quanto in realtà parlarne mi faccia soffrire.

L'attenzione di Veronica si concentra immediatamente su Valeria, che viene quindi tempestata di domande su suo figlio: quanti anni ha, va a scuola, è bravo, quante ore dorme, mangia tutto?

È incredibile come certi genitori si illuminino solo quando capiscono di avere davanti altri genitori, quando realizzano che possono finalmente parlare del loro argomento preferito da pari a pari.

Okay, forse Veronica non è un ottimo esempio perché è sempre stata parecchio ossessiva di suo, e suo marito è dominato a prescindere da una sorta di mutismo selettivo, ma la mia teoria è stata comprovata negli anni osservando il comportamento di molte altre coppie.

Sono convinta che fare un figlio sia un'esperienza totalizzante, in modi che fatico anche solo a immaginare, una di quelle situazioni che puoi comprendere fino in fondo solo quando ci sei dentro con tutte le scarpe.

Trovo però assurdo finisca per esserlo al punto da far sparire qualunque altro interesse o argomento di conversazione per interi anni.

Sono circondata da amici che da quando hanno avuto un bambino sono letteralmente spariti, e lo so che potrebbero rinfacciarmi di aver fatto altrettanto.

Credo che in effetti non sia colpa di nessuno.

È come se tra di noi fosse calato uno strano velo di incomunicabilità. Le nostre vite ormai hanno tempi e luoghi diversi. La loro si svolge su un altro pianeta, uno di quelli in cui si cena alle sette.

Impossibile anche solo pensare di incontrarsi a metà strada.

È naturale, quindi, che a loro venga più facile frequentare altre coppie con figli. Hanno le stesse esigenze, condividono gli stessi problemi.

Forse sarei più tollerante se le poche volte che ci sentiamo o vediamo non passassero tutto il tempo a dirmi cose tipo:

"Come sei fortunata! Tu che puoi leggere un buon libro."

"Sai da quant'è che non vedo una serie TV con le persone in carne e ossa?"

"Beata te che puoi viaggiare, vedere il mondo, ormai a Cattolica ci conoscono tutti, mi chiamano per nome."

Io vorrei dire loro che nessuno li ha costretti a mettere al mondo un figlio e che la riviera romagnola mista alla visione di troppe puntate di un cartone con protagonista una famiglia di maiali antropomorfi, per quanto quest'ultima sia oggettivamente una cosa grottesca che non auguro a nessuno, mi sembra un prezzo abbastanza piccolo da pagare per un qualcosa che troppi di noi desiderano così tanto, invano.

La verità è che non è solo l'erba del vicino a essere più verde, siamo noi che non siamo mai contenti, e questo sono sicura valga per entrambe le fazioni.

Intanto Valeria, che non ne può più delle domande su Gregorio a solo scopo comparativo, volte cioè a esaltare le prodezze della figlia dei due, mi sta guardando con l'aria di una che vorrebbe ammazzarmi per aver offerto loro un passaggio.

Fortunatamente per la mia incolumità, un cartello ci avverte che la Masseria Capocollo Eco-Resort dista solo una manciata di chilometri dal punto in cui ci troviamo ora, perciò il suo supplizio è quasi finito.

Il tempo di ripercorrere il delicato periodo dell'inserimento al nido, superato brillantemente dalla bambina prodigio che Veronica ha messo al mondo, e a breve avremo un bicchiere di vino tra le mani, e tutto sarà più facile.

Percorriamo un tratto di sterrato sobbalzando a ogni scossone, finché finalmente non arriviamo in un grande spiazzo dove possiamo lasciare la macchina.

Deve aver piovuto nei giorni precedenti, perché per terra è pieno di fango.

Ripenso alla ragazza con gli stivaletti texani invidiandola, mentre tento di scendere dalla macchina cercando di inzaccherarmi il meno possibile l'abito e i sandali e sollevando il trolley invece di trascinarlo fino alla reception, cosa che mi costa non poca fatica.

Perché non faccio tutta la palestra che mi riprometto sempre di fare?

Facciamo il check-in e prendiamo possesso delle nostre stanze per stanotte.

La mia e quella di Valeria sono adiacenti e si trovano entrambe al pianterreno della costruzione. "Non sarà ideale nel caso vogliamo andare a letto prima che la festa sia ufficialmente finita", penso tra me e me, ma in ogni caso le preferisco a quelle che si trovano al piano superiore, che viste da qui mi sembrano più piccole e meno ventilate.

La masseria è una location a dir poco suggestiva, capisco perché Natalie l'abbia selezionata per il ricevimento nonostante il nome obiettivamente improponibile e il fatto che si trovi in mezzo al nulla.

È una costruzione completamente bianca che forma un ferro di cavallo intorno a una vasta corte in cui noto con grande piacere che sono già operativi i vari corner dell'aperitivo e relativi tavoli d'appoggio per gli invitati.

Un cameriere mi porge un benvenuto a base di bollicine accompagnate con un finger food e inizio a gustarlo guardandomi intorno.

L'allestimento non ha nulla di originale ma, devo ammettere, è favoloso.

Sono stati disposti ovunque gli stessi ulivi in vaso che abbiamo visto sul sagrato della chiesa che, insieme alle bougainville che naturalmente si arrampicano sulle pareti dell'edificio, creano un gioco di colori molto rilassante. Le composizioni floreali sono più che abbondanti ma, mi rendo conto, necessarie in una location che in loro assenza sarebbe risultata forse un po' troppo spoglia e diroccata.

Certo, avrei forse messo meno erba delle pampas, visto che con queste temperature l'autocombustione è dietro l'angolo, ma capisco che i fiori secchi siano l'irrinunciabile moda del momento in materia nuziale. Se non li hai, ti annullano le nozze.

In un altro lato della corte, non distante da quello dell'aperitivo, sono stati disposti i lunghi tavoli imperiali su cui più tardi pranzeremo, riparati dal sole grazie ai vari tendaggi bianchi messi come copertura.

Un po' Santorini, un po' mia mamma ha appena steso il bucato.

Brava Natalie, nonostante ci troviamo in piena campagna, è tutto molto delicato e raffinato e, complice il prosecco che ci viene costantemente offerto, comincio a trovare meno delirante quel «rural chic» indicato sulla partecipazione, anche se alla fine sono quella peggio vestita di tutte.

Gli invitati sembrano apprezzare questo posto quanto me, ma passano più tempo a fotografare e fotografarsi che a godersi la festa vera e propria.

Valeria e io, invece, abbiamo una strategia molto efficace, frutto di anni di allenamento in occasioni del genere: un paio di scatti appena arrivate, con il trucco e i capelli ancora moderatamente in ordine, pubblicazione immediata su Instagram per massimizzare i like grazie alla fisiologica curiosità di chi vuole in realtà vedere la sposa, e poi estrema concentrazione per un chirurgico approccio all'aperitivo con l'obiettivo di assaggiare tutto quanto ci venga messo a disposizione. Dall'alto della nostra esperienza, sappiamo che avendo solo due mani a testa è praticamente impossibile tenere in equilibrio sia il calice sia il piattino con forchetta e non ultima la borsa, quindi partiamo immediatamente alla conquista di un tavolo che custodiremo a turno, mentre l'altra andrà a fare la fila per procurare a entrambe i vari assaggi.

Durante questa delicata fase, «isolamento» è la parola chiave.

Avremo purtroppo ampio modo di darci alla socializzazione forzata con i vicini di posto che ci toccheranno in sorte a tavola, questo è il momento in cui ce ne stiamo beatamente e maleducatamente per i fatti nostri a bere, mangiare, e parlar male delle persone che un tempo erano nostre amiche, o presunte tali.

Sto studiando accuratamente il cono di fritti che tengo in mano, ponderando se sia il caso di ascoltare la mia gola e passare immediatamente all'assaggio, o attendere un po', dato che la temperatura interna di ogni pallina di mozzarella sarà probabilmente equiparabile alla lava.

Decido di procedere lo stesso, consapevole del rischio, ma anche del fatto che si vive una volta sola.

Mi sono appena messa in bocca un ustionante fiore di zucca ripieno, quando avverto una voce alle mie spalle.

«È libera quella?» mi chiede alludendo alla sedia accanto alla mia.

Noncurante del fatto che ho ancora la bocca piena, mi affretto comunque a rispondere: «No, è occupata!» in modo da allontanare il potenziale seccatore dal nostro eremo gastronomico.

Solo a quel punto mi rendo conto che a pormi la domanda è stato Fabrizio, che mi sta fissando con aria delusa.

«Ah, sei tu! Ciao come stai?» Balzo in piedi, finendo di masticare il fiore, e andando goffamente ad abbracciarlo.

«Bene, e tu?» risponde, mentre vengo altrettanto goffamente baciata su entrambe le guance.

Dio mio, per quale sadica regola non scritta diventa così difficile interagire a distanza di tempo con la stessa persona con cui si è condiviso tutto?

Ci siamo amati, ci siamo tormentati, ci siamo reciprocamente mostrati il nostro meglio e il nostro peggio.

A pensarci bene, nel suo caso si è trattato soprattutto del suo peggio.

Eppure eccoci qua, in imbarazzo, a non sapere cosa dirci.

«Se ti disturbo me ne vado», dice assumendo un'espressione confusa.

«No no, figurati, siediti pure, pensavo fosse qualcun altro», gli dico indicando con un cenno la sedia.

"Magari anche un po' meno sincerità sarebbe d'aiuto, Martina, ne usciresti meglio", penso rivolgendomi a me stessa. "Datti un tono, per favore."

Speravo che il nostro incontro a distanza di anni mi avrebbe vista avvolta da maggiore carisma e sintomatico mistero, ma ho capito che ormai su certi obiettivi parto sconfitta in partenza, meglio prendere le cose così come capitano. Fiori di zucca inclusi.

Con un gesto istintivo, mi riavvio comunque i capelli, sperando che l'impalcatura di forcine posizionata in precedenza da Valeria stia ancora reggendo.

Fabrizio prende posto vicino a me e inizia ad allentarsi leggermente la cravatta.

Noto che porta la fede al dito, cosa che mi fa non poca impressione.

È come se ci fosse qualcosa di strano, fuori posto.

Lo osservo senza poter fare a meno di trovarlo ancora affascinante, forse più di quando eravamo solo dei ragazzini.

Gli uomini, al contrario di noi, migliorano con l'età, purtroppo è risaputo.

«Sei qui da sola?» mi chiede alludendo al tavolo vuoto che sto presidiando.

Devo essergli sembrata strana, in effetti, seduta qui a contemplare la pastella in solitudine.

«No, sono con Valeria, è andata a fare la fila per… boh, qualcosa. Sto tenendo il tavolo», preciso come se fosse una cosa normale, o di cui andare particolarmente fiera.

«Ah ,Valeria, certo!» esclama lui. «Mi sembrava di averla intravista prima in chiesa, non ero sicuro di averla riconosciuta. Si è tagliata i capelli?»

Annuisco e passa qualche secondo di imbarazzante silenzio, in cui capisco il vero senso di quella domanda.

«Il mio compagno non è venuto», dico. «Ha avuto un'emergenza di lavoro all'ultimo momento.»

«Capisco», dice lui. «Anche mia moglie alla fine non se l'è

sentita. Con la bambina piccola, sarebbe stato più impegnativo che altro. Non voleva lasciarla da sola, e poi non ha la più pallida idea di chi sia Natalie», aggiunge a mo' di spiegazione.

«Beata lei!» esclamo alzando gli occhi al cielo.

Fabrizio scoppia a ridere, lasciandomi addosso una sensazione stranissima.

Come può una risata nello stesso momento sembrarmi così familiare e così distante?

«Se ci pensi, è assurdo che entrambi la conosciamo indipendentemente l'uno dall'altra», mi dice a un certo punto lui, mentre mi ruba le mozzarelline dal cono.

Sono le mie preferite, ma lo lascio fare.

«Noi non stavamo più insieme, quando hai vissuto con lei a Milano», continua, mentre ne addenta una.

Certo, come se non me lo ricordassi.

«Come si chiamava la ragazza che frequentavi, che era amica del suo fidanzato?» gli chiedo facendo finta di essermi dimenticata il nome.

Clotilde, come potrei dimenticarmi un nome così del cazzo.

Fa una faccia concentrata. Esita.

Non se lo ricorda? Mi ha lasciata per una di cui non si ricorda il nome a distanza di anni?

Ho un'espressione rilassata, ma dentro di me sta montando una furia cieca.

Forse non si ricorda neanche il mio?

«Clotilde!» esclama lui all'improvviso, battendosi una mano sulla fronte.

Sorride, scuotendo la testa. «Stava fuori come un balcone! Che personaggio straordinario.» Ridacchia passandosi la mano tra i capelli.

Preferisco non sapere cosa intenda, da quanto ricordo di straordinario aveva solo la zoccolaggine. Forse intende proprio quello.

Mia sorella si arrabbierebbe molto per questa espressione, segno di un retaggio patriarcale e di assenza di solidarietà femminile, ma poco male, io la trovo particolarmente accurata.

«Come va il lavoro? Di cosa ti occupi?» mi chiede all'improvviso cambiando argomento.

Ahia, è il momento LinkedIn, lo stavo aspettando.

«Sono client manager in un'agenzia di marketing», mento leggermente sulla qualifica. Mica andrà a verificare?

«Ah, però! Suona particolarmente bene. E ti piace?» mi domanda.

«Molto, sto facendo una discreta carriera», continuo imperterrita nella mia menzogna. «E tu?»

«Dopo l'università ho fatto diversi stage, sono stato anche all'estero per un periodo, ho vissuto a Londra.»

"Ricordo", dico tra me e me. È stato all'epoca di Londra che si è lasciato con Clotilde.

«La vita in una grossa multinazionale però non faceva per me», continua lui, «così ho iniziato a lavorare nell'azienda di mio padre, una realtà molto più a misura d'uomo.»

Intende palesemente: "una realtà in cui posso fare il cazzo che voglio, tanto vengo pagato lo stesso".

«Hai fatto bene, certo», lo assecondo pensando che nonostante la decina di anni in più sulle spalle non è cambiato minimamente.

Invidio la sua capacità di cascare sempre in piedi, vorrei averla anch'io.

Piombiamo di nuovo in un silenzio che definirei imbarazzante.

Benissimo, temo proprio che abbiamo esaurito gli argomenti di conversazione.

Mi ritengo soddisfatta per come è andato questo incontro, sento di essermi tolta un peso vedendolo e scambiandoci quattro chiacchiere.

Sto pensando a come liquidarlo, ma ecco che in lontananza vedo arrivare Valeria, in mano un numero considerevole di piattini che si reggono a malapena in equilibrio.

«Scusa, c'era parecchia fila, la gente ha scoperto che a questo matrimonio si mangia anche, non si viene solo per farsi le foto. Ma vedo che hai trovato compagnia. Ciao, Fabrizio, è tantissimo che non ti vedo, come stai?»

Iniziano a scambiare delle frasi di circostanza, non dissimili dalla conversazione che abbiamo appena avuto noi.
Lavoro, matrimonio, figli... parlano anche di case, anzi peggio, di ristrutturazioni.
Lui ha preso un appartamento più grande, la famiglia a quanto pare ha bisogno di spazio.
Li osservo parlare di visure catastali e tipologie di parquet, soffermandomi un attimo sul pensiero che per un sacco di tempo queste due persone hanno rappresentato tutto il mio mondo.
Sono stati i due pilastri di una vita se non più facile, sicuramente più accogliente. Per certi versi anche parecchio ripetitiva e priva di sorprese, ma mi bastava essere in loro compagnia per sentirmi a casa ovunque mi trovassi.
Quella stessa vita che oggi mi sembra sempre più distante e impossibile da replicare.
Sento riaffiorare la morsa del panico avvertito poco fa in chiesa, che porta con sé la ormai familiare paura di non aver realizzato abbastanza, che, parliamoci chiaro, altro non è che un modo più tollerabile di dare voce al vero terrore che abbiamo tutti: la paura della morte.

Non so perché rivedere Fabrizio mi faccia pensare alla morte.
Non un bel complimento, a dire il vero, non credo che lo lusingherebbe.
Osservandolo, però, mi rendo conto del tempo che è passato e che non è possibile riportare indietro. Tempo che scorre a una velocità sempre più sorprendente, e che vorrei poter fermare.
In lui vedo, come in una sorta di specchio deformante, una versione di me che ho riposto da qualche parte, sotto parecchi strati di polvere.
Una Martina più giovane, sicuramente più ingenua, ma anche più felice, capace di guardare alla vita con ottimismo.
Una Martina i cui quaderni sono pieni di caselle bianche.
La morte è l'unico vero grande spettro di ogni giovane non più così tanto giovane, di tutti noi adulti a metà, che anagra-

ficamente ci stiamo avvicinando ai quarant'anni, ma che mentalmente siamo ancora fermi a vent'anni prima. Davanti a noi un ventaglio di possibilità, e la sciocca convinzione di avere sufficiente tempo per realizzarle tutte.

Più tardi, stasera, saremo tutti completamente ubriachi, ballando e cantando a squarciagola sotto le stesse file di lucine che in questo momento si trovano spente sopra la nostra testa: «*Forever young, I want to be forever young. Do you really want to live forever? Forever, and ever?*».

Il paradiso può attendere, stiamo solo guardando il cielo.

Esorcizzare la paura, dopotutto, è un rito collettivo.

# 18.
## AVELLINO

Gli ospiti stanno tutti confluendo verso l'altro lato della masseria e i lunghi tavoli imperiali cominciano via via a popolarsi.

Ci separiamo da Fabrizio, il cui posto è con un gruppo di persone che conosciamo solo di vista, e individuiamo il nostro, che, per la gioia di Valeria, è proprio accanto a Veronica e al marito. Probabilmente sono l'unica che conosce a questo matrimonio, quindi Natalie avrà fatto sì che ci sedessimo vicine.

Siamo circondate da vecchi amici dell'università, tra cui Massimiliano, l'ex fidanzato di Valeria, che è già seduto e sta chiacchierando con quella che inizialmente credevamo fosse sua moglie.

«Francesca, la mia compagna», ci tiene a specificare quando finalmente, dopo un lungo giro di saluti e aggiornamenti reciproci, si degna di presentarcela.

Come se si fosse improvvisamente ricordato una cosa importante, solleva il calice e ci invita tutti a eseguire un brindisi in onore del vetusto istituto del matrimonio.

«Non capisco perché la gente sia così reazionaria da volersi ancora sposare, ma auguri a Natalie e Raffaele. Prosit.»

Valeria e io avviciniamo i nostri calici scambiandoci uno sguardo sufficientemente eloquente.

Noto che Massimiliano è cambiato molto fisicamente, ha messo su parecchi chili, tutti concentrati sulla pancia. I capelli portati lunghi sul collo insieme all'orecchino gli danno un'aria decisamente démodé, per essere gentili.

Certo, il problema principale è che ho percepito sia ancora di una simpatia contagiosa.

Sarà un pranzo molto piacevole.

«Adoro il tuo vestito!» mi dice questa Francesca, sgranando gli occhioni da cerbiatta, con un entusiasmo che francamente non mi sarei aspettata.

«Grazie, l'ho preso a Milano in un negozio vicino a casa mia. Non è niente di che, in realtà», arrossisco un po' imbarazzata dal fatto che il mio vestito sia fin troppo informale per l'occasione.

«Ah, vivi a Milano, ecco spiegato!» commenta lei con l'aria di chi sta constatando un fatto più che certo. «Avete dei negozi stupendi, lì, non come a Roma che ci sono sempre le solite cose.»

Francesca è deliziosa, sembra uscita da un cartone animato. In parte sarà la pettinatura con la frangetta, in parte il suo immotivato entusiasmo, sembra una di quelle persone innamorate della vita.

Beata lei.

«Scusatela, ha questa sciocca fascinazione per Milano», interviene Massimiliano inaspettatamente, rivolgendosi a noi come se Francesca non fosse lì o avesse all'incirca tre anni.

'Sto cafone. Se solo osasse definire sciocca una mia considerazione giuro gli tirerei un ceffone.

«Ma non si rende conto che non è tutto oro quello che luccica», continua lui assolutamente non sollecitato da nessuno dei presenti. «Milano è forse, anzi sicuramente, la città con la maggiore disuguaglianza sociale in Italia. È sotto gli occhi di tutti. Niente di cui la giunta Sala dovrebbe andare fiera», conclude infine, tutto soddisfatto della sua arringa.

Butto giù un abbondante sorso di vino, consapevole che solo l'alcol potrà aiutarmi a rendere tollerabile questo monologo travestito da conversazione.

Chiedo a Valeria con il solo ausilio degli occhi: "Ma come hai fatto a stare con uno così?".

Lei mi risponde limitandosi ad alzare le spalle.

Nel suo sguardo non c'è nessuna nostalgia per Massimiliano, ci leggo solo indifferenza, mista a una punta di vergogna.

Non posso fare a meno di notare che Francesca, lungi dall'essere infastidita, lo sta guardando con un'espressione estasiata. Osservandola meglio mi rendo conto che è giovanissima, avrà a malapena vent'anni.

Immediatamente la correlazione mi è chiara.

È tipico degli uomini come lui trovarsi queste fidanzate sempre più giovani, sempre più innocenti, perché sono le uniche che riescono ad ammaliare con i loro noiosissimi sermoni, le uniche che ancora ci cascano, che finiscono per trovarli sexy e intelligenti, quando chiunque di noi non ci berrebbe un caffè nemmeno sotto tortura.

A conferma di questa mia teoria, lui immediatamente la tira verso di sé e, soddisfatto del proprio ego che si sta specchiando nei suoi occhi, le stampa un bacio sulle labbra.

Ho indovinato anche questa volta.

Sono una fine studiosa del maschio etero, potrei scrivere un libro sull'argomento.

«Non sono d'accordo: Milano è una città difficile, ma è un posto che ha molto da offrire, a patto di volersi dare da fare.»

Ahia, mi ero completamente dimenticata di Veronica.

Sta facendo il classico errore da principiante di lanciarsi in un dibattito che senza il suo intervento sarebbe scemato. E come se non fosse abbastanza, in questo modo sta trascinando tutti noi con sé.

Tempo di mangiare le orecchiette alla norma e gli gnocchi con il ragù di mare – strepitosi, devo ammettere, nonostante la sovrabbondanza di fiori presunti commestibili –, che l'infuocata discussione sulla qualità della vita a Milano, comparata all'alternativa romana, vede Massimiliano andare a ritroso fino ai primi Duemila, criticando duramente l'operato della Moratti come sindaco meneghino.

Arrivati a questo punto, la povera Francesca fa fatica a seguire la conversazione.

Forse perché all'epoca non era nemmeno nata? Facendo due calcoli, la cosa non è troppo distante dalla realtà.

Okay. Non fa così caldo, ma inizio decisamente a boccheggiare.

«Vado a fumare», dico a Valeria, alzandomi da tavola.

«Che cazzo dici, tu non fumi», ribatte lei masticando del pane.

Lo sta facendo ininterrottamente da quando è iniziato il pranzo. Dev'essere il suo modo di tenere la bocca impegnata per non dire a Massimiliano quello che pensa davvero.

«Penso che comincerò», esclamo alzandomi da tavola e avviandomi verso le toilette.

Toilette che per la cronaca sono anch'esse piene di fiori. Il fioraio, con Natalie e Raffaele, deve aver fatto il budget dell'anno, può ritirarsi dalle scene e smettere di lavorare per sempre.

Esco dal bagno e passeggio guardandomi intorno, con lo scopo di perdere un bel po' di tempo. Non ho voglia di tornare al tavolo, non ho un'opinione su Rutelli e i lavori stradali in occasione del Giubileo, e se l'avessi sono certa che non la vorrei esprimere.

Prendo in mano distrattamente un cartoncino che qualcuno ha lasciato su uno dei tavoli dell'aperitivo. È la parte della partecipazione in cui gli sposi ci lasciano le istruzioni per far loro un regalo.

Un poco elegante IBAN mi ricorda che non ho ancora provveduto a fare il bonifico i cui proventi serviranno a regalare loro «il viaggio dei nostri sogni».

Chissà perché la gente sogna sempre di andare in Giappone o in Polinesia. Ci fosse uno che sogna di vedere Caltanissetta. Un sogno che sarebbe decisamente più adeguato alle mie finanze.

Non sono la sola a essersi alzata da tavola: in un angolo poco distante, dietro un gigantesco ulivo, riconosco il cugino Francuzzo che sta limonando selvaggiamente con quella che confermo a questo punto sia la sua fidanzata, o almeno mi auguro.

Tiro fuori il telefono dalla borsetta e decido di chiamare Gabriele.

«Ehi. Come va?» gli chiedo.

«Tutto bene, sono parecchio preso», risponde lui con un tono leggermente distratto.

È palese che di questo matrimonio non gliene frega niente. Comprensibile sotto molti punti di vista, per carità, ma comunque deludente.

«Qui tutto bene, siamo al tavolo con l'ex fidanzato di Valeria che ci sta attaccando un pippone sulla storia delle amministrazioni comunali. Sono scappata pur di non starlo a sentire», gli racconto comunque in assenza di una sua domanda.

«Perché, poverino? Dai, resisti», mi dice lui.

Se conoscesse Massimiliano non parlerebbe così.

«Gabriele?»

Ho la voce spezzata.

Vorrei dirgli che mi manca, che mi fa strano trovarmi qui senza di lui, che ho visto il mio ex e mi è venuta improvvisamente paura di morire.

Come se fosse una cosa normale.

Vorrei dirgli anche che vorrei di più da lui. Vorrei che fossimo più felici di così.

Non ci riesco, non trovo le parole, non saprei da dove cominciare.

Mi piacerebbe che fosse lui a dirmi per primo che gli manco, che gli dispiace di non essere venuto, che non vede l'ora che sia di nuovo a casa.

Non lo fa. Si limita a sollecitare il seguito.

Un «Sì? Dimmi» pronunciato con tono assente.

È preso dalle sue cose, sento che sta digitando al computer.

«Niente, non importa. Ci sentiamo dopo, okay?»

«Okay, divertiti anche per me», conclude lui riagganciando.

Sto facendo il giro largo, rassegnata a dover tornare verso il tavolo ad ascoltare gli sproloqui di Massimiliano, quando incontro nuovamente Fabrizio.

Sta passeggiando da solo e, al contrario di me, ha davvero una sigaretta in bocca.

Me ne offre una. Mi tocca ricordagli che non fumo.

«Che brava ragazza», dice canzonandomi. «Che ci fai a spasso?» mi chiede poi, facendo un tiro.

«Fuggo da Massimiliano.»

Fabrizio scoppia a ridere.

Non serve che dia altre spiegazioni, sa benissimo cosa intendo.

Dice che può capirmi. Seduti a tavola con lui ci sono delle persone che non vede da dieci anni.

«E che spero di non vedere per i prossimi dieci.» Fa una breve pausa, poi si affretta ad aggiungere: «Stanno parlando da quasi un'ora ininterrottamente di lavoro. Perché la gente ha voglia di parlare di lavoro a un matrimonio?».

Scuoto la testa con aria indignata, come se non l'avessi fatto io stessa poco fa.

«Non lo so. Forse meglio della politica?» suggerisco.

«Da quando in qua siamo diventati tutti così squallidi?» incalza lui.

Eh, bella domanda.

«È una gara a chi fatica di più, a chi si sente più arrivato, più importante», conclude guardandomi negli occhi. «Sono tutte cazzate.»

Queste parole mi sorprendono, arrivano inaspettate, come una specie di carezza di cui non sapevo neanch'io di avere così bisogno.

È come se vedessi uno spiraglio di cruda verità in un mondo insopportabilmente ipocrita.

Mi rendo conto che con Fabrizio forse posso provare a giocare a carte scoperte, essere me stessa.

Decido di aprirmi, di dirgli le cose come stanno.

Gli racconto che in realtà non sono molto soddisfatta del mio lavoro, che non ho fatto una vera e propria carriera, e non ho al momento grandi prospettive.

Gli descrivo Giancarlo e soprattutto Antonio. Racconto del cliente di Monaco e di un sacco di altri episodi, non ultimo quello della campagna di Bollicine che lo fa ridere di gusto. Gli parlo di Claudia e Lorenzo.

«Vorrei tanto conoscerli», dice lui dopo avermi ascoltata a

lungo. «Sembrano le uniche due persone normali in una gabbia di matti.»

«È proprio così», confermo, sorridendo sollevata.

È una sensazione strana. Per la prima volta da non so quanto tempo mi sento finalmente capita. Non mi succedeva da anni. Ultimamente non mi succede con nessuno.

Neanche con Valeria, ma soprattutto non mi succede con Gabriele.

Continuo a parlare, gli racconto dei miei genitori, della vendita della casa.

«Mi dispiace. Dev'essere stato terribile dover dire addio a tutto.»

Lui si apre a sua volta raccontandomi cosa teme davvero, e improvvisamente quella facciata perfetta che credevo fosse la sua vita adulta comincia a sgretolarsi.

Scopro che da quando è tornato da Londra ha faticato a capire quale fosse la sua strada.

A Roma si è costruito una famiglia sì, ma è successo prima di quanto avrebbe desiderato.

«Le voglio bene, è tutta la mia vita, ma non era prevista, non così presto. È capitato», dice a proposito di sua figlia.

E capisco quello che c'è da capire.

Non è sicuro che Roma sia la città giusta per loro, per lui in primis.

«Ma è per questo motivo che sono andato a lavorare da mio padre. Con un bambino in arrivo, avevo bisogno velocemente di una sicurezza economica», mi racconta, quasi a volersi giustificare.

«È stato come vendere l'anima al diavolo», aggiunge scuotendo la testa. «Da quel momento ho perso ogni autonomia, ogni potere decisionale sulla mia vita.»

Continua quello che ormai è diventato un vero e proprio sfogo: «Mio padre mi tratta come un cretino e si aspetta che un domani magicamente possa prendere il suo posto».

Infine, mi guarda con occhi terrorizzati e dice: «Sai qual è la verità, Martì? Che io non lo so mica se lo voglio quel posto. Io sto già vivendo la sua vita, che era esattamente quello che avevo giurato non mi sarebbe mai capitato, eppure eccomi qua. Ho trentasei anni e, fidati, me ne sento addosso il doppio».

"Ne so qualcosa", penso tra me e me.

Lo osservo con occhi diversi. Quella strada all'apparenza spianata che avevo sempre invidiato, scambiandola per un'accogliente rete di sicurezza, è in realtà una gabbia dorata in cui Fabrizio si sente prigioniero. Una vita avviata, scritta da qualcun altro per lui, che non si è veramente scelto e da cui non c'è modo di fuggire.

Continuiamo a parlare per un tempo indefinito di cui perdiamo completamente la cognizione.

Intanto a tavola arrivano i secondi, poi i sorbetti, poi altri secondi.

Li ignoriamo, continuiamo a raccontarci le rispettive vite, mettiamo a fattor comune le rispettive paure.

Le prendiamo e le mettiamo temporaneamente l'uno nelle mani dell'altra, così diventano, se non meno insostenibili, almeno più affrontabili, e improvvisamente ci sentiamo entrambi più leggeri.

È come se avessimo di nuovo vent'anni e fossimo ancora sicuri che possiamo diventare tutto quello desideriamo.

«Dopo l'università vorrei andare a vivere a San Francisco», mi dice all'improvviso Fabrizio mentre espira il fumo dell'ennesima sigaretta.

È un'altra sera, di molti anni prima.

Siamo a una festa a casa di qualche studente fuori sede vicino a viale Libia. È una calda serata estiva romana, di quelle in cui vorresti scappare al mare, ma ci sono gli esami ancora da terminare.

Lo studente navigato, del resto, lo sa che il pallore impietosisce il professore.

La festa è divertente, solo leggermente diversa da questa in cui ci troviamo oggi, diciamo meno raffinata.

«Mah, io non credo che andrei così lontano», gli rispondo senza comprendere che non mi stava invitando. Non che ci fosse bisogno, all'epoca lo davamo entrambi per scontato.

O forse era un mio errore di interpretazione? Uno dei tanti.

«Perché vuoi andare a San Francisco?» lo incalzo.

«Boh. Per fare qualcuno, per diventare qualcosa», risponde lui farfugliando, in mano un Negroni miscelato da qualcuno che dubito nel frattempo sia diventato un grande barman.

Non è il primo della serata, è un po' ubriaco.

«Troppo facile avere successo in America», gli rispondo. «Prova a diventare qualcuno ad Avellino. Quella è la vera sfida. Dai, vai ad Avellino.»

Lui mi guarda serissimo, come se avessi detto una cosa molto intelligente, invece di questa plateale scemenza.

Mi prende la mano, si avvicina e mi sussurra all'orecchio: «Va bene, però verresti con me? Mi seguiresti ad Avellino?».

Okay, è palesemente ubriaco.

«Va bene», dico ridendo, mentre lui prova a baciarmi. «Andiamo ad Avellino.»

Mi sento di precisare: «Non so a fa' che, ma sono sicura ci verrà in mente strada facendo».

* * *

È ormai pomeriggio inoltrato e gli ospiti, stanchi di ingurgitare cibo, si stanno alzando tutti da tavola e si stanno ammassando in attesa del taglio della torta.

«Dobbiamo tornare dagli altri», dico ad alta voce, pensando: "Valeria mi ucciderà per essere sparita così".

Il Fabrizio di oggi mi fissa intensamente. Esita un po', prima di domandarmi: «Senti, ci sei più stata ad Avellino?».

«No», rispondo, fingendo di non capire la domanda. «Perché avrei dovuto?»

Mi guarda, deluso per un istante.

«Ci saresti dovuto andare tu», gli ricordo.

Appare improvvisamente sollevato.

«Poi hai preferito Londra», concludo. "E Clotilde", aggiungo tra me e me.

«Hai ragione», mi dice lui. «Ma che ne sai, non è mai troppo tardi. Magari dopo questo matrimonio torno a Roma cambiato? Una persona nuova. Mollo tutto e ricomincio da capo. Ad Avellino, come ho sempre sognato.»

Una parte di me avverte una strana fitta allo stomaco. Mi duole ammettere che vorrei che mi invitasse di nuovo.

Perché desidero una cosa del genere? Non c'è nessuna parte di me che provi ancora qualcosa per Fabrizio, di questo sono sicura.

E allora a cosa è dovuto?

Credo che a fare questi pensieri sia la me che vorrebbe fermare il tempo. Quella che è rimasta delusa da come sono andate le cose, e che vorrebbe ricominciare da capo.

Provare a tirare il dado di nuovo, chissà, magari a 'sto giro escono numeri migliori?

La scorsa mattina ho salutato la mia casa a Roma per l'ultima volta e con lei una fase della mia vita che, nel bene o nel male, non ritornerà.

Andare avanti sembrerebbe non essere una scelta, bensì un processo inarrestabile.

Allora forse ci vuole un Avellino nella vita di ognuno di noi, anche metaforicamente parlando, ci vuole quella convinzione che, se ci credi abbastanza, puoi avere la stessa fiducia e la stessa speranza che avevi a vent'anni.

«Bene, dai. Finalmente la tua occasione.»

Annuisce, ha uno sguardo triste.

Lo riconosco, quello sguardo, è spesso anche il mio.

Ci avviamo insieme verso la folla che si è ormai tutta radunata sotto il pergolato che, nonostante ci sia ancora luce naturale, è comunque impreziosito da diversi kilowatt di lucine.

Un gruppo di camerieri sta portando una torta bianca a più piani ricoperta di fiori che questa volta non ho nessuna intenzione di assaggiare. Sulla cima una scritta con un font svolazzante recita: FOREVER.

"Per sempre. Be', questa sì che è la vera sfida", non posso fare a meno di pensare.

## 19.
### QUELLA PARTE DI ME ERA A CASA

«Ecco, c'è la millefoglie. Ti pareva. Lo sapevo», mi avvicino a Valeria lamentandomi come se non fossi sparita da ore senza dare spiegazioni.

Lei non mi risponde, si limita a guardarmi in cagnesco.

È da quando siamo bambine che detestiamo quella torta, all'epoca protagonista di tutti i compleanni a cui venivamo invitate.

La millefoglie è palesemente l'invenzione di un pasticciere sadico, con quelle sfoglie dure come sassi impossibili da tagliare e da masticare, l'insostenibile spumosità a tratti nauseante della crema chantilly, e le gocce di cioccolato che si incastrano tra i denti.

Ancora oggi, è una nostra tradizione sghignazzare ogni volta che ci viene riproposta.

Questa volta, però, lei non ride.

«Dov'eri finita?» mi chiede palesemente incarognita.

«Non avevo più voglia di mangiare e soprattutto di ascoltare Massimiliano. Ho passeggiato, telefonato a Gabriele», le dico omettendo la faccenda principale.

«È stata una telefonata molto lunga, avevate parecchie cose da dirvi», commenta lei.

«Hai sentito la mia mancanza?» le chiedo parodiando un'espressione romantica.

«Ti dico solo che Massimiliano e quel coso che abbiamo accompagnato in macchina, non chiedermi il nome perché ho preferito rimuoverlo, hanno fatto amicizia. Alla fine era l'unico che ancora lo stava ascoltando.»

«Be', dai, sono felice per loro. Si sono trovati», replico soddisfatta.

«Martina, senti...» riprende lei con aria seria. «È da prima che sei strana, da quando eravamo in chiesa. C'è qualcosa che non va? Un minuto prima ridi, quello dopo sembra che tu stia per scoppiare a piangere. Poi sparisci. Mi fai preoccupare.»

«Ma no, tutto bene», la rassicuro, aggiungendo a mo' di spiegazione: «Mi devono arrivare».

L'espressione di Valeria mi comunica un "Okay, non aggiungere altro".

Non c'è nulla come la sindrome premestruale per giustificare, in primis a sé stessi, qualunque comportamento, anche il più nefando.

Sono quasi certa possa valere come attenuante persino in ambito penale.

I camerieri stanno riempiendo velocemente i calici degli invitati.

Per mia grande gioia lo spumante è dolce – non tollero le bollicine secche –, di conseguenza ne bevo probabilmente un po' troppo.

Con quell'eccessivo trasporto che solo l'alcol ti conferisce, brindiamo alla salute degli sposi, con cui finalmente riusciamo anche a scambiare quattro chiacchiere in solitaria.

«È il giorno più bello della mia vita!» esclama Natalie palesemente su di giri.

Noto che dopo il pranzo ha fatto un cambio d'abito, ora indossa un meno scenografico, ma sicuramente più comodo, abito-tuta scollato sul retro che lascia intravedere il tatuaggio che ha sul fondo della schiena: la scritta «Wanderlust» posizionata sopra una freccia. Originale.

Anche questo secondo abito è aderentissimo. La osservo valutando se stia anche respirando.

Non escludo che al momento della scelta l'abbia reputata una cosa superflua.

«Come state? Vi state divertendo? Avete assaggiato tutto?» ci domanda un più pragmatico Raffaele, il cui sangue partenopeo non può tollerare che un ospite non sia servito e riverito di tutto punto. Bravissima gente, i napoletani, i migliori sotto questo aspetto.

Lo tranquillizziamo.

«È veramente un matrimonio stupendo, complimenti a entrambi.»

«Guarda che tra poco lancio il bouquet», esclama Natalie rivolgendosi a me. «Preparati.»

«Farò in modo che lo prenda», le assicura Valeria.

* * *

I festeggiamenti proseguono fino al tramonto e oltre.

Il lancio del bouquet si rivela in realtà una delusione, perché ad afferrare il pesantissimo intreccio di pampas, eucalipto e altri fiori non meglio precisati è la giovanissima Francesca.

Non posso fare a meno di notare Massimiliano dileguarsi terrorizzato.

Il momento di meditazione buddhista purtroppo si verifica come da programma, ma devo dire che non ha molto di ascetico; è fondamentalmente una specie di brutto flash mob con cui le amiche più strette di Natalie si ritagliano un momento di trascurabile protagonismo, sapientemente travestito da omaggio alla sposa.

L'open bar, dal canto suo, si rivela il perfetto alleato di uno stonatissimo karaoke che ci vede divertirci a spese altrui e scappare ogni volta che qualcuno prova a coinvolgerci in qualche esibizione di gruppo.

Non disdegniamo, invece, una qualche misurata partecipazione occasionale ai numerosi trenini, giusto per dare l'impressione di essere l'anima della festa.

È ormai quasi mezzanotte e non so quante volte ho ascoltato *Maracaibo*, troppe probabilmente. Le lucine sopra le nostre teste sono tutte accese, ma noi, complice una dose eccessiva di alcol in corpo, non abbiamo idea di che ore siano.

Dalle casse del deejay fuoriesce a tutto volume l'inconfondibile melodia di *L'amour toujours*, amatissimo brano della nostra giovinezza verso cui chiunque abbia la mia età nutre un'inspiegabile passione nostalgica, che trasforma qualunque ritrovo in un capodanno alle Rotonde di Garlasco.

«*Baby, I'll always be here by your side*», canticchio verso Valeria che, poco romanticamente, mi risponde con uno sbadiglio.

«Io vado a dormire», dice perentoria.

«Ma è prestissimo!» le faccio notare risentita. «Non doveva essere il nostro weekend? Ti dice niente Thelma e Louise?»

Lei sembra pensarci per qualche istante, per poi giungere alla seguente conclusione: «Sicuro, quelle non avevano un figlio di due anni. Io c'ho sonno. Ci vediamo domani mattina, salutami tu Natalie».

Con queste parole si avvia verso la sua camera, barcollando leggermente.

Rimasta da sola, sorseggio il mio gin tonic, pensando di andarmene a letto a mia volta.

Gabriele mi ha già mandato la buonanotte da tempo, l'indomani deve svegliarsi presto per continuare a lavorare, prima di andare a pranzo da sua mamma.

"Sia mai che rinunci a quello ogni tanto", penso mentre leggo il messaggio. "Cascasse il cielo."

Decido di avviarmi anch'io verso la mia stanza, quando vedo nuovamente Fabrizio.

È seduto a un tavolino e sta chiacchierando con un gruppetto di persone che un tempo facevano parte della mia vita: Giacomo, che era in corso con me e con cui ho preparato il terribile esame di statistica. Ne sapeva molto più di me, ma alla fine ho inspiegabilmente preso un voto più alto, contro ogni probabilità e negando il concetto stesso di statistica. Mariangela, insopportabile, che aveva la casa a Marina di San Nicola e ne parlava come se fossero le Maldive. Livio, che è sempre identico, non invecchiato di un giorno, morirei per conoscere la sua beauty routine.

Chissà che cosa fanno? Chissà cosa sono diventati?

Mi rendo conto di non sapere più nulla di loro.

«Martina! Dov'eri finita? Unisciti a noi!» mi urla da lontano Fabrizio quando si accorge che li sto osservando, facendomi cenno di avvicinarmi.

Mi accomodo al tavolo e continuo a sorseggiare il mio cocktail ascoltando le loro chiacchiere che più passa il tempo più diventano faticose, facendosi sempre meno interessanti.

Ogni tanto partecipo anch'io, annuisco, rido quando credo ci sia da ridere, ma non sono sicura di azzeccare i tempi giusti.

Vado avanti per inerzia.

Credo ci sia un limite fisico al quantitativo di argomenti di conversazione che un gruppo eterogeneo di persone che fondamentalmente non si conosce può tirare fuori una volta messi tutti nello stesso posto, e noi quel limite lo abbiamo superato da tempo.

Adesso è rimasto l'alcol a mandarci avanti, insieme al desiderare che una bella serata, diversa dal solito, possa durare per sempre.

Ognuno ha le sue motivazioni, qui ognuno scappa da qualcosa.

La sposa, dal canto suo, è instancabile.

Sta continuando a ballare, e noto con mio grande orrore che si è sbarazzata delle scarpe, è completamente scalza.

La mia germofobia mi porta a domandarmi se si pulirà i piedi prima di mettersi a letto.

Viste le condizioni in cui versa, temo proprio di no.

A proposito di instancabilità, Fabrizio continua a tenere banco con tutti, non so dove trovi le sue energie. Parla con chiunque gli capiti a tiro ed è capace di sostenere qualsiasi conversazione, memorizzando tutti i dettagli insignificanti che gli vengono raccontati.

È un talento, questo, che ha sempre avuto. Io invece do tutto subito e dopo un exploit iniziale mi spengo all'improvviso, come quelle stelline luminose che la sposa ci ha costretto ad agitare alle sue spalle durante l'ennesimo servizio fotografico di questa lunghissima serata.

Si è fatto tardi. Ci stanno praticamente cacciando.

A poco a poco, gli invitati superstiti si ritirano verso le automobili o nelle rispettive camere.

Si susseguono baci, abbracci, scambi di numeri di telefono, promesse di rivedersi presto e di organizzare cene che ovviamente non saranno mai organizzate.

Mariangela ci invita a casa sua a Marina di San Nicola. Fingiamo entusiasmo.

Questa lunghissima festa sembra stia volgendo al termine.

Gli sposi intanto stanno ballando un lento stucchevole, una qualche ballata anni Novanta, la testa di lei poggiata teneramente sulla spalla di lui.

«Che bella coppia», commenta Fabrizio osservandoli.

«Uelà, non ti facevo così romantico.»

«Come no?» ribatte lui, palesemente offeso. «Non ero romantico quando stavamo insieme?» mi chiede tra il preoccupato e il risentito.

«Fabrizio, avevi vent'anni. Pensavi più al sesso che alle romanticherie, com'è normale che sia.»

Sembra rifletterci su.

«Sono stato uno stronzo?» mi domanda all'improvviso, cosa che se fossi meno ubriaca di così troverei intollerabile, ma che per qualche strano motivo in questo momento mi intenerisce.

"Sì", vorrei dirgli. "Un vero stronzo."

Invece mi limito a rispondere: «Non importa quello che sei stato tu o sono stata io. È passato tanto tempo, non conta più».

«A me non sembra tanto tempo», dice lui osservandomi. «Tu sei identica. Forse sei persino più bella.»

Ecco. Con il senno di poi queste sono state le esatte parole che dovevano suonarmi come un avvertimento, come quella che mia sorella definirebbe «una gigantesca red flag».

Non lo fecero.

Non mi ricordo esattamente cosa sia successo dopo.

Soprattutto *come* sia successo.

Do la colpa principalmente all'alcol.

Non mi ricordo neanche come mi chiamo dopo un misero gin tonic, figuriamoci al termine di una serata in cui ho perso il conto di quanto ho bevuto.

Lui si è avvicinato, ha biascicato qualche altro ruffianissimo complimento, e poi ha detto delle cose.

Cose importanti, che non gli avevo mai sentito pronunciare prima.
Ha detto che ero l'unica che avesse mai veramente amato.
Che dopo di me non ha più amato nessun'altra, che nessuna è più stata all'altezza.
No, neanche sua moglie.
Ha detto che io e lui eravamo fatti per stare insieme e che non si era mai pentito così tanto di qualcosa come di avermi lasciata.
«Ero un ragazzino, Martina, un cretino.»
Un'affermazione che mi trovava d'accordo.
«Nessuno mi ha mai capito come mi capisci te.»
"È reciproco", ricordo di aver pensato.
Ho continuato ad ascoltarlo rimanendo immobile, come un animale che ha capito che sta per essere divorato e decide di fingersi morto come ultima chance.
Devo aver pensato: "Se non faccio nulla, non ho responsabilità".
Sì, potevo andarmene, potevo fermarlo.
Potevo persino incazzarmi e rimetterlo al suo posto, ma la verità è che non l'ho fatto.
Volevo che accadesse.
Ci siamo baciati, o lui ha baciato me?
Cambia qualcosa?
Io ero impalata come una marmotta, non mi è molto chiara la dinamica.
Il ricordo è annebbiato.
Mi è rimasto impresso solo il suo odore, che era quello di sempre, e il fatto che volevo che continuasse e al tempo stesso che smettesse.
Una parte di me pensava a Gabriele che mi aspettava ignaro di tutto a Milano, mentre un'altra parte aveva solo vent'anni e non sapeva neanche chi fosse questo Gabriele.
La verità è che quella parte di me era a casa.

Quella sera Fabrizio non mi ha chiesto espressamente se volessi fare sesso con lui. Nonostante fossi un animale impagliato, o forse proprio per quello, si è limitato a darlo per scontato, domandandomi con grande disinvoltura: «Andiamo da te o da me?». Per poi aggiungere: «Io sono solo».

E meno male che lo ha specificato, cosa pensava avessi in mente? Che avesse rinchiuso tutto questo tempo sua moglie come Barbablù?

Ah, forse credeva che io dividessi la stanza con Valeria, col senno di poi questa potrebbe in effetti essere una spiegazione sufficientemente sensata.

Ricordo di aver biascicato con quello che nella mia testa era un tono sensuale: «Okay, vai, ti raggiungo tra pochissimo».

In quel momento in realtà riuscivo a pensare solo a una cosa, molto pragmatica.

Avevo un impellentissimo bisogno di fare pipì, e non volevo entrare in camera sua annunciandolo come prima cosa.

Insomma, era passato del tempo, non c'era più quella confidenza, quel lassismo erotico che caratterizza tutte le coppie navigate.

Al tempo stesso non avevo particolari paranoie, né mi sembrava di star facendo qualcosa di imperdonabile. Era Fabrizio, mica uno sconosciuto.

Esiste un'etichetta su come comportarsi quando stai tradendo il tuo compagno col tuo ex? Nessuno ci ha ancora fatto un video a mezzo social? Tipo «Le cinque cose da non fare quando».

Sarebbe utile.

Non ricordo esattamente il motivo, ma invece di andare in camera mia mi dirigo verso i bagni del ristorante, forse semplicemente perché sono a portata di mano?

Una volta lì incontro Massimiliano, che sta uscendo da quello degli uomini.

«Seratona eh?» mi dice con un tono allusivo. Lo guardo interdetta.

«Ti ho vista con Fabrizio», aggiunge. «È tutto il giorno che state a fa' gli innamorati.»

Lo osservo senza sapere cosa dire.

Francamente, non mi viene in mente niente di più edificante di un "fatti i cazzi tuoi".
Anche questa volta, però, una mia risposta non è necessaria, la sua propensione al monologo si manifesta nuovamente.
«Aò, non pensare ti stessi giudicando. Io non giudico nessuno, anzi. Se vuoi la mia, credo che la monogamia sia un'allucinazione collettiva, una gabbia che ci siamo creati con le nostre mani.»
Non la voglio la sua. Non voglio niente da lui, ho anche una discreta fretta.
Sto per liquidarlo, dicendogli che devo andare in bagno con urgenza, quando improvvisamente aggiunge: «Sai, non ho mai capito cosa ci trovaste tutte in quel Fabrizio. Anche Valeria, è sempre stata inspiegabilmente pazza di lui. Hanno avuto una storia, quei due, subito dopo che io e lei ci siamo lasciati. Vabbè, non te lo devo certo dire io».
Lo fisso per qualche secondo, pensando di non aver capito bene.
Devo avere un'espressione sconvolta perché a quel punto aggiunge: «Non mi dire che non lo sapevi? Mi dispiace. Poco male, non era mica 'sto gran segreto, lo sapevano tutti. Senti, per caso hai idea di dove sia finita Francesca? Non la vedo da quando ha preso il bouquet».
Faccio segno di no con la testa.
Massimiliano mi saluta e si allontana verso il corpo della masseria con le camere da letto, lasciandomi lì, completamente impietrita.

## 20.
## UN GIUDICE EQUO

– Se mi fai parlare magari ti spiego.
– Martina cazzo rispondi quando ti chiamo.
– Stai facendo la ragazzina.
– C'hai trent'anni Martì porco cane.

Dopo aver parlato con Massimiliano sono andata diretta in camera mia.

Ho preso il telefono e mandato a Fabrizio il seguente messaggio, della cui lucidità sono tutt'ora sia stupita sia fiera: Non so se mi detesto di più per non aver capito quello che eri all'epoca, o per essermelo dimenticato oggi. Fortunatamente ho scoperto l'ennesima cosa su di te che me lo ha ricordato.

Ha provato a chiamarmi, ma non ho risposto.

Ho spento il telefono e il mattino dopo ho trovato tutti i suoi messaggi.

Ovviamente non ho chiuso occhio tutta la notte, grazie a un misto di nausea, sensi di colpa, shock e disgusto che terrebbero sveglia chiunque.

Parecchio disgusto.

Mi alzo dal letto facendo leva su tutta la mia forza di volontà e mi lavo la faccia con l'acqua fredda, tornando così solo leggermente presente a me stessa.

Mi vesto e mi avvio verso il cortile della masseria per fare colazione.

È presto, ma Fabrizio è già partito. Il suo volo era al mattino, mentre i nostri sono previsti per il primo pomeriggio. Lo avevamo prenotato appositamente così per poter approfittare ancora un po' della vacanza e goderci un pranzo in riva al mare. Gabriele, Valeria e io.

Gabriele.

Il senso di colpa mi colpisce con una fitta allo stomaco. Con che faccia intendo tornare da lui?

Mi avvicino al buffet della colazione e noto che Valeria è seduta a un tavolino sotto il pergolato.

Ha già mangiato, si dev'essere alzata prima di me. Sta sfogliando un libro, davanti a lei un piattino pieno di briciole e un cappuccino terminato da tempo.

«Prendi il cornetto col pistacchio, è strepitoso», mi dice senza alzare gli occhi dal romanzo che ha tra le mani, indicandomi con un cenno distratto il vassoio poco distante.

Non le rispondo. Mi limito a riempirmi il piatto con una fetta di pane e un po' di marmellata. Chiedo del tè nero caldo col limone.

«Ho la nausea», aggiungo, sedendomi di fronte a lei.

Valeria chiude il suo libro, lo infila in borsa e versa a entrambe un bicchiere d'acqua.

«Hai fatto tanto tardi ieri? Cos'è successo dopo che sono andata a dormire?»

La guardo fissa negli occhi, infine le rispondo con un tono fintamente distratto: «Ah niente di che. Fabrizio ha provato a baciarmi, credo ci sia anche riuscito. Poteva finire molto male, stavo per andarci a letto, ma per fortuna Massimiliano per la prima volta in vita sua ha aperto bocca per una buona causa e ha impedito che accadesse».

Valeria assume di colpo un'espressione strana.

La conosco troppo bene per non sapere che è preoccupata, ma non vuole darlo a vedere.

«Cosa ti ha detto Massimiliano?» mi chiede con finta disinvoltura. «Ha provato a riportarti sulla retta via?»

Ridacchia nervosamente.

Non vuole scoprire le sue carte nella remota speranza che io non sappia ancora nulla, ma è palese che ha la coscienza sporca. Altrimenti reagirebbe diversamente alla notizia del mio tradimento, o qualunque cosa sia stato.

Figuriamoci, me ne direbbe di ogni. Questo suo prendere la notizia con leggerezza è – ahimè – la conferma che temevo.

«Lo sai cosa mi ha detto», ribatto con un filo di voce. «Francamente avrei voluto saperlo da te, non da lui.»

Segue qualche istante di silenzio che sembra decisamente troppo lungo.

Valeria prova a dire qualcosa, ma la interrompo.

«Non importa, sai? Non c'è nulla che tu possa dire che riesca a farmi sentire meglio di così.»

Prova a parlare lo stesso, ma la interrompo di nuovo.

«Non è Fabrizio il problema, lo sai, vero? Lui non mi ha mai ferita quanto te in questo momento.»

«Martina, mi dispiace», dice infine lei.

È sinceramente dispiaciuta, lo vedo dalla sua espressione, ma non m'importa.

L'idea di quello che ha fatto alle mie spalle è intollerabile.

«Ho sbagliato a non dirti nulla, lo so. È stata una cosa da poco, ed è durata niente. Non so neanch'io perché. Era nel periodo in cui andava e veniva da Londra, e non stava più con Clotilde. Avrei voluto dirtelo, ma tu eri ancora presa da lui e non mi sembrava il caso.»

«Ah, bene!» esclamo. «Dopo questa precisazione direi che il tuo comportamento è inattaccabile.»

Non riesco veramente a credere alle mie orecchie.

«Okay. Allora ti perdono», concludo con sarcasmo.

«Martina», continua lei. «Avrei dovuto dirtelo, è vero. Ma è passato del tempo, a un certo punto ho pensato non fosse più rilevante.»

«No mi dispiace, non esiste la prescrizione per essere un'amica di merda», le dico senza mezze parole.

Non ho toccato cibo, non ho bevuto il mio tè. Ho lo stomaco chiuso. Mi viene da vomitare e, no, non credo siano i postumi della serata.

«C'è un gruppo di persone che a breve va all'aeroporto di Bari», le dico alzandomi. «Vado in macchina con loro.»

«Ma non li conosci neanche!» esclama lei, provando a fermarmi.

«Be', non saranno tanto peggio di chi invece conosco da sempre.»

Mi alzo, faccio qualche passo, e la sento dire rivolta alla mia schiena: «Stai facendo la ragazzina, lo sai, sì?».

«Che coincidenza», rispondo girandomi nuovamente verso di lei. «Fabrizio ha scritto la stessa cosa questa mattina.»

Mi guarda senza capire.

«Che peccato, eravate proprio fatti l'uno per l'altra.»

Mi avvio a passo svelto, senza voltarmi.

Voglio lasciarmi alle spalle la Masseria Capocollo Eco-Resort nel più breve tempo possibile.

* * *

Il volo Bari-Milano, ovviamente, è in ritardo.

Giustamente il karma ha deciso di accanirsi contro di me punendomi ulteriormente, ma sento di essermelo meritato.

Il karma, però, non è un giudice equo. Il volo per Roma che ha preso Valeria è partito puntuale, l'ho visto dal tabellone elettronico. Mi è passata davanti trascinando il suo trolley mentre ero in fila per il bagno. Ho fatto finta di non vederla.

Il volo è burrascoso, ma me lo faccio andar bene.

Oggi accetto qualunque cosa, anche il neonato che si fa tutto il tragitto piangendo come se i genitori lo stessero scannando, persino lo sciopero dei tassisti non mi tange.

Sono pronta a espiare. Quanto vogliono per un loculo all'inferno? Verso l'anticipo.

Entro in casa mia togliendomi le scarpe senza neanche slacciarle.

Gabriele odia quando faccio così, ma poco male, visto che non è qui a guardarmi.

Nel nostro piccolo bilocale regna un ordine maniacale. La cucina è talmente pulita che sembra una sala operatoria. Io sono senza dubbio una persona ordinata, ma la meticolosità del mio compagno è un qualcosa che mi destabilizza sempre.

Mi butto ancora vestita sul letto, un'altra cosa che detesta.

La valigia l'ho lasciata all'ingresso, la disferò domani, adesso non ho la forza.

Sono distrutta, ho dolori ovunque. Non so più se è la notte

insonne, l'aver aspettato seduta per terra al gate per un lasso di tempo oggettivamente intollerabile o, come più probabile, un mix di entrambe le cose.

Gabriele non è tornato, data l'ora probabilmente è ancora da sua mamma.

Non gli ho detto che sono rientrata, non ho fretta di incontrarlo. Francamente, non so neanche se riuscirò a guardarlo in faccia.

Mi faccio una doccia e mi stendo di nuovo sopra al letto, questa volta con indosso l'accappatoio. Contemplo sia il vuoto sia le opzioni a mia disposizione.

Non sono così numerose.

Devo dire a Gabriele che ho baciato Fabrizio?

Bella domanda.

Da una parte sarebbe la cosa corretta da fare. Lui si incazzerebbe, questo senza ombra di dubbio. Ci rimarrebbe male, anzi molto male, ma credo che alla fine mi perdonerebbe.

Grazie all'intervento provvidenziale di Massimiliano alla fine si è trattato solo di un bacio.

Cos'è un bacio alla nostra età? Una cosa da nulla.

E per di più io stavo facendo la marmotta Vostro Onore!

Sì sono sicura che mi perdonerebbe, ma non sarebbe giusto.

Mi scaricherei la coscienza lasciando che sia lui a convivere con questo peso, chiedendosi cosa mi ha spinto a farlo, dove ha sbagliato, se ha qualcosa in meno di lui.

Indubbiamente Gabriele e io abbiamo dei problemi, che dobbiamo avere il coraggio di guardare in faccia, ma direi che prescindono da quello che è successo con il mio ex. Quello riguarda solo me.

Non sarebbe giusto che una persona come Gabriele si sentisse anche solo per pochi istanti in competizione con un viscido come Fabrizio.

Non c'è nessuna competizione. Ho deciso di farne una questione di principio.

Diversa, invece, la faccenda di Valeria.

Dovrò spiegargli perché una persona così importante è uscita dalla mia vita.

Sì, perché al contrario di me Valeria è condannata senza possibilità di appello. È «cancellata», come direbbe mia sorella.

Dovevo capirlo quando ha iniziato a praticare tutto quello yoga che il destino della nostra amicizia era inevitabilmente segnato.

Mai fidarsi di qualcuno in grado di toccarsi le dita dei piedi, chissà di cos'altro potrebbe rivelarsi capace.

Ho ancora questo pensiero in testa quando sento girare la chiave nella toppa e sento Gabriele fare il suo ingresso in casa.

Sobbalza per lo spavento, non pensava di trovarmi qui.

«Sei già tornata!» dice.

Sorride, sembra felice di vedermi.

I sensi di colpa che pensavo essere scemati tornano a montare rapidamente.

Contravvenendo alla sua regola aurea, si butta sul letto vicino a me senza cambiarsi i vestiti che indossa, tale è la voglia di rivedermi. Mi abbraccia.

Faccio di nuovo la marmotta.

Prende la mia testa, la poggia sulla sua spalla.

«Cavoli se mi sei mancata», mi dice stringendomi a sé.

Okay, è troppo. Qualcosa si spezza.

Improvvisamente scoppio a piangere. Per lo stress, per il senso di colpa, per tutto quello che ho vissuto da quando sono partita una settimana fa fino a questo momento.

Gabriele è sconvolto, tutto si sarebbe aspettato fuorché una reazione di questo tipo.

Mi osserva senza sapere bene cosa fare. Sto singhiozzando istericamente, e a ogni singhiozzo la situazione peggiora.

Sento che mi manca il fiato.

Forse sto per avere un attacco di panico, o qualcosa di molto simile?

Inizio a boccheggiare.

Gabriele mi calma, mi coccola, mi porta dell'acqua.

«Ci sono qua io», dice. «Calmati. Sei a casa. Che è successo?» mi domanda preoccupato.

A poco a poco, sento il respiro tornare regolare, i contorni di questa stanza che mi sono di nuovo familiari.

Con mia grande sorpresa improvvisamente sbadiglio e sento la tensione allentarsi.

Vorrei parlare, ma ho solamente un gran sonno.

* * *

Siamo distesi l'uno accanto all'altra quando inizio a raccontargli tutto.

Gli parlo di Valeria e di quello che ho scoperto. Gli racconto anche di Fabrizio, del tempo che ho passato a parlare con lui, sorvolando però sulla faccenda del bacio.

È ufficiale: quella parte lì ho deciso che non gliela confesserò. Mi porterò il segreto nella tomba. Anche perché sono consapevole di aver qualcosa di ben più importante di cui discutere con Gabriele.

Gli riferisco come mi sono sentita nell'ultimo periodo, come la questione della casa dei miei genitori sia stata solo la ciliegina sulla torta di quella che sembra avere tutti i contorni di una vera e propria crisi esistenziale, prima ancora che di coppia.

Mi apro come mi sono aperta alla masseria con Fabrizio, trovando però nel mio compagno maggiore sintonia. Perché la comprensione che Gabriele dimostra nei miei confronti non passa attraverso un sentire comune, come accaduto ieri con il mio ex, ma è banalmente ancorata a un sentimento.

Perché a volte è così difficile parlare a cuore aperto con le persone che amiamo?

Perché finiamo per percepirli come dei nemici, invece che come degli alleati?

Lui non condivide nessuno dei miei problemi, eppure è in grado di capire lo stesso come mi sento, e ha intenzione di aiutarmi.

Non gli viene spontaneo, ma desidera farlo perché è innamorato di me.

Me lo sta dimostrando con le parole, ma temo non sia sufficiente.

Ripenso a come mi sono sentita l'altra mattina in chiesa. Non voglio più sentirmi in quel modo.
Le parole escono dalla mia bocca come se non fossi io a pronunciarle.

«Gabriele...»
«Sì?»
«Credo che non abbia senso andare avanti, non così almeno.»
«Cosa intendi? Così come?»
«Intendo quello che ho detto.»
«Non mi ami più?»
«Certo che ti amo.»
«E allora dov'è il problema?»
«Il problema è che sei tu a non amarmi, o meglio mi ami, ma a modo tuo. E io non sono più così sicura che sia quello di cui ho bisogno.»
«Martina, dimmi la verità. Cos'è successo a Roma? C'è qualcosa che non mi hai detto?»
Esito.
No, non voglio dirgli di Fabrizio, non è il punto della questione.
«Non è successo niente, se non che ho avuto tempo per riflettere. Parecchio tempo, visto che non eri con me. Tu non sei mai con me.»
Gli occhi di entrambi si riempiono di lacrime, stiamo per prendere una decisione da cui non si può tornare indietro facilmente. Una decisione difficile, per il nostro bene.
«Abbiamo diritto di essere più felici di così», gli dico alzandomi dal letto.
«Ma noi siamo felici! Vogliamo creare una famiglia», mi fa notare lui, tra l'incredulo e il disperato.
«Ah, la famiglia, sì. Non ha funzionato, evidentemente non è destino.»

* * *

È mattino presto. Molto presto, a giudicare dalla poca luce che filtra all'interno della nostra stanza.

Mi giro istintivamente verso il lato del letto di Gabriele, dimenticandomi per qualche frazione di secondo quello che è successo ieri.

La consapevolezza arriva tutta insieme nel momento in cui realizzo di essere sola a letto.

Gabriele ha fatto le valigie ed è andato a casa di sua mamma.

Al suo posto, sul suo cuscino, c'è il quaderno che ho lanciato ieri sera prima di addormentarmi tra i singhiozzi.

Una casella più nera di questa credo di non averla mai sperimentata.

Ci siamo lasciati, o meglio ci siamo allontanati.

Ci siamo presi una pausa di riflessione, o qualunque cosa significhi questo termine che ho sempre detestato.

Non serve una pausa per riflettere, si riflette durante una relazione.

Se si arriva alla pausa, vuol dire che si è già riflettuto, e l'esito non è stato affatto positivo.

È solo un modo codardo per dirsi: ci stiamo lasciando, ma non ci stiamo lasciando ora, ci lasciamo con calma, ci lasciamo a rate. Come un cerotto che stacchi lentamente, un pezzettino alla volta, illudendoti di provare meno dolore.

Guardo l'ora: sono solo le sei.

Mi alzo lentamente e mi trascino in bagno. In questa casa c'è un silenzio spettrale.

Voglio andare via da qui velocemente, voglio riempire questo silenzio con altre persone, se sto qui da sola impazzisco.

Oggi, per la prima volta in vita mia, potrei arrivare in anticipo in ufficio, addirittura prima di Antonio.

Benissimo, ecco cosa potrebbe finalmente dare una svolta alla mia carriera: un bel disastro sul piano affettivo.

Le aziende ne vanno matte.

# PARTE TERZA

## LA CASA DI UN DOMANI

«Le cose, una volta accadute,
riesco sempre a vederle per quello che sono
– il passato lo padroneggio niente male.
È il presente che non capisco.»

NICK HORNBY, *Alta fedeltà*

## 21.
### I CANI SONO MEGLIO DELLE PERSONE

Arrivo presto al lavoro, o quantomeno prima del mio solito. Il mio solito sono almeno le dieci, e non sono certo l'unica. Il nostro tutto è fuorché un ufficio di mattinieri.

Quest'oggi, infatti, non sono neanche le nove e le postazioni sono ancora tutte vuote. Stranamente ci sono già sia Claudia sia Lorenzo, che stanno chiacchierando davanti al distributore del caffè. Interrompono la loro conversazione per venire a darmi il bentornato.

«Ci sei mancata», mi dice lei abbracciandomi, mentre lui mi fa notare: «Più che altro sembra sia passata un'eternità. Sicura di essere stata via solo una settimana?».

È vero, complice tutto quello che ho vissuto negli ultimi giorni, mi sembra sia passata una vita dall'ultima volta che sono stata qui. In pochi giorni ho perso per sempre la mia casa d'origine e probabilmente anche Gabriele. Sono tornata alla casella di partenza, il futuro è tutto da scrivere. Temo di non esserne capace.

«Martina, cos'hai?» mi chiede improvvisamente Claudia, notando che al suo abbraccio i miei occhi si sono riempiti di lacrime.

Per tutta risposta scoppio a piangere.

Eloquente.

«Ho capito», dice Lorenzo. «Chi ha voglia di un caffè?»

* * *

«Per lei decaffeinato, vero?»

«No, prendo un caffè normale, grazie.»

Il cameriere è perplesso almeno quanto Claudia e Lorenzo, che mi fissano senza proferire verbo.

Adesso sono passati alla classica strategia del "facciamo finta di niente e aspettiamo che si apra di sua spontanea volontà".

I due pensano che il mio problema sia ancora il medesimo della scorsa settimana: i miei genitori, l'addio alla casa. Non si aspettano minimamente che le cose siano andate a rotoli fino a tal punto.

Del resto non dovrebbero esserne stupiti, trovo che la vita sia esattamente questo: un costante avvicendarsi di problemi sempre maggiori che scacciano il precedente, finché non arriviamo al punto in cui non ce ne importa più niente. Quel punto si chiama serena vecchiaia ed è esattamente ciò a cui gradirei ambire, ma temo non farà per me.

Lorenzo, che sorseggia un cappuccino con latte di capra, la sua nuova insensata ossessione, inizia a raccontarci tutto soddisfatto che ha prenotato le vacanze per quest'estate, andrà alle Azzorre con il suo fidanzato e un gruppo di amici.

«Ma fa freddo alle Azzorre!» gli fa notare Claudia. «E poi ci si va per fare trekking e tu odi il trekking.»

«Non è vero!» ribatte lui mettendosi sulla difensiva. «A me piace camminare.»

«Sì, per via della Spiga, però.»

Lorenzo purtroppo è parecchio succube del suo fidanzato. Nessuna di noi può fargliela notare perché nega completamente questa realtà, ma l'ultima volta si è fatto convincere a fare bunjee jumping, lui che soffre di vertigini, spendendo più per le successive sedute di terapia che per l'attività in sé.

«Di' la verità, dillo che ci vai solo per farti le foto con le ortensie», lo incalza lei.

Dio mio, le vacanze! Me ne ero completamente dimenticata. L'Islanda, dove saremmo dovuti andare Gabriele e io, già prenotata e pagata. Sento che il mondo intorno a me si sta sgretolando, rimarrà in piedi qualcosa di quella che era la mia vita precedente? Qualunque cosa?

I debiti, probabilmente.

«Ehm...» mi schiarisco la voce.

«Dicci, Martina, che succede, siamo tutt'orecchi», mi esorta Claudia prendendomi la mano.
«È stato così terribile avere a che fare con i tuoi?» domanda Lorenzo. «Non immaginavo fino a tal punto.»
Scoppio a ridere, la prima risata della giornata.
«Gabriele se n'è andato, ci siamo lasciati», dico loro con un tono sorprendentemente posato, cercando di soppesare le parole a una a una. Pronunciarle ad alta voce le rende particolarmente reali.
Sta succedendo davvero.
«No!» esclama lei.
«Che cazzo stai dicendo», continua lui. «Stai scherzando vero?»
«Mi piacerebbe... In realtà è stata più che altro una mia idea», aggiungo per amor di verità.
I due mi fissano in silenzio.

Qualche cappuccino, abbondanti lacrime e svariate brioche vegane che ci siamo fatti incoerentemente farcire con la Nutella dopo, i due sono stati completamente ragguagliati rispetto ai fatti degli ultimi giorni.
Se da una parte Lorenzo si concentra principalmente sulla questione di Fabrizio e del nostro bacio, chiedendomi ulteriori dettagli, Claudia è più che altro sconvolta per la notizia della mia rottura. Continua a ripetere che è un vero peccato, che Gabriele e io siamo una bella coppia, ma capisce cosa mi abbia portato a maturare questa dolorosa decisione.
«Non so, Martina, credo che alla fine sia una questione di progettualità. Te lo dice una che dopo tanti anni e un paio di figli mentirebbe se non ammettesse di avere dei periodi di alti e bassi, sentimentalmente parlando. Ultimamente più bassi, se è per questo.»
Annuisco facendole segno di capire cosa intende.
«Ma sono estremamente sicura che, qualunque cosa succeda, Dario e io vogliamo la stessa cosa. Non so come dire, guardiamo nella stessa direzione.»
«Amore non è guardarsi negli occhi, ma guardare nella

stessa direzione», declama Lorenzo senza alzare lo sguardo dallo smartphone.

«Eh?» gli domandiamo confuse all'unisono.

«No niente, una frase che le ragazze scrivevano sul diario di scuola, vi ricordate? L'avevo scritta anch'io sul mio in prima superiore, praticamente fu un coming out.»

«Interessante», commenta Claudia. «Che stai facendo? Perché non stacchi gli occhi dal telefono?»

«Sto guardando il profilo di questo Fabrizio. Be', mica male, adesso capisco perché Martina ha fatto quello che ha fatto.»

«Ma io non ho fatto niente!» protesto risentita.

«See see...» fa lui.

«Come lo hai trovato il suo profilo?» gli domando tra l'inquieto e il terrorizzato.

«Che domande, è taggato in quello di Natalie che a sua volta è taggata sul tuo.»

«Lorenzo, sei un cazzo di stalker», gli dice Claudia, fingendosi indignata. «Vabbè, dai, fammelo vedere pure a me», esclama all'improvviso strappandogli il telefono di mano.

Osservo il telefono insieme a lei. L'immagine che ha davanti ritrae la famigliola felice al mare. La caption, come da manuale, recita: Lasciateci qua, manco fossero le isole Cook, nella migliore delle ipotesi è Maccarese.

«Be'. La moglie è secchissima, filiforme», constata Claudia, per poi aggiungere con aria sinceramente dispiaciuta: «Poveretta».

«Perché non mangia o perché sta con lui?» le chiedo con genuina curiosità.

Ci pensa un momento.

«Entrambe», risponde infine.

«Poveretta insomma, s'è sposata un bel pezzo d'uomo.» Lorenzo ci tiene a dirci la sua.

«Che prova a portarsi a letto qualunque ragazza abbia a tiro», aggiunge Claudia.

«Ho capito, è il prezzo da pagare per stare con uno così», esclama lui.

Poi si rivolge direttamente a me: «Adesso capisco, Martina, perché gliela stavi per lanciare con la fionda in Puglia. Sincero? Avrei fatto altrettanto», conclude mentre zooma sulla foto con due dita.

Le due anziane signore sedute al tavolo accanto smettono di sorseggiare i loro cappuccini per fissarci esterrefatte.

Gli strappo il telefono di mano.

«E invece di Valeria che mi dite?» domando loro. «Ho fatto bene ad arrabbiarmi? Voi come avreste reagito?»

«Be'...» comincia Claudia. «Forse con lei sei stata troppo dura. Quello che ha fatto all'epoca è stato sicuramente sbagliato nei tuoi confronti, ma avercela con lei adesso, a distanza di tanti anni... Non so. Io forse ci passerei sopra.»

«Sì, ci passerei sopra con lo schiacciasassi», si affretta a terminare Lorenzo. «*Valeria is canceled.* Addio, ciao, insegna agli angeli a fare la posizione del fenicottero a testa in giù.»

Rido di nuovo, ma è una risata profondamente amara.

* * *

Torniamo in ufficio, andandoci a sedere nelle rispettive postazioni.

Decido di dare un senso alla mia presenza qui degnandomi di fare qualcosa, iniziando quantomeno a recuperare le e-mail arretrate. La cifra è spaventosa, sono esattamente 1589 le comunicazioni che mi hanno vista coinvolta in mia assenza.

Di questo passo terminerò in tempo per le ferie estive.

Fortunatamente la maggior parte delle questioni in cui ero coinvolta sembrano essersi già risolte da sole. Forse dovrei usarla come strategia anche quando sono operativa? Non rispondere a nulla per una settimana e vedere che succede?

Adesso lo scrivo su LinkedIn.

Non so perché sono finita di nuovo in una conversazione legata al progetto Bollicine. Pensavo fosse naufragato completamente.

Chiedo a Claudia di ragguagliarmi, la quale mi racconta ridacchiando che i creativi hanno iniziato a lavorare a una nuova proposta.

«Questi si affidano ancora a noi? Devono essere disperati»,

è il mio commento ufficiale che spero non venga messo agli atti.

Claudia si mette un dito davanti alla bocca facendomi cenno di abbassare la voce.

Giancarlo e Antonio, che nel frattempo sono arrivati, sono entrambi posizionati qualche metro più avanti, seduti in uno di quei tavoli informali che adesso va di moda posizionare negli open space allo scopo di far collaborare i colleghi e su cui nessuno ha mai intenzione di mettersi a lavorare, se non in mancanza di alternative, perché sono dannatamente scomodi. Infatti sono entrambi appollaiati su due sgabelli di design, il cui valore è pari al mio intero stipendio mensile e la cui forma richiama due pezzi degli scacchi.

Devo ricordarmi di fare una foto da portare al medico del lavoro la prossima volta che visitandomi mi farà notare che le postazioni dell'ufficio sono preferibili a quelle delle abitazioni private grazie alla loro ergonomia.

Ti sembra ergonomico un alfiere, dottor Limonta?

Dov'erano i medici del lavoro quando nelle agenzie spopolavano gli standing desk, ossia le scrivanie per lavorare in piedi, facevano un corso d'aggiornamento a Guantánamo?

Loro due, però, non sembrano affatto preoccupati delle rispettive posture.

Evidentemente, una carriera ben avviata val bene uno o più cicli di sedute dall'osteopata.

Vedo che stanno parlando fitto fitto, fissando non so quale documento con aria particolarmente concentrata. Non si sono neanche accorti che sono tornata.

Devo dire che la cosa oggi mi dà poco fastidio.

Facciano quello che vogliono, la mia testa è altrove.

Non so neanch'io dove.

Ho chiesto un appuntamento alla mia terapista, vergognandomi come una ladra visto che sono letteralmente sparita anni fa dopo averle detto che le avrei mandato delle disponibilità per delle sedute su base settimanale. Una volta l'ho anche incontrata per strada vicino all'ufficio, ma ho prontamente cambiato marciapiede, terrorizzata che potesse riconoscermi.

Ha risposto subito al mio messaggio con il suo tipico aplomb terapeutico facendo finta di niente e invitandomi a recarmi da lei la prossima settimana, ma in cuor suo deve aver pensato: "Arieccola, chissà che ha combinato stavolta se è così disperata da cercarmi".

I pensieri proibiti degli psicoterapeuti, un libro assolutamente necessario che qualcuno di loro dovrebbe scrivere e che leggerei avidamente.

Poso il telefono e torno a scrollare la casella di posta in arrivo. Non ho voglia di fare niente, non riesco a concentrarmi sul lavoro, sono inquieta. Penso a Gabriele, a com'è iniziata la sua giornata, se ho fatto bene a fare quello che ho fatto. L'idea di tornare a casa stasera e passare la serata da sola mi provoca non poca angoscia.

Mi alzo svariate volte di troppo, vado in bagno più per passeggiare che per altro. Lo specchio purtroppo mi restituisce un'immagine di me che avrei preferito non vedere: ho la faccia sbattuta, due occhiaie profondissime, e per di più sono piena di brufoli. Sto vivendo una sorta di seconda adolescenza, a quanto pare, e non solo sentimentalmente.

Accanto a me due giovani stagiste ridono passandosi il rossetto, mentre si raccontano la rispettiva serata. Lo sguardo che sono sicura mi stanno rivolgendo è un misto di disgusto e compatimento.

Ci sono però buone probabilità che me lo sia immaginato. Mi avranno a malapena notata, troppo prese dalla loro invidiabile serenità.

"Ridete, ridete, che tanto tutto questo durerà poco", commento tra me e me.

Sguardi palesemente immaginati, rabbiosa invidia nei confronti delle ragazze più giovani, al netto di Gabriele: ho già due ottimi spunti per la chiacchiera con la terapista. Non rimarrà certo delusa, dovrà sudarsela quella parcella.

Tornata alla mia scrivania, metto in dubbio ulteriormente la mia salute mentale quando mi sembra di avvertire un suono simile a un latrato.

Tendo meglio l'orecchio: questo non me lo sono immaginato, è decisamente il verso di un cane.

Alzo lo sguardo verso la scrivania di Claudia, schioccando le dita per attirare la sua attenzione, quando improvvisamente sento distintamente abbaiare.

«Che succede? Senti anche tu abbaiare oppure ho le allucinazioni uditive?» le chiedo ad alta voce.

«Ah sì, è il cane della Cantalupo», risponde lei sussurrando.

«Perché il cane della Cantalupo è in ufficio?» le domando iniziando a sussurrare anch'io.

«Lascia perdere, è una nuova idiozia che si sono appena inventati quelli delle risorse umane. A partire da oggi, una volta a settimana puoi portare il tuo animale domestico in ufficio.»

«Ma che si pensano, che stiamo a Hogwarts?»

«Sì, domani porto la mia civetta. No, dicono che è per la *mental health.* E per il *life work balance*, quelle robe là.»

«Tradotto?»

«Pensano che così la gente sarà contenta di venire qua invece che stare a casa sua.»

«Sicuramente, entusiasta.»

Alzo gli occhi dal monitor e noto che forse questa volta le risorse umane ci hanno azzeccato.

I miei colleghi si sono tutti radunati intorno alla scrivania di Isabella Cantalupo, addetta alla comunicazione interna, e da oggi, a quanto pare, anche alla veterinaria.

Accarezzano entusiasti il suo cane, un cucciolo di Jack Russell decisamente esagitato, sperticandosi in lodi mentre quello saltella mordicchiando qualunque cosa trovi a tiro.

La cosa sembra terrorizzare solo me.

«Fermo, Tito!» esclama Isabella dopo che il suo cucciolo ha iniziato a rosicchiare i cavi del computer. Noto che Marta del finance all'improvviso assume un'espressione offesa.

Trattengo a stento una risata. Tito è anche il nome di suo figlio.

Ricordo benissimo che quando me l'ha raccontato ancora prima che nascesse e che lei andasse in maternità, avrei voluto domandarle: «Tito come l'imperatore romano o come il dittatore slavo?» ma purtroppo mi è mancato il coraggio.

Del resto ha poco di cui offendersi, questa gara al nome più vetusto e strambo che ormai va avanti da anni tra i neogenitori miei coetanei doveva portare prima o poi a questa pericolosa crasi con i sempre più numerosi proprietari dei quadrupedi.

In tutto ciò, a quanto pare sono solo io a pensare che questa roba del cane al lavoro sia una follia.

Ci mancava solo questa, oggi.

Ma si può lavorare con un animale tra i piedi? Non lo trovo neppure igienico.

Come quei bar che si vantano di avere i gatti che circolano tra i clienti, esattamente la mia idea di inferno, nonché la prova che i NAS in questo paese hanno fallito.

Ora che ci penso, Lorenzo e il fidanzato a casa hanno un'iguana.

Non penserà mica di portarla qua? Devo dirgli immediatamente di non azzardarsi.

Giancarlo, in tutto ciò, ha appena finito di accarezzare Tito, rischiando peraltro di farsi azzannare le mani, e senza neanche lavarle viene verso di me poggiandole sulla mia spalla.

«Martina, bentornata! Che ne pensi dei cagnolini, ti piacciono?»

«Certo, moltissimo, ne vado pazza», mento. «Che bella iniziativa questa degli animali al lavoro», aggiungo mentre Claudia trattiene a stento una risata.

«Fantastico, speravo lo dicessi. È in arrivo un nuovo cliente, nell'ambito pets&vets: ci sono grandi cose in arrivo per te, vedrai!» mi urla allontanandosi.

Il suo eccessivo entusiasmo mi appare quantomeno sospetto.

«Aiuto», domando a Claudia. «Quale nuovo cliente? Di che parla?»

«Mah, a quanto dicono le voci di corridoio ci siamo accaparrati un piccolo produttore di lettiere per gatti.»

«Be', lavorare con gli escrementi mi sembra il perfetto co-

ronamento di questo momento, oltre che della mia carriera», le rispondo indecisa se ridere o piangere.
«Pensa al lato positivo», dice lei.
«Sarebbe?»
«Almeno non dovrai andare in Islanda.»

## 22.
## TOCCARE IL FONDO

Con un tempismo veramente ironico, la gigantesca scatola che mia madre e io abbiamo spedito quando eravamo a Roma è arrivata ormai da qualche giorno. Più di qualche giorno a dirla tutta.

L'ho posizionata in un angolo dell'ingresso, chiedendomi perché dovrei svuotarla se non so nemmeno io se e quanto ancora resterò in questa casa.

Un ragionamento che avrebbe anche senso, se non ci inciampassi sopra ogni volta che esco e ogni volta che rientro, come in questo momento.

È passata poco più di una settimana da quando Gabriele se n'è andato.

Ho trascorso le mie giornate lavorando il più possibile, alternandomi tra il ritorno di Bollicine e l'arrivo delle imperdibili lettiere. Ho faticosamente cercato di non pensare a tutto il resto, rientrando a casa sufficientemente esausta da non avere neanche la forza di disperarmi, anche se una sera potrei aver pianto davanti al remake cinese del *Matrimonio del mio migliore amico.* Un film che al netto della mia attuale situazione emotiva non mi sento comunque di consigliare.

Lasciarsi a vent'anni è doloroso, ma a trent'anni, se possibile, è anche peggio.

Ci sono delle sensazioni e degli espedienti ben noti, già sperimentati in passato, e quasi consolatori nella loro familiarità: cieca disperazione, profondo pessimismo nei confronti del futuro, alimentazione saltuaria basata esclusivamente su cibo spazzatura, insonnia e qualcosa di riconducibile all'ambito degli attacchi di panico.

A questi si aggiungono delle inaspettate novità. Prima fra tutte, il pensiero fisso di essersi giocati l'ultima occasione per fare qualcosa della propria vita. Questo è particolarmente valido se sei donna e sei convinta di girare con una data di scadenza stampata sui tuoi organi riproduttivi.

È così che mi percepisco, rassegnata alla solitudine, fisica ed emotiva.

Diciamoci la verità, essere single oggigiorno è un lusso. Puoi permettertelo se sei sufficientemente benestante, sufficientemente bella e con una carriera avviata. Se, insomma, guardandoti dall'esterno la gente non possa fare a meno di pensare che sia stata solo una tua scelta di vita.

Quello è un prototipo di donna realizzata e sicura di sé a cui ambirei.

Invece guardatemi, è evidente che io sia il frutto di una serie di decisioni fallimentari, prima lo ammetto a me stessa, meglio è.

Certe verità vanno guardate dritte in faccia.

Come se non fosse una situazione già abbastanza drammatica, chiaramente in ufficio le notizie personali circolano veloci, più veloci di quelle lavorative, e Antonio purtroppo ha saputo che la mia relazione è finita, così ha pensato bene di venirmi a dire qualche frase di circostanza, che inizialmente avrei anche fatto il grave errore di apprezzare, se non avesse concluso con un «Mi raccomando, prenditi del tempo se ne hai bisogno», pronunciato come se fosse il mio capo.

«No grazie», gli ho detto assecondandolo, priva della forza di rimetterlo al suo posto come meriterebbe. «Preferisco concentrarmi sul lavoro in questo momento, mi tiene la mente impegnata.»

«Fai bene, buttarsi sul lavoro è sempre la soluzione migliore.»

Eccolo: il plauso di Antonio, la prova definitiva del fatto che la mia vita sta andando completamente a rotoli.

Dopo che ha fatto le valigie e si è trasferito dai suoi genitori, Gabriele non si è più fatto vivo.

Non una parola, non un messaggio.

Ci ho sperato, ovvio. La mia era una palese provocazione e lui avrebbe dovuto capirlo.

Mi aspettavo che mi supplicasse di tornare insieme, che ammettesse di aver sbagliato, che d'ora in poi avrei avuto al fianco un uomo nuovo, che ci saremmo finalmente sposati come ho sempre sognato.

Io avrei titubato, avrei fatto finta di pensarci un po', giusto per lasciarlo sulle spine, e poi mi sarei gettata tra le sue braccia verso il futuro che desideravo e meritavo.

Invece a giudicare dal suo Instagram si sta godendo a pieno questa ritrovata libertà fatta di birre, partite di calcetto, cene pronte in tavola e panni amorevolmente lavati e stirati da sua madre.

Cazzo, e se gli avessi fatto il più grande regalo della sua vita?

Uno degli aspetti più grotteschi di questa vicenda è che non posso parlarne con Valeria.

La sua assenza in un periodo così delicato è quanto di più bizzarro e fuori posto, e per certi versi mi pesa ancora più di quella di Gabriele.

Mia sorella Micol, come sempre in questi casi, non è minimamente di aiuto.

Decido di chiamarla dopo aver cenato con uno yogurt bianco trovato sul fondo del frigo, che avevo comprato secoli fa nell'illusoria speranza di utilizzarlo per cucinare un plumcake per colazione. Quello che si fa con la ricetta in cui devi usare il vasetto di yogurt per pesare gli ingredienti, porto sicuro di tutti coloro che, come me, dovrebbero stare lontani dalla pasticceria. Il sapore del suddetto yogurt era amaro almeno quanto la mia vita e mi ha fatto rimpiangere i bei tempi del Fruttolo. Ora che ci penso, non escluderei del tutto che fosse scaduto.

«Micol, sono molto triste», esordisco con tono lamentoso.

«Perché?» mi domanda lei.

«Come perché? Mi manca Gabriele.»

«Ma lo hai lasciato tu.»

«Sì, grazie, lo so, ma mi ha praticamente costretta a farlo, fosse per me a quest'ora eravamo felicemente sposati.»

«Oh, come mi sarebbe piaciuto venire al tuo matrimonio... avrei fatto la damigella, sapevo già come vestirmi.»

«Micol, non sei di aiuto, dovresti distrarmi, consolarmi. Senti, come va la nuova casa? Come vi trovate?»

«Mamma bene, si è portata anche il cavalletto per dipingere, dice che le devo insegnare a vendere i suoi quadri su Exit.»

«Che sarebbe Etsy, giusto?»

«Sì, esatto, io invece non sono affatto contenta.»

«E perché mai?»

«La mia camera è piccolissima, e ci metto il doppio del tempo ad arrivare all'università, allora papà mi ha promesso che mi compra il motorino.»

«Non mi sembra una grande idea, considerato che ti hanno bocciata due volte all'esame della patente e non sai neanche andare in bicicletta.»

«Che c'entra, mi hanno bocciata perché l'ingegnere era uno stronzo maschilista.»

«L'ultima volta hai fatto retromarcia su un passeggino, dubito sia stata la tua vagina a non farti passare.»

Sbuffa piccata, dopodiché aggiunge: «E poi ha detto Flami che m'insegna lei».

«A usare quale dei tanti mezzi di trasporto da me citati?»

«Il motorino, ti ho detto.»

Ci mancava il motorino. Tipico di mia sorella fare i capricci adolescenziali fuori tempo massimo, e tipico di mio padre assecondarli perché si sente in colpa per averla costretta ad abitare in un numero di metri quadri comunque superiore a quello in cui vive la gente normale, compresa la sottoscritta.

«Ah, papà e mamma sono preoccupatissimi per questa cosa che ti sei lasciata con Gabriele, ne parlano tutto il tempo al telefono. Non si sono mai sentiti così tanto come in questo periodo.»

«Mi fa piacere per loro.»

«Concordano entrambi che alla tua età sia un duro colpo da cui potresti non riprenderti più.»
«Gentili. Vogliono comprare un motorino pure a me?»
«Perché, lo vuoi? Glielo chiedo?»
«Lascia stare Micol, buonanotte.»

Interrompo la chiamata e trovo sul telefono un messaggio di Valeria.

Scusa Martina. Ti ho chiesto scusa un miliardo di volte. Possiamo parlare per favore?

Lo ignoro.

Apro il mio quaderno, annerisco l'ennesima casella e fisso a lungo quel drammatico bilancio: da quando sono partita per la Puglia è stato tutto un susseguirsi di caselle nere come la pece, caselle particolarmente nere, ripassate più e più volte in un'infilata di cui non riesco a immaginare la fine.

Rimango a lungo nel letto a fissare il soffitto, di dormire non se ne parla.

"È solo un momento", mi dico, "passerà, adesso ho toccato il fondo, ma statisticamente non posso che risalire."

Una notifica, ovviamente spero sia Gabriele ma no, è un messaggio di Lorenzo.

Sono con una mia amica, ho pensato dovessi vederlo.

È uno screenshot del cellulare di lei, mostra la schermata di Tinder e una foto di Gabriele, 35 anni, Milano.

Okay, forse manca ancora un pochino al fondo.

## 23.
## UN CRUDELE SCHERZO DEL DESTINO

Finalmente Gabriele telefona, ma non per giurarmi amore eterno come dovrebbe.

Vuole sapere come sto e parlare di questioni molto pratiche legate alla gestione della casa.

Io vorrei parlare di questioni molto pratiche legate al suo sbarco su Tinder, ma decido di trattenermi.

«Vorrei continuare a pagare l'affitto e le bollette se sei d'accordo, almeno finché non prendiamo una decisione definitiva.»

«Non ce n'è bisogno, non stai vivendo qui, non mi sembra giusto», gli dico, mossa più dall'orgoglio che da un'effettiva disponibilità di liquidità.

«Davvero, Martina, sono dai miei genitori, non è un problema per me», insiste lui senza esplicitare che senza il suo contributo non riuscirei mai a coprire l'intera cifra da sola.

Un gesto di grande eleganza che non posso non apprezzare.

Mi fa piacere sentirlo, per un attimo sembra di essere tornata alla normalità e che non ci sia nessuna pausa tra noi due.

Una pausa che – ricordiamo – ho voluto io, ma che è stato lui a rendere necessaria.

* * *

«Martina, perché continui a ripeterlo? Perché per te è così importante assegnare delle responsabilità?» mi ha domandato la mia terapista quando mi sono recata da lei quest'oggi, durante la pausa pranzo.

Aveva appena finito di ascoltarmi a lungo senza interrompermi, prendendo copiosamente appunti sul suo quaderno. Pagherei per sapere cosa scrive su quel quaderno.

Non so come rispondere. Esito guardandomi intorno, mentre stropiccio con le mani il fazzolettino che ho appena finito di utilizzare.

Il suo studio è molto accogliente, arredato come il soggiorno della casa che vorrei. A quanto pare per gli psicoterapeuti è importante arredare con gusto il proprio ambiente di lavoro, anche se io la reputo una premura inutile, considerato che tutto quello che faccio là dentro solitamente è singhiozzare, e sono abituata a farlo anche in ambienti esteticamente più squallidi.

Non posso però fare a meno di apprezzare l'ampio e confortevole divano grigio con molti cuscini colorati, dove siedo io, la poltroncina rosa pastello con accanto un tavolino tondo dove siede lei, e in fondo alla stanza una bella scrivania di legno posizionata davanti alla finestra, da cui entra tantissima luce. Noto che per fortuna non ci sono chaise-longue, segno inequivocabile del fatto che posso ancora permettermi di pagarla.

«Martina?» mi incalza.

Affondo ancora di più nel divano. È comodo davvero, al contrario di quello che ho a casa. Le chiederei dove l'ha preso, sembra di ottima fattura, ma quando faccio queste domande mi dice che sto mettendo in pratica una forma di «evitamento», perciò taccio e mi degno finalmente di rispondere.

«Non lo so, penso solo sia importante stabilire chi è nel giusto.»

«Ti senti nel giusto?» mi chiede con quel tono strano che utilizzano tutti quelli che fanno il suo lavoro, che non capisci mai se sia retorico o no.

Una seduta di psicoterapia fondamentalmente significa pagare per farsi tempestare di domande scomode a cui non si è capaci di rispondere. Praticamente come passare del tempo in compagnia dei miei genitori, solo che quello almeno è gratis.

«No, sento di aver sbagliato a tradire Gabriele con Fabrizio, su quello non ci piove. Però non sarebbe successo se lui fosse stato con me a quel matrimonio, e non avrei mai messo in discussione la nostra relazione se mi avesse dimostrato di tenerci almeno quanto ci tenevo io.»

Dai. È *oggettivamente* colpa sua.

«Mmm», mugugna lei mentre mi scruta a lungo, osservando infine i suoi appunti prima di parlare.

«Stavate cercando una nuova casa, stavate provando ad avere un figlio, a me sembra che entrambi aveste le idee abbastanza chiare su cosa volevate dalla vostra coppia, o no?»

Okay, qui il tono è decisamente retorico. Ma insomma, è la mia terapista o l'avvocato difensore di Gabriele? Dove vuole andare a parare?

«Quello che voglio dire, Martina, è che la scelta sarà sempre tua e soltanto tua, e tale scelta dev'essere quella capace di renderti felice, ma sappiamo bene, perché ci abbiamo lavorato a lungo in passato, che tu hai un modo molto giudicante di considerare i comportamenti altrui quando differiscono dai tuoi, e questo potrebbe star impattando la tua decisione sulla tua relazione.»

E con questo? Guarda se devo pagare per farmi insultare... Addirittura giudicante, che parola forte.

«Ti invito a riflettere sull'eventualità che lui possa avere delle modalità diverse dalle tue nell'approcciarsi al vostro rapporto e ai rispettivi momenti di difficoltà. Tu tendi a fuggire dagli impegni, sei una procrastinatrice, mentre lui si butta a capofitto nel lavoro e si aggrappa al suo senso del dovere come unico appiglio. In fin dei conti qui non vedo nessun tema di responsabilità, forse direi di compatibilità.»

Non ho capito una parola.

«In che senso?» chiedo.

«Sei disposta a parlare apertamente con il tuo compagno e provare a capire se riuscite a trovare un vostro equilibrio, consapevoli delle rispettive diversità di approccio? Pensi che ne possa valere la pena, che lui ne valga la pena?»

Ripenso a questa domanda mentre, dall'altro lato dell'apparecchio, Gabriele mi parla di piccole questioni finanziarie con grande dimestichezza e pragmatismo.

«Se sei d'accordo provvedo anche ad annullare il viaggio in Islanda, abbiamo la cancellazione gratuita fino a trenta giorni prima.»

«Ah sì? L'abbiamo? Non lo sapevo mica. Come mai?»

«Scaramanzia. Conoscendoti non sono mai stato sicuro che tu volessi davvero andarci. So quanto detesti il freddo e i paesaggi del Nord, a te piace il mare, a te piace andare in Grecia», mi spiega assumendo un tono un po' sconsolato.

«Non c'è niente come il Mediterraneo in agosto», rispondo, ma improvvisamente mi sento in colpa.

Mi tornano in mente tutte le volte che Gabriele ha rinunciato a quello che desiderava per fare felice me, a tutte le volte in cui mi ha effettivamente messa al primo posto. Forse la mia terapista ha ragione, forse in questa specie di pausa ci siamo finiti semplicemente perché abbiamo dei modi diversi di dimostrare i nostri sentimenti.

«Aspetta», gli dico, mossa da un improvviso quanto inspiegabile ottimismo. «Trenta giorni prima significa che abbiamo tempo circa fino a metà luglio per decidere. Chissà, magari per quella data mi manchi così tanto che potrei impazzire e tollerare un agosto a Reykjavík.»

Ridacchio. Segue silenzio dall'altro lato.

Nessuna reazione. Cosa starà facendo, sta forse scrollando Tinder?

«Sai, nell'ultimo periodo ho capito a mie spese che è inutile pianificare, che la vita finisce per sorprenderti sempre, e non per forza in positivo», aggiungo più per riempire il vuoto che altro.

«Non so, Martina», dice infine lui.

Ahia, non un ottimo incipit.

«Il discorso che mi hai fatto tornata dalla Puglia mi ha molto sorpreso, come sai, era completamente inaspettato.»

Dove vuole andare a parare?

«Ciò non toglie che non hai tutti i torti, anzi.»

Cosa sta dicendo? Deve darmi torto! Deve smentire le mie sensazioni, deve dirmi che mi ama!

«Nell'ultimo anno le cose sono cambiate rapidamente, questa ricerca del figlio ti ha resa strana. Sei diventata ossessiva, eri una persona molto nervosa da avere al proprio fianco. Non ti nascondo che in alcune occasioni ero felice di lavorare fino a tardi, lo facevo di proposito. Non avevo voglia di rientrare a casa da te.»

Queste parole sono un durissimo colpo da incassare. Fanno male in modi che non avrei mai immaginato possibili.

In questi casi non c'è che una soluzione: attaccare a propria volta.

«Ossessiva, hai detto.»

Alzo leggermente il tono della voce, solo leggermente.

«Forse ero ossessiva perché era un qualcosa che desideravo tanto? Ci hai per caso pensato? Qualcosa che avevo molto a cuore, al contrario di te che, come mi stai ampiamente dimostrando, non avevi nessuna intenzione di costruire un futuro con me?»

Ossessiva, ma come osa, 'sto stronzo.

«È per questo che ti sei scaricato Tinder? Per trovare una persona meno ossessiva? Vedo che non hai perso tempo.»

«Ah sì Tinder… E tu che ne sai? Guarda lascia perdere, è una scemenza, me lo hanno installato i miei amici dopo il calcetto, io non volevo, è una storia lunga. Ho anche provato a cancellarlo, mi sa che non ci sono riuscito.»

«Sì, okay, sicuramente. Non la voglio sapere, non me ne frega un cazzo Gabriele, ciao.»

Attacco il telefono con un gesto di stizza e scoppio in un pianto liberatorio.

Dopo la seduta di oggi a pranzo e questa telefonata avverto chiaramente i dotti lacrimali disidratarsi, spero si prosciughino del tutto perché io non ne posso più.

Non ho più energia, nemmeno per disperarmi.

Mi lancio sul letto con un gesto drammatico decisamente tardoadolescenziale e afferro il mio quaderno pronta a segnare l'ennesima casella nera, quando improvvisamente uno strano pensiero affiora alla mia mente.

Fisso le caselle nere, dal matrimonio in Puglia a oggi, sono esattamente dieci.

Dieci caselle, ossia dieci giorni in cui le mie mestruazioni sono in ritardo.

Dovevano arrivarmi in prossimità del matrimonio, poi ho pensato a un ritardo per lo stress, poi semplicemente presa da altri problemi ben più impellenti me ne sono completamente dimenticata.

Chi è ossessiva adesso, Gabriele, eh?

Be', non può essere. Non può essere in ritardo per *quel* motivo.

Sarebbe una barzelletta, un crudele scherzo del destino.

"Esattamente il motivo per cui succederà", penso.

Dovrei avere un test qui da qualche parte a casa, ne ho comprate quantità massicce in passato.

Mi divertivo a farli durante i lunghi ritardi a cui mi ha abituato il mio ciclo, era un po' la mia ludopatia. Da qui a definirmi ossessiva, però, francamente ce ne passa.

Ne recupero uno in fondo al cassetto del bagno, vicino a un pacco di assorbenti di cotone biologico che tengo da parte come una sacra reliquia visto il costo oggettivamente proibitivo. Appoggio la confezione sul lavandino, in modo da poterla utilizzare subito l'indomani, appena sveglia.

"Figurati, non è mai stato positivo, non sarà positivo questa volta", mi dico tra me e me, tranquillizzandomi prima di addormentarmi.

## 24.
### UNA SPECIE DI LOTTERIA

Ovviamente è positivo.

Fisso il test a lungo pensando a un errore, ma il risultato è incontrovertibile: due linee e pure belle marcate, sicuramente compatibili con una gravidanza in corso.

Gravidanza di cui non ho alcun sintomo, salvo il ritardo delle mestruazioni.

Sì, sono stanchissima, ma non chiudo occhio da quando Gabriele se n'è andato.

Sono di umore altalenante, ma vorrei ben vedere, chiunque lo sarebbe al mio posto.

A tratti sono nauseata, ma sono convinta che ciò abbia più a che fare con la scoperta di Tinder e con il fatto di dover lavorare fianco a fianco con Antonio su Bollicine che con gli ormoni in circolo.

Sono incinta, aspetto un bambino.

Improvvisamente inizio a ridere istericamente. Rido e non riesco più a smettere.

Sono incinta e con il mio compagno è finita, probabilmente per sempre.

Questo fa di me una ragazza madre? Che però tra qualche mese compirà trentacinque anni, quindi forse sono più una madre che una ragazza.

Bene, in ogni caso, genitorialità a parte, sono tutto quello che non volevo essere.

Provo un mix di sensazioni indecifrabili. Una parte di me è, forse incoscientemente, contenta, estremamente contenta; un'altra vorrebbe gridare di terrore. Il fatto che questa notizia, così bella, così a lungo attesa, sia arrivata all'indomani della mia rottura con Gabriele è un qualcosa che non riesco mentalmente ad accettare.

Come dice mia sorella Micol, sono «una persona antica», ma mi immaginavo di raggiungere questo obiettivo, per me così importante, una volta sposata e appagata nella mia carriera.

E invece eccomi qua, presa a sberle in faccia dal destino.

Inizio a raffigurarmi mentalmente le reazioni di chi mi circonda.

Primo tra tutti, Gabriele: "Vuoi tenerlo? Non ti giudicherei se decidessi diversamente. Naturalmente, provvederò io economicamente a tutto quello di cui ha bisogno. P.S. Mia madre vuole sapere se sei sicura sia mio".

Mia sorella: "Che bello! Ho sempre sognato di diventare zia. Era ora! Posso dirlo a Flami?".

Mia madre: "Ecco lo sapevo, lo sapevo che sarebbe successo. Vabbè, crescere un bambino da sola non è la fine del mondo, che ci vuole?".

Mio padre: "Martina sto giocando a padel, tu non preoccuparti, fammi sapere quando è nato, a cose fatte mi raccomando".

Valeria... Dio mio quanto avrei bisogno di Valeria! L'unica persona al mondo che troverebbe questo esercizio mentale divertente, e non segno inequivocabile del mio essere completamente uscita di testa.

Mi faccio una doccia e mi trascino in ufficio come una sorta di automa.

Passo la giornata a lavorare male, con la testa palesemente da un'altra parte.

Mi becco anche una frecciatina a riguardo da Giancarlo in riunione, che, non posso fare a meno di notare, riempie Antonio di soddisfazione.

Arrivate, faticosamente, le diciotto, convoco Claudia e Lorenzo per un aperitivo.

«Perché siamo venuti in questo posto modaiolo?» domanda Claudia tra lo stizzito e il disgustato. «Hanno tutti vent'anni e sono conciati come me negli anni Novanta. Ci stanno guardando strano, si chiedono cosa ci facciamo qui, perché non siamo in qualche RSA.»

«Io sono venuto solo perché mi avete detto che è questione di vita o di morte, posso fermarmi molto poco, stasera Marco e io andiamo a teatro», ci fa notare Lorenzo con fare polemico.

«Teatro? Tu detesti il teatro», gli ricorda Claudia.

«Non è vero. Mi stai accusando di essere una persona ignorante? Superficiale? Solo perché mi vesto bene al contrario di te?»

«Cos'ha che non va quello che indosso oggi?»

«Niente, andrebbe benissimo se solo fosse ancora il 2004.»

«Ti sto semplicemente ricordando che l'unica volta nella tua vita che hai messo piede alla Scala, sempre per accontentare Marco, hai dormito per tutto il secondo atto e ti sei svegliato col mal di collo.»

«Ho dormito esclusivamente perché in quel periodo lavoravo tanto, un concetto che voi boomer non potete certo comprendere.»

«Boomer lo dici a qualcun altro, nel mio caso è anche anagraficamente inaccurato.»

«Smettetela», dico loro, «i ragazzini ci stanno guardando.»

Decidiamo di ordinare: un mohito per Claudia, anch'esso accusato da Lorenzo di essere coevo del suo abbigliamento, un Aperol Spritz per lui, un succo di pomodoro per me.

«Succo di pomodoro?» mi chiede Lorenzo. «Sei a dieta?»

«No peggio, sono incinta.»

I due scoppiano a ridere, giustamente, credono sia uno scherzo.

«Sono incinta davvero, è per questo che vi ho chiesto di fermarvi dopo il lavoro.»

Mi fissano entrambi in preda all'incredulità.

«Sono sola, spaventata, non ho nessuno a cui dirlo, non so cosa fare», esclamo mentre scoppio a piangere.

Il mio pianto appare stranamente fuori luogo in questo bar fighetto del centro con le scritte di neon alle pareti, l'erba delle pampas appesa al soffitto e i cocktail a quattordici euro, ma nessuno ha tempo e modo di scegliere le location più adatte al proprio crollo nervoso.

Claudia mi abbraccia, non dice niente, mi abbraccia e basta.

Lorenzo tira un grosso sospiro.

Neanche loro sanno che cosa fare, ma sono lì per me, e tanto mi basta in questo momento.

«Gabriele lo sa?» mi chiede lei.

«No, e ho paura a dirglielo.»

«Come mai?»

«Ho paura che torni da me.»

«E non sarebbe una bella cosa?»

«Non dopo quello che mi ha detto ieri sera al telefono, non dopo che ha ammesso di aver smesso di amarmi. Non voglio che torni solo perché sono incinta, sarebbe la motivazione peggiore, una condanna sicura all'infelicità, mia, sua, del bambino, praticamente di chiunque.»

«Non nostra, però, che adesso invece saremo costretti a occuparci di te.»

Lorenzo mi strappa la prima risata di questa difficile giornata.

«Da quanto lo sai?» mi domanda Claudia.

«Da pochissimo, ho fatto il test stamattina.»

«Mmm... è presto, allora.»

«Cosa intendi?» le chiedo.

«Niente, è solo presto, senti il tuo medico, capisci cosa devi fare nelle prossime settimane.»

«Puoi anche non tenerlo», dice improvvisamente Lorenzo.

Cade il gelo sul nostro tavolo per qualche minuto.

«Non sai quanto mi pesi dirlo ad alta voce, per essere uno che ha sempre voluto un figlio e che ha fatto duramente i conti con l'accettazione del proprio orientamento sessuale, e che oggi è consapevole più che mai di quanto sarebbe complicato e costoso riuscire a coronare questo sogno, e per quanto sapessi quanto tu lo desiderassi a tua volta... se non ci sono le condizioni è giusto mettere anche questa ipotesi sul piatto.»

Queste parole di Lorenzo ci stupiscono entrambe. Forse è la prima volta in cui parla sul serio di sé e delle sue emozioni.

«Sì, è giusto», balbetto tra i singhiozzi. «Non è vero, non c'è niente di giusto in questa vicenda», rettifico poco dopo.

«È la vita, Martina, raramente è giusta», afferma Claudia con tono sconsolato. «Non ci resta che prenderla così come viene.»

Non lo so, al momento non vedo e sento nulla, è come se la mente mi si fosse improvvisamente annebbiata, non riesco a essere lucida come vorrei.

Mi sembra che la mia intera esistenza si sia improvvisamente trasformata in un incubo, un incubo che ho contribuito a causare.

Non posso fare a meno di incolparmi, di detestare ogni mia scelta, ogni mio passo che mi abbia portata fino a questo punto.

Sono stata un'illusa a pensare che avrei ottenuto quello che desideravo.

La vita è una specie di lotteria, e figuriamoci se potevo averli proprio io i numeri buoni.

Io che ho fallito in ogni obiettivo che mi sono data, che ho lavorato duramente per niente.

Sono sempre stata messa in secondo piano da chiunque: dai miei genitori, sempre pronti a giudicarmi, da Fabrizio e da Gabriele, che presto o tardi si sono stancati entrambi di me, da Giancarlo, che non mi ha mai reputata veramente capace, da Valeria, che alla prima occasione mi ha pugnalato alle spalle.

Forse tutta questa gente ha ragione, Martina Bernardi non vale niente.

È con questa consapevolezza che, una volta rientrata a casa mia, coloro di nero anche la casella di oggi, prima di addormentarmi tra i singhiozzi.

## 25.
### PUNTI DI VISTA

La gravidanza non è una malattia, però le somiglia molto. In una situazione normale immagino che i fastidiosissimi sintomi siano mitigati dalla gioia della notizia, nella mia, invece, sono amplificati dall'incertezza della mia condizione.

La settimana successiva a quella del test è trascorsa velocemente in una specie di dimensione onirica in cui mi dimentico di essere incinta, finché non vengo colpita da uno sprazzo di lucidità e avverto il panico montare rapidamente.

Come ho deciso di affrontare questa situazione?

Be', come sempre. Facendo finta di niente e sperando che accada un qualche miracolo.

Insomma, tutto nella norma.

Così ogni tanto è un attacco di nausea improvviso, una fitta al basso ventre oppure uno sbadiglio di troppo a ricordarmi quello che vorrei dimenticare.

La cosa più stana di questa faccenda, a dir poco assurda per certi versi, è però che la parte di me incoscientemente contenta ha preso il sopravvento.

A prescindere da tutto si sta realizzando una cosa che ho desiderato tanto: sbaglio a volerne vedere il lato positivo?

Forse era questo il mio destino, dopotutto.

Io ho deciso che questo bambino lo voglio.

Secondo i miei calcoli dovrei essere nella settima settimana, quindi al secondo mese, seguendo quel sistema surreale con cui le gravidanze si conteggiano prima ancora di cominciare, ci ho messo un pomeriggio a capirlo. Pomeriggio che avrei dovuto dedicare al lavoro, ma nella vita bisogna scegliere le proprie priorità, e in questo momento la mia stanchezza estrema le sta scegliendo per me.

Ho anche sentito la mia ginecologa per telefono, a quanto pare è ancora presto per una visita, ma mi ha dato appuntamento per la prossima settimana per effettuare una prima ecografia di monitoraggio.

«Congratulazioni!» mi ha detto infine concludendo la telefonata, il che mi ha portata a pensare: "Dipende dai punti di vista".

Claudia insiste per accompagnarmi lei quel giorno alla prima visita, non vuole che ci vada da sola.

Devo dire che averla al mio fianco si sta rivelando salvifico, perché ci è già passata avendo due figli, e perché capisce, senza giudicare, questa mia scelta di volere comunque tenere il bambino.

«È la tua vita, Martina, tu sai quello che è meglio per te», mi ha detto qualche giorno fa, durante una pausa pranzo a base di patate lesse, io, prosciutto e melone, lei.

Guardo il mio piatto senza nutrire grande fiducia. Sono parecchio convinta che chiunque abbia contratto la toxoplasmosi e chissà quale altro batterio in gravidanza si sia limitato a mangiare fuori in pausa pranzo in un qualunque bar vicino al proprio ufficio.

«Sai, però, quando ho scoperto di aspettare il mio secondo figlio, che è arrivato completamente inatteso, le cose con mio marito non andavano benissimo, per usare un eufemismo.»

Fa una piccola pausa, fissando un punto nel vuoto, come se volesse ripescare il ricordo da qualche angolo della sua memoria.

«Non so se ti ricordi quel periodo, cosa si percepiva da fuori. Avevamo avuto il nostro primo figlio da relativamente poco, e quei primi anni erano stati un vero inferno tra noi, da cui ci stavamo riprendendo solo a fatica.»

Annuisco perché, sì, ho un vago ricordo di quel periodo e di quanto fossi preoccupata per lei, seppure la conoscessi da poco tempo.

«Ho pensato a lungo cosa fare, e per diverse settimane ho accarezzato l'idea di non portare avanti la gravidanza. Più che accarezzato, in realtà, ho proprio avviato l'iter.»

Questa notizia mi raggiunge come uno shock, non me lo aveva mai detto, né lo avevo mai sospettato.

«Se posso... cosa ti ha fatto decidere alla fine di proseguire?» le chiedo, attenta a soppesare le parole, sapendo di entrare in un terreno molto delicato, molto personale.

«Vuoi sapere la verità?»

Annuisco.

«Mi è mancato il coraggio, semplicemente quello.»

La guardo senza capire bene cosa intenda.

«Sai, non giudico male chi decide di abortire volontariamente, anzi una legge di questo tipo è fondamentale in qualunque paese che voglia definirsi civile. Faccio questa premessa perché non voglio che tu fraintenda quello che ti sto per dire.»

Aiuto, cosa mi sta per dire?

«Io voglio che questo diritto esista, ma per le altre. Mentre, qualora si tratti di me... non potrei mai farlo. Mai. Ci sono dovuta andare così vicina quel giorno per rendermene davvero conto.»

«Ti capisco», le dico. «Credo che alla fin fine valga lo stesso per me.»

«Lo so che non vorresti mai che questo bambino fosse il motivo per tornare con Gabriele, e questa cosa la capisco solo in parte perché per me è stato invece il cardine che ha salvato il mio matrimonio, però... c'è un però.»

«Nessun però, Claudia.»

«Però non credi che dovresti iniziare quantomeno, non so, ad accennarglielo?»

«Figurati, non l'ho neanche detto alla mia famiglia.»

«Su quello, conoscendoli un po', non ti biasimo più di tanto, ma Gabriele è il padre.»

«C'è tempo», mento a lei e soprattutto a me stessa.

«Ma sì, che ti frega, chiamalo quando sei in sala parto», esclama lei canzonandomi.

«Sì, tanto sarebbe capace di presentarsi col computer per finire un PowerPoint per il cliente.»

«Be', di solito il travaglio è lungo, potresti anche tu lavorare un po', Giancarlo apprezzerebbe, sai, e Antonio lo farebbe senz'altro.»

E con l'immagine di Antonio in videocall dalla sala travaglio, concludiamo questo pranzo così strano ridendo sguaiatamente, circondate da altri lavoratori in pausa che ci guardano tra il perplesso e l'incuriosito.

Tornata a casa, quella sera, inciampo nuovamente nella scatola dei ricordi della mia vita precedente che ho lasciato all'ingresso.

Uno di questi giorni mi devo degnare di affrontare pure quella faccenda.

Non oggi, oggi sono terribilmente stanca. La gravidanza mi sta prosciugando anche quel poco di energie che avevo, che comunque non erano minimamente sufficienti neanche prima.

Vorrei ordinarmi una pizza perché non ho la forza di cucinare, ma viste le mie condizioni, e soprattutto quelle del mio intestino, mi devo sforzare di mangiare in maniera salutare.

Mi preparo del pollo ai ferri e delle zucchine bollite, manco fossi un palestrato, e mi siedo a mangiare il tutto direttamente sul divano.

Benissimo, non sono una ragazza madre, sono uno scapolo.

Scrollo Instagram sullo smartphone e mi imbatto nelle foto del viaggio di nozze di Natalie e Raffaele. Erano in California e hanno appena raggiunto la Polinesia, un viaggio da sogno che sicuramente non si sono pagati con il mio misero bonifico, con quello avranno a malapena preso le noccioline sull'aereo.

Non posso fare a meno di invidiarli, bellissimi e abbronzati, anche se stanno ricalcando tutti i topos della luna di miele un po' burina: asciugamani piegati a forma di cigno, magnum di spumante, petali di rosa sul letto e collane di fiori neocolonialiste.

La loro mi sembra una classica cartolina in cui avrei comunque faticato a immaginare me e Gabriele, non perché ci reputo in qualche misura superiori a tutto ciò, ma è come se noi non fossimo nati per questo, come se quel mondo non ci appartenesse.

Ecco, se c'è qualcosa che apprezzavo della nostra relazione è che è sempre stata priva di cliché. Magari per certi versi fin troppo asettica e pragmatica, però eravamo noi e basta, senza sovrastrutture. Non dovevamo dimostrare niente a nessuno, forse solo qualcosina in più l'uno all'altra.

Riguardo le nostre vecchie foto: Gabriele a Roma con me per la prima volta, il weekend con la neve a Praga, le settimane nelle isolette greche che lui tanto detestava e dove però sembrava così felice.

Eravamo entrambi felici.

Per distrarmi da questi pensieri malinconici, prima di andare a dormire, non so perché decido di rivedere un classico Disney pensando che non mi avrebbe dato spunto di angoscia o sofferenza.

Gravissimo errore, perché ho appena realizzato che *Le avventure di Bianca e Bernie* è forse uno dei film più inquietanti mai prodotti. Era il caso di farcelo vedere da piccoli? Non mi stupisco che la mia generazione sia venuta su in questo modo.

C'è una specie di ONU dei topi – e fin qua okay – in cui questi si devono occupare dei bambini in difficoltà. Il destino della bambina in questione è straziante, e la scena in cui la madre adottiva la cala in quel pozzo strettissimo per recuperare il diamante mentre la minaccia con i coccodrilli credo che mi abbia appena garantito gli incubi dei prossimi mesi.

Decido di non proseguire la traumatica visione e segno un'insospettabile casella bianca nel mio quaderno prima di addormentarmi.

Non so da dove derivi questa nuova piccola punta di speranza dopo tanto tempo. Non sono certamente dove pensavo di essere, arrivata a questo punto della mia vita, ma sono sicura che le cose a un certo punto acquisteranno un loro senso.

Me lo sento. Devo solo aspettare e vedere cosa succede.

## 26.
## QUI NON C'È NULLA

È lunedì mattina, mi sveglio sovrappensiero, per un momento nel dormiveglia mi ritrovo a cercare Gabriele allungando il braccio verso la sua metà del letto, per poi metterci un po' a realizzare che sia giustamente vuota.

Il weekend è trascorso senza particolari attività degne di nota. Ho fatto qualche acquisto, ho rivisto una vecchia amica che non sentivo da un pezzo, e la maggior parte del tempo l'ho trascorsa in mutande a letto con le tapparelle abbassate a guardare le foto della gente in barca in Liguria.

L'estate è orribile, se non sei abbastanza ricco.

È iniziata l'ultima settimana di giugno, ma fa caldo come se fosse pieno agosto. Sarà questo a rendermi così confusa?

Mi faccio una doccia, la prima delle tante a cui mi costringono queste temperature, e cerco nel mio armadio un vestito che sia fresco ma al contempo presentabile in un ambiente professionale. Un obiettivo, mi rendo conto, fin troppo ambizioso e in cui ovviamente fallisco.

Così, vestita con una specie di prendisole, mi avvio verso la mia ennesima giornata di espiazione.

Nonostante sia mattino presto, in ufficio c'è parecchia gente e si respira un'aria insopportabilmente frenetica. A breve comincerà il mese di luglio, meglio conosciuto come «chiudiamo tutto prima delle ferie», ferie che dureranno solo quindici giorni, ma che nel mondo dello stakanovismo meneghino corrispondono a mesi, anzi ad anni.

Funziona un po' come per gli anni dei cani. Una mia settimana di ferie nella mente di gente come Antonio e Giancarlo corrisponde all'incirca a sette anni, giorno più giorno meno.

In questo periodo, poi, la mia concentrazione sul lavoro è ai minimi storici.

Tra pochissimi giorni andrò finalmente dalla ginecologa, per quella famosa prima visita, e francamente non riesco a pensare ad altro.

Fisso il monitor osservando il mio calendario con un'espressione rassegnata.

Purtroppo anche l'agenda di oggi è piena zeppa di riunioni, non so davvero cosa ho fatto di male.

L'unico lato positivo è che me ne starò chiusa in qualche sala e non dovrò avere a che fare col giardino zoologico che è ormai diventato il nostro open space.

La situazione della pet therapy è decisamente fuori controllo.

Dopo il Jack Russell esagitato della Cantalupo è stato il turno del micino della Bellotti del finance, devo dire quest'ultimo particolarmente educato, mentre i peli del gatto persiano della stagista del marketing sono ancora sulla mia scrivania da stamattina, motivo per cui non intendo poggiarmici nuovamente finché qualcuno non si degnerà di pulirla approfonditamente.

Antonio, da bravo dipendente modello, credo abbia comprato un animale per l'occasione.

Nessuno di noi sapeva avesse un cane e invece l'altro giorno si è presentato con un barboncino, che ovviamente ha abbaiato tutto il santo giorno.

«Gli stai simpatica», mi aveva detto a un certo punto, quando stavo per googlare "Bocconcini avvelenati, sono legali?". «Birbetta abbaia solo a quelli che le piacciono.»

Be', guarda il lato positivo, almeno gli ha dato un nome da cane normale, mi aveva scritto Claudia nel chattino, a cui avevo risposto: Io te lo giuro. Se vedo un altro animale vado da Giancarlo e gli dico di scegliere, o loro o me.

Consapevole che sceglierebbe loro.

* * *

Nel corso del pomeriggio, mentre trotto da una sala riunioni all'altra, sento montare un'emicrania fortissima, che purtroppo non posso arrestare in alcun modo perché in gravidanza mi è concessa solo la tachipirina, notoriamente inutile in presenza di qualunque cefalea. O almeno su di me non ha mai funzionato.

Me ne sto lamentando alla macchinetta del caffè con Claudia, che mi sta costringendo a bere un tè caldo al limone.

«Ci sono quarantacinque gradi, là fuori», le faccio notare.

«Appunto! È l'aria condizionata il problema», risponde lei. «È quella che ti fa male», insiste. «Bevi il tè, fidati, ci sono passata. Quando ero incinta di Giacomo bevevo litri di tè caldo.»

«Sì, ma era febbraio», le faccio notare rassegnata, schiacciando il bottone del distributore.

Claudia è incredibilmente di aiuto, ma si sente in diritto di elargirmi consigli su qualunque cosa dall'alto della sua personalissima esperienza. Il pensiero che possa essere stata un qualcosa di soggettivo non la sfiora minimamente, e soprattutto non la frena dall'eleggerla verità universale da potermi imporre.

Ritiro il bicchiere pieno di liquido ustionante e afferro un bastoncino incartato, di quelli per girare la bevanda, che ovviamente mi scivola di mano e finisce sotto all'apparecchio.

Le dico di tenermi la bevanda, mentre mi piego per raccoglierlo.

«Sei sicura di volerti piegare?» mi chiede.

«Certo!» rispondo con entusiasmo, «probabilmente sarà la cosa più vicina alla ginnastica che farò oggi.»

Quando mi sollevo, finalmente vittoriosa, pronta a recuperare il mio tè, noto che Claudia ha assunto all'improvviso un'espressione strana.

«Martina, non spaventarti», mi dice guardandomi con una faccia tetra che non le ho mai visto.

Ovviamente, queste sono le classiche parole che mi gettano completamente nel panico.

«Sei sporca, lì dietro», mi dice infine.

Ah, tutto qua, sai che mi credevo.

Con cosa mi sono sporcata? Dove mi sono poggiata? Sarà stata la parete?

Inizio a schiaffeggiarmi il sedere, come a voler rimuovere della polvere, ed è in quel momento che avverto una strana sensazione di umido.

"Oh, che seccatura", ricordo di aver pensato in quel primissimo istante con un automatismo mentale che solo vent'anni di ricorrente esperienza mensile possono giustificare. "Devono essermi arrivate le mestruazioni."

È strano cosa è capace di fare la nostra mente quando si sta verificando qualcosa che non si vuole in alcun modo accettare.

Impiega più del dovuto a processare l'informazione.

Credo sia un meccanismo di difesa, una forma di protezione che garantiamo a noi stessi.

La cosiddetta quiete prima della tempesta.

Ci ho messo una frazione di secondo di troppo a ricordarmi che sono incinta e che non dovrei per alcun motivo al mondo perdere sangue.

Immediatamente l'equazione sangue uguale pericolo inizia a prendere forma nella mia mente.

Rimango però lì ferma immobile, impalata, rifiutando la cosa.

No, non sta capitando a me.

Sono completamente smarrita, non so cosa fare.

Claudia mi poggia le mani sulle spalle.

«Sta' calma», mi dice, «adesso andiamo in bagno, okay?»

In bagno la situazione se possibile peggiora.

«Tieni» dice lei, passandomi un assorbente attraverso la porta. «Mettiti questo. Io intanto cerco un taxi.»

La sento dire a Lorenzo di spiegare a Giancarlo che siamo dovute andare via di corsa entrambe, perché io ho un mal di testa troppo forte e lei ha un problema con suo figlio.

Lorenzo capisce che sta succedendo qualcosa di grave, ma si limita a eseguire.

Non è il momento delle domande, dobbiamo essere tutti rapidi.

«Andate, tranquille, ci penso io», ci dice accompagnandoci agli ascensori. «Chiamatemi appena potete.»

Il taxi ci porta velocemente al pronto soccorso della clinica Mangiagalli, con un viaggio che a me sembra eterno.

Alla radio passano *Un senso* di Vasco Rossi.

«*Sai che cosa penso, che se non ha un senso, domani arriverà, domani arriverà lo stesso*», recita il ritornello mentre esclamo inspiegabilmente ad alta voce: «Ho sempre detestato Vasco Rossi».

«Sbagli», mi risponde Claudia. «È la più grande rockstar italiana.»

«Sarà», le dico io, «ma oggi lo trovo stranamente toccante, il che credo dica più cose del mio stato d'animo che dei miei gusti musicali.»

Passiamo qualche minuto in silenzio, ascoltando la radio.

«Sta' tranquilla. Non è detto che sia quello che temi. E se dovesse esserlo ci sono io con te», mi dice Claudia prendendomi la mano.

Mi accorgo che ho iniziato a tremare e non riesco a smettere.

"Magari non è nulla", penso tra me e me. In cuor mio so che quella che mi sto raccontando è una menzogna fatta e finita, ma come diceva quel film?

Non è finita finché non è finita.

Invece finisce prima del previsto.

Sul lettino di una sala visite del pronto soccorso, la ginecologa di turno sta muovendo la sonda dell'ecografia transvaginale con un'espressione crucciata.

«Non vedo niente», dice, ma io, con grande ostinazione, rifiuto quelle parole.

"Guardi meglio", vorrei gridare.

In che senso non vede niente? Si sta sbagliando, si dev'essere per forza sbagliata.

«Tra due giorni ho la visita con la mia dottoressa», riesco soltanto a sussurrare. «Sentiamo il battito», le dico.

Lei mi guarda con un'espressione che credo non dimenticherò mai. Nel suo sguardo c'è sicuramente tenerezza, ma è mista a compatimento.

Scuote la testa.

«Qui non c'è nulla», ribadisce.

E io continuo a non voler comprendere il significato di quelle parole.

Ma è finita, non c'è più niente da fare. O forse non è mai neanche davvero cominciata?

Le lacrime che avevo trattenuto fino a quel momento arrivano improvvisamente.

Incomincio a singhiozzare in maniera inarrestabile.

Eccola, la visita ginecologica peggiore della mia vita. Immediatamente rivaluto tutte quelle conversazioni sulle condizioni del mio intestino avvenute nella medesima circostanza, che in confronto erano una vacanza in un centro benessere.

Questo pensiero mi fa venire da ridere.

Comincio a ridere istericamente, continuando però anche a singhiozzare.

«Mi dispiace», dice la dottoressa.

«Non sa quanto dispiace a me», rispondo io rivestendomi.

Poco più tardi, sto firmando qualche modulo, senza neanche leggerlo.

Esco dal pronto soccorso con le gambe ancora tremanti. Vedo Claudia ferma lì fuori ad attendermi.

Mi ero dimenticata di lei. È stata qui tutto il tempo, è stata qui per me.

Mi butto tra le sue braccia singhiozzando.

«Lo so», mi dice. «È terribile. Non è giusto. Lo so.»

«Non sono scema», le dico. «Sapevo che poteva succedere. Semplicemente non pensavo sarebbe successo a me. Non so perché. Non avevo proprio contemplato questo scenario. Forse sono un po' scema», concludo infine.

«Nessuno lo contempla mai», prova a consolarmi Claudia. «Purtroppo in queste prime settimane è più frequente di quanto si pensi.»

Annuisco. Sì, le statistiche parlano chiaro. Nessuno, però, pensa di essere una statistica.

Claudia non pronuncia quelle parole, non mi dice "meglio così, visto che sei sola", e di questo le sono infinitamente grata. Però una parte di me le ha pensate. È innegabile che il destino abbia un'altra volta scelto al posto mio.

«Ti accompagno a casa?» mi propone lei.

«Non serve», le dico. «Vado a piedi, sto bene, voglio fare due passi.»

«Sei sicura? Te la senti?» insiste lei.

È preoccupata per me e mi rendo conto che il suo affetto in questo momento è la cosa più preziosa in mio possesso.

Mi attacco a questo pensiero perché è l'unica cosa che mi permette di respirare.

È una banalità che troppo spesso dimentichiamo, ma l'unica cosa che conta veramente nella vita sono le persone che ci vogliono bene e che sono lì per noi nei momenti peggiori.

«Sono sicura», le dico. «Devo fare una telefonata.»

## 25.
## UNA FACCENDA DEMOCRATICA

Il telefono squilla a lungo.

Dopo un lasso di tempo che mi sembra eterno, finalmente sento attivarsi la comunicazione.

«Be'. Mi aspettavo tutto, oggi, tranne una tua chiamata.»

«Se può consolarti anch'io», dico con un tono di voce forzatamente leggero. «Ma sai», continuo, «ho appena capito una cosa importante, e non mi sembrava il caso di sprecare altro tempo.»

Silenzio.

Sento una vocetta infantile di sottofondo, è Gregorio che sta cantando *Whisky il ragnetto.* Probabilmente sono in macchina, il telefono deve essere in viva voce.

Sentendo quella vocina, qualcosa dentro di me si spezza.

Inizio di nuovo a piangere.

Valeria si spaventa.

«Martina, che succede? Tutto bene?» mi domanda. «Senti, mi dispiace», si affretta ad aggiungere. «Lo so che ti ho ferita, e credimi, non ne vado fiera. Ho provato a chiamarti, ti ho mandato tantissimi messaggi, ma tu non hai mai risposto...»

«Ero incinta e mi sono lasciata con Gabriele... No, non in quest'ordine», mi affretto a specificare, prima che pensi che mi abbia abbandonata dopo aver appreso la notizia. Ci tengo alla sua reputazione, per quanto postuma.

«Comunque, non è il motivo per cui non ti ho risposto. Ero arrabbiata per la questione di Fabrizio.»

Lei non proferisce parola, sta probabilmente cercando di capire cosa mi passa per la testa.

«Perché hai detto *eri* incinta?» mi chiede infine.

«Perché l'ho perso. L'ho appena perso. Sono uscita ora dal pronto soccorso.»

«Non ho parole, mi dispiace», mi dice dopo qualche secondo di esitazione.

E nella sua voce sento tutto l'affetto del mondo, quello di cui solo chi ha condiviso con te la tua intera vita può essere capace.

«È capitato anche a me sai? Prima di avere Gregorio», aggiunge. «Credo sia stato il giorno più brutto della mia vita.»

«Non me lo hai mai detto», replico stupita.

«A quanto pare ci sono un sacco di cose che non ti ho detto.» Fa una breve pausa, poi conclude: «Non sono un'ottima amica».

Piango di nuovo.

Per lei e per il suo bambino, per Gregorio che è nel seggiolino ignaro di tutto, per Whisky il ragnetto che è caduto giù dalla montagna e c'è pure la pioggia che lo bagna.

Quel povero ragno sta messo peggio di tutte noi messe insieme.

Okay, forse soffrire per un ragno immaginario è un po' troppo.

Mi faccio forza.

«E Gabriele?» mi chiede Valeria. «Cos'è successo?»

«È stata una mia scelta, dopo il weekend in Puglia e quello che è successo con Fabrizio, l'ho messo alle strette e questo è stato il risultato.»

«Capisco», si limita a dire lei.

Il traffico di Roma e di Milano scorre in sottofondo Gregorio adesso ha cambiato genere canoro e dal blues è passato al folk di *Nella vecchia fattoria.*

«Ed è irreversibile, questa scelta intendo?» mi domanda Valeria dopo un po'.

«Non lo so», rispondo sinceramente.

«Chissà», riprende lei. «A volte le relazioni hanno semplicemente bisogno di una lenta distanza per capire veramente se ne vale la pena, altre volte ci vuole un evento straordinario per ristabilire l'ordine delle cose.»

Rifletto sulle sue parole. Credo di averlo appena vissuto, un evento straordinario.

«Grazie», dico infine.

«Di che?»

«Di esserci sempre, anche quando smetto di esserci io.»

«Non l'ho scelto io, purtroppo mi è capitato. Ricordi che mi hanno costretta i miei genitori a giocare con te quel giorno in spiaggia? Io non volevo.»

Rido di gusto.

«Sai che cosa dovresti fare, adesso?» mi dice. «Un po' di yoga.»

Sta scherzando, spero?

«Ferma! Non riattaccare», urla. «Sono seria. Non sai quanto mi abbia aiutata quando è successo. C'è una posizione che allevia persino i peggiori crampi, si chiama...»

«Valeria», le dico.

«Sì?»

«Salutami il sole, ciao.»

Attacco, sentendomi d'un tratto stranamente sollevata, nonostante tutto.

Vero che quanto mi è capitato non è la fine del mondo, vero che ci sono perdite peggiori di altre, questo è innegabile, ma sentire Valeria mi ha fatto realizzare che le viviamo tutti allo stesso modo.

Il lutto è l'unica faccenda veramente democratica.

* * *

Gabriele ha mollato di colpo il lavoro e adesso è seduto sul divano di casa mia, di quella che in realtà era casa nostra.

Gli ho mandato un messaggio raccontandogli per sommi capi cos'era successo, senza aspettarmi grandi conseguenze nell'immediato.

Non era mai successo che lasciasse tutto per venire da me, neanche quando stavamo insieme, neanche quella volta che sono caduta dalla bicicletta sul tragitto dall'ufficio verso casa. Con la maestria che mi contraddistingue, devo aver infilato la ruota nelle rotaie del tram e così ho assaggiato un po' di asfalto.

È stato il primo giorno in cui ho imprecato e l'ultimo in cui ho toccato una bicicletta.

«Ho sentito mia madre, ha detto di mettere il mercurocromo sulle ferite», si era limitato a dirmi lui al telefono, guardandosi bene dal venire in mio soccorso. «Ha anche chiesto se questo significa che domenica non potrai venire con noi a visitare i Giardini di Villa Melzi, ma immagino non sia una tua priorità, al momento.»

«Tua mamma lo sa che non è il 1990?» gli avevo domandato, mentre, spalmata sul tappeto del soggiorno, cercavo dell'acqua ossigenata nel nostro incasinatissimo sportello delle medicine.

Sto di nuovo frugando nel medesimo mobile, la cui confusione è se possibile peggiorata, cercando dell'ibuprofene o qualunque cosa mi possa far passare questa emicrania che si è appena ripresentata, quando Gabriele entra in casa come una furia usando le sue chiavi.

È sudatissimo, poverino. Indossare giacca e cravatta in una giornata così calda dovrebbe essere vietato dalla Convenzione di Ginevra, quella che si occupa del trattamento dei prigionieri di guerra, e di riflesso dovrebbe estendersi anche agli impiegati delle società di consulenza.

Viene verso di me e mi stringe forte a sé.

Ci ritroviamo entrambi seduti sul tappeto del soggiorno, abbracciati in mezzo alle scatole dei medicinali, la maggior parte scaduti da almeno cinque anni.

Gabriele improvvisamente scoppia a piangere.

Credo sia la prima volta che lo vedo farlo.

Questa cosa mi turba, e non poco. È come se fosse indice di qualcosa di gravissimo, qualcosa di indicibile. Se persino Gabriele piange significa allora che quanto è successo è terribile, significa che siamo tutti spacciati.

Piango a mia volta con lui, ed è un pianto diverso da tutti quelli fatti in precedenza.

È un pianto strano, asciutto. Forse ho esaurito le lacrime.

«Eri incinta, quindi? Aspettavi nostro figlio?» mi chiede dopo un po', il tono quasi incredulo.

Annuisco.
«Perché non me lo hai detto?»
«Perché ci siamo lasciati, Gabriele.»
«A parte che no, avevamo detto che era una pausa, e poi mi sembrava un'informazione rilevante da comunicarmi.»
«Non volevo che tornassi da me per quel motivo, volevo capire se mi amavi a prescindere e, come è emerso, a quanto pare no», concludo ridacchiando.
Gabriele mi guarda con aria particolarmente irritata.
«C'è mai stato un giorno, un solo giorno nella nostra relazione, in cui tu non mi abbia messo alla prova?»
Rifletto sulla sua domanda.
In effetti ha ragione, l'ho sempre fatto. Ho settato delle aspettative e ho preteso che lui le raggiungesse, finendo spesso per essere la causa delle mie delusioni.
Certo, è innegabile che lui ci abbia messo del suo nel compromettere la nostra relazione, ma ecco, forse per la prima volta capisco davvero il senso di quel verso: «*E confondo i miei alibi e le tue ragioni, i miei alibi e le tue ragioni*».
Qui abbondano i primi, scarseggiano invece le seconde.
«Gabriele...» gli dico, ma lui mi interrompe.
«Martina io ti amo, ti ho sempre amata, dal giorno in cui ti ho vista conciata con quella parrucca improbabile a quella festa di Halloween.»
Lo guardo con aria perplessa.
«Okay, amata è una parola forte, diciamo che in quel momento avevo in testa altro, di meno nobile, ma era propedeutico all'innamoramento, cosa che poi effettivamente è successa.»
«E cosa è andato storto?» gli chiedo. «Credi veramente fosse solo colpa mia? Che fossi ossessionata come mi hai detto?»
«No, o meglio, è uno dei motivi per cui sono stato poco presente per te nell'ultimo anno.»
«Per usare un eufemismo», gli dico.
Annuisce. Si passa una mano tra i capelli brizzolati.
Noto che nell'ultimo periodo sono diventati ancora più bianchi, sembra avere l'aria stanca.
Non me n'ero accorta. Questa separazione non dev'essere stata facile neppure per lui.

«Ce ne sono altri, quindi?» gli domando.

«Sì, ma possono essere tutti riassunti nel fatto che fondamentalmente... ho avuto paura.»

«Paura di cosa?» gli domando.

«Non saprei. Paura di avere un figlio, di andare avanti, di cambiare la nostra vita.»

«Be', direi che con oggi abbiamo risolto.»

«Potresti non fare ironia in un momento del genere?»

«Non togliermi questo, non mi rimane altro.»

«La verità è che tu eri pronta, molto pronta, al punto da essere persino disposta a farlo completamente da sola. Io no, non lo sono mai stato.»

La sincerità delle sue parole mi colpisce e al tempo stesso mi intenerisce.

Riesco a comprendere la sua paura, perché in parte a volte è anche la mia. Non è sufficiente a paralizzarmi, quello no, però esiste. Avere paura dei cambiamenti è forse la cosa più umana che c'è, tutti l'abbiamo, sarebbe strano il contrario.

«Non sono pronto.»

Tre parole che lasciano trasparire tutta la sua fragilità, che non è altro che lo specchio della mia.

Siamo diversi, Gabriele e io, eppure così simili.

Io sono molto determinata, è vero, credo di sapere cosa voglio. Forse mi illudo che ottenere quanto desidero sia la soluzione a ogni problema e, parliamoci chiaro, sono consapevole che difficilmente sarà così. Certo, ho paura anch'io, però mi basta sapere che sto andando da qualche parte per colmare il mio bisogno di essere rassicurata.

Gabriele è diverso, lui preferisce vagare all'apparenza senza meta, ma una direzione ce l'ha, più di chiunque altro, e forse per la prima volta mi rendo conto che è la stessa verso cui da anni sto silenziosamente marciando anch'io.

Gabriele era già casa mia, ero solo io a non essermene accorta.

«Non si è mai pronti. Nessuno lo è», gli dico rassicurandolo. «Neanch'io lo sono veramente, la maggior parte della mia vita è un bluff», gli confesso.

«Ah sì?»

«Abbiamo creato un muro, ci siamo allontanati, perché?» gli domando. «Ho anch'io la mia parte di colpa», aggiungo frettolosamente. «Avrei dovuto parlarti, dirti come mi sentivo, invece mi sono dimenticata che siamo in due ad affrontare le cose. Non sono da sola.»

Gabriele mi stampa un bacio in fronte sussurrandomi nell'orecchio: «Sì. Non sei sola».

Poi aggiunge: «Torniamo a bluffare in due, che dici? Ci veniva bene».

Mi limito ad abbracciarlo, un gesto che vale come un sì. «Questo è il momento in cui mi chiedi di sposarti», gli dico.

«Pensavo fosse il momento in cui capisci che intendo stare con te per sempre, anche senza un matrimonio di mezzo», risponde lui.

«Ne riparleremo», rispondo.

Per sempre. Due belle parole. Ci proveremo.

## 26.
## VITTIME O EROI

La sala d'attesa del centro medico è peggiorata dall'ultima volta in cui sono stata qui.

Non so come, nel giro di pochi mesi si sono evoluti e improvvisamente è diventato tutto digitale.

Il personale vero e proprio è ridotto all'osso e adesso devi fare quasi tutto da te su dei giganteschi monitor con il touch screen che non riesco a capire come utilizzare. Mi rendo conto che fa poco testo, dato che se è per questo non riesco a far funzionare neanche le casse automatiche del supermercato, cosa per cui mia suocera mi deride costantemente.

Per me questa situazione è un incubo, mi sembra di stare in una puntata di *Black Mirror.*

Gli anziani mi guardano disperati, come se potessi aiutarli esclusivamente in virtù della mia giovane età. Poveri illusi.

Quando finalmente riesco a capire dove devo andare, sono già in ritardo.

Arrivo trafelata davanti alla stanza della mia ginecologa, dove però trovo altre due pazienti in attesa.

La prima è una ragazza giovanissima, avrà a malapena quattordici anni, e con essi tutto il pacchetto completo di brufoli e apparecchio ortodontico. È in compagnia di sua madre, che sembra essere molto più agitata di lei.

L'altra, invece, è una mia coetanea.

È incinta, e non da moltissimo, la pancia è ancora piccola.

Trattengo a stento le lacrime guardandola.

La paziente incinta fortunatamente viene visitata per prima.

Dopo di lei è il turno della ragazzina.

Sua madre parla con un tono di voce talmente alto che sento tutto quello che domanda alla dottoressa, nonostante la porta dello studio sia ovviamente chiusa.

«Che significa ovaio micropolicistico?» le chiede con apprensione. «Mi garantisce che non c'è nulla di cui preoccuparsi?»

Non sento cosa sta dicendo la mia ginecologa, ma sono parecchio sicura che la stia tranquillizzando. Probabilmente le starà prospettando l'assunzione della pillola per tenere a bada il tutto.

Sono stata io quella ragazzina, anni prima, in un altro studio, in un'altra città.

Dopo poco la porta si apre ed escono entrambe, ma la madre, restia a terminare la visita, si sofferma ancora sull'uscio.

«Ed è sicura che questa cosa non avrà ripercussioni?» chiede rivolgendosi alla dottoressa, con ancora maggiore apprensione. «Quello che mi preme sapere è... se un domani potrà avere tranquillamente dei figli», domanda infine.

«Non c'è motivo al momento di dubitarne», risponde la dottoressa. «È presto per parlarne, ma prendendo degli appositi integratori si riesce a regolare il ciclo con risultati molto soddisfacenti. La maggior parte delle donne rimane incinta entro il primo anno di tentativi.»

"Certo, peccato che poi lo perdono", dico tra me e me.

È il mio turno. Saluto entrambe con un cenno ed entro nella stanza.

Avrei dovuto essere qui per un altro motivo, uno ben più felice. Provo a essere razionale, ma non riesco a levarmelo dalla testa.

L'anamnesi è rapida, la dottoressa ha fretta di visitarmi e controllare che sia tutto a posto.

Su indicazione del pronto soccorso ho già fatto delle analisi del sangue e la visita di oggi conferma una condizione assolutamente fisiologica e in nessuna maniera preoccupante.

Così, mi siedo alla sua scrivania per discutere i prossimi passi.

«Continui con l'inositolo, mi raccomando.»

Annuisco.

«Mattino e sera.»
«Sì.»
«Per quanto dolorosa, era purtroppo un'eventualità da mettere in conto.»
Lo so.
«Come si sente?»
Rimango spiazzata da questa domanda. È molto raro sentirsela porre in circostanze di questo tipo.
Come mi sento? Non lo so nemmeno io.
Le parole mi vengono in mente a mano a mano che le pronuncio, e solo esprimendole ad alta voce mi rendo conto di quanto avessi bisogno di pronunciarle.
«Male, emotivamente intendo. Ma ho capito che è inutile continuare a disperarsi, voglio guardare oltre.»
La dottoressa mi fissa per un istante in silenzio prima di dirmi: «Credo sia molto vero, sai? Possiamo decidere se essere la vittima o l'eroe della nostra storia».

Dice anche molto altro, ma quelle parole mi restano in mente a lungo.
Le soppeso mentalmente, mentre uscita dal centro medico mi avvio a passo svelto verso l'ufficio.
Ho capito che sono rimasta bloccata in una sorta di limbo troppo a lungo, e questo in diversi ambiti della mia vita: il mio lavoro, il mio desiderio di maternità, non ultima la mia relazione con Gabriele.
Non più giovane, ma neanche sufficientemente matura, un'adulta a metà che ha fatto i conti esclusivamente con i suoi fallimenti, o presunti tali, mettendoli nero su bianco su una serie di quaderni. La vittima della sua storia.
Matrimonio, figli, carriera, una casa degna di questo nome… mi sembravano tutti aspetti imprescindibili di una vita degna di essere considerata tale.
In loro assenza mi pareva di non aver combinato nulla, di aver buttato degli anni in costante attesa di qualcosa che non arrivava mai. Anni che a un certo punto hanno iniziato a scorrere sempre più velocemente, rendendo il tutto una disperata corsa contro il tempo.

Dover tornare indietro mio malgrado, dire addio neanche troppo metaforicamente a quella che è stata la mia casa e quindi la mia vita precedente, riprendere anche solo per un istante in considerazione Fabrizio, allontanarmi per poi ritrovarmi con Gabriele... sono tutte cose che mi hanno fatto comprendere quanto mi ancorassi al passato esclusivamente perché il presente mi aveva delusa, e il futuro sembrava voler appartenere a chiunque altro tranne che a me.

Ho creduto che questa gravidanza, nonostante le circostanze straordinarie in cui si stava verificando, fosse in un certo senso la mia ricompensa, il segnale che le cose stessero finalmente prendendo una loro direzione di qualche tipo. Forse non quella ideale, ma per lo meno che si stessero sbloccando, che stessi uscendo dal limbo.

Invece non è così.

Sto facendo un percorso di cui ancora non vedo la destinazione, ma che a prescindere da tutto il resto è legittimo in quanto tale.

Non sarà diventare finalmente madre o manager a dirmi chi sono davvero.

Né ho bisogno di un matrimonio o di un plurilocale doppiamente esposto – per quanto, di quest'ultimo forse un pochino sì, perché la mia casa attuale col caldo è invivibile – per considerarmi finalmente adulta.

Sono quella bambina che mangiava gli zuccherini, ma sono anche la ragazza con la valigia più grande di me che mi ha portata lontano da casa. Sono la vita che ho scelto di dividere con Gabriele e sono un pezzo di tutte le persone che mi vogliono bene e che continuano a fare il tifo per me.

L'artefice della mia personalissima storia.

***

Arrivo in ufficio rapidamente per poi pentirmene subito perché mi ero dimenticata che oggi è il giorno degli animali. Me lo fossi ricordato sarei stata felicemente ancora a casa.

Claudia e Lorenzo hanno ricevuto aggiornamenti in tempo reale in questi giorni, quindi sanno praticamente tutto, ma mi girano comunque intorno aspettando un momento in cui isolarci per farsi raccontare qualche dettaglio di persona.

Fino a qualche giorno fa eri da sola con un figlio e adesso sei senza figlio con un partner, tutto sommato, se ci pensi, le tue sciagure sono a somma zero, mi aveva scritto Lorenzo l'altro giorno, un perfetto sunto della faccenda.

Temo dovremo rimandare la nostra conversazione perché si fa strada verso di noi Antonio in compagnia del suo barboncino.

«Come sta Birbetta?» gli domando più per educazione che per altro.

Per tutta risposta, il cane inizia ad abbaiarmi contro ferocemente.

Antonio ha l'aria provata, secondo me questo cane gli sta dando il colpo di grazia, ma è ovviamente ben attento a non darlo a vedere.

«Questa Birbetta è un amore, ha reso felici tutti, i miei figli l'adorano. E poi questa cosa degli animali in ufficio è geniale, sapete che il "Wall Street Journal" ha fatto uno studio per cui sarebbero capaci di aumentare la produttività dei dipendenti del 75 per cento?»

Claudia in lontananza alza gli occhi al cielo.

«Interessante», mi limito a dire.

«Senti, Martina», aggiunge lui velocemente, «mi dispiace starti addosso, so che sei mancata qualche giorno per un problema di salute, però avrei urgentemente bisogno della tua parte di presentazione su Bollicine 2.0.»

«Va bene, più tardi ti mando qualcosa.»

«Cosa intendi per più tardi? Giusto per capire, ne abbiamo bisogno urgentemente.»

«Perché usi il plurale Antonio? Ne abbiamo bisogno chi?» gli domando assumendo un tono perentorio, seppur pacato. «E in cosa consisterebbe l'urgenza?» aggiungo.

Lui, visibilmente stupito da queste mie domande, balbetta qualcosa.

«Intendo che Giancarlo ne ha bisogno, sai a breve dobbiamo incontrare il cliente e... insomma hai capito.»

«Il cliente lo dobbiamo incontrare la settimana prossima, Giancarlo non mi ha fatto presente ci fosse nessuna particolare urgenza», obietto. «Forse tu hai fretta di mettere tutto insieme in anticipo per fare anche questa volta il primo della classe per il gusto di, ma mi dispiace non posso aiutarti, in assenza di una concreta necessità, avrai la mia parte di lavoro quando sarà pronta rispetto alle altre priorità di cui mi devo occupare.»

Nell'open space cade un silenzio di tomba, interrotto soltanto da qualche saltuario latrato.

Tutti stanno assistendo alla scena consumando dei popcorn immaginari.

Antonio assume un inquietante colorito rossastro, ha un'aria decisamente alterata, che mal si sposa con la mia granitica calma.

«Capisco Martina, ci aggiorniamo ASAP», taglia corto alla fine per poi andare a rinchiudersi in una sala riunioni.

Percepisco negli occhi dei miei colleghi una specie di applauso muto, che si traduce in parecchi messaggi privati di complimenti e aperta intolleranza nei confronti dei modi di Antonio.

Arrivano da gente insospettabile, persino da Caterina dell'amministrazione, una talmente buona che ha l'aria di accompagnare le zanzare fuori dalla porta invece di spiaccicarle contro il muro. Farsi detestare da una persona cordiale a cui devi solo presentare delle fatture è in effetti cosa abbastanza rara. Antonio può andarne fiero.

«Sei impazzita?» mi sussurra Lorenzo dalla sua scrivania, ridendo sotto i baffi.

«Diciamo che ho deciso che le cose prenderanno un andazzo diverso, da qui in avanti.»

«Era ora, ragazza, era ora.»

## 27.

### IN QUALCHE MODO FAREMO

Ci sono quaranta gradi all'ombra, percepiti almeno cinque di più.

Negli ultimi giorni l'estate milanese è arrivata violentemente, portandosi via quel poco di voglia di fare alcunché.

Le milanesi cominciano a vestirsi come se fossero a Santa Margherita Ligure: borse di paglia, maxidress e sandali rasoterra sono obbligatori. Portano i capelli lievemente ondulati raccolti in una coda morbida, davanti al volto due ciuffi ribelli che inspiegabilmente non si appiccicano alla fronte priva di sudore. Qual è il loro segreto? È solo la ricchezza o nascondono altro? Vorrei tanto che me lo svelassero.

Questo caldo mi rende particolarmente orribile. Sudo anche solo stando ferma, e mi sono accorta che il vestitino di Zara che indosso, che nel camerino sembrava donarmi parecchio, è in realtà un sacco informe le cui cuciture sono già tutte mezze saltate.

Cinquantanove euro e novanta spesi bene.

Lo aggiungo mentalmente all'elenco dei crimini di cui si sta macchiando la Spagna, direi che questo supera di gran lunga la corrida.

Gabriele e io camminiamo lungo marciapiedi quasi deserti. Siamo solo a metà luglio, ma la vita all'esterno è praticamente finita. Quest'anno, al netto di un maggio piovosissimo, è durata circa due settimane, di cui una di Fuorisalone. Non male dai, una buona media.

Adesso i milanesi si limitano a fare la spola tra casa e ufficio.

Con questo clima, le forme di vita sono possibili solo in presenza dell'aria condizionata.

Nonostante le temperature a dir poco inclementi, l'agente immobiliare è vestito di tutto punto con il completo lucido nero d'ordinanza, cravatta inclusa.

Gabriele, in polo e bermuda, la sua divisa del weekend, lo guarda con tutta l'empatia di cui è capace un consulente che passa quasi tutte le sue giornate indossando senza motivo un completo formale.

Anch'io sono inizialmente mossa da un sentimento di tenerezza, finché non mi ricordo l'importo della provvigione per un appartamento che ci siamo trovati da soli su internet, e decido di non provare pietà alcuna.

Seguendolo, saliamo al quarto piano di una palazzina residenziale in zona Gambara.

Il contesto è carino, la linea rossa della metropolitana è vicina, così come lo sono i grattacieli di City Life e i relativi servizi.

Sì, mi ci vedrei a vivere qui.

L'agente ci sta facendo visitare l'appartamento tessendone le lodi in maniera fin troppo eccessiva. A sentire lui sembra che stiamo parlando di Buckingham Palace, non di un trilocale di medie dimensioni in un contesto decoroso.

«E qui abbiamo una bella cucina semiabitabile che la signora sicuramente apprezzerà», esclama indicando un buco di stanza con un tavolino traballante addossato al muro.

La signora lo fulmina con lo sguardo.

Per evitare di mettergli le mani addosso, lo lascio in compagnia di Gabriele e percorro il lungo corridoio, avventurandomi nelle stanze da sola.

Mi guardo intorno provando a immaginare questi ambienti riempiti con i nostri mobili, le nostre cianfrusaglie disseminate qua e là, incluso l'orrendo cimelio di Italia '90 che Gabriele si ostina a portare in ogni sua abitazione come una specie di altarino alla sua ormai lontana gioventù. È un pupazzo raffigurante il «Ciao», celebre mascotte dell'epoca, che in teoria andrebbe appiccicato al vetro, in pratica si sono staccate entrambe le ventose che aveva in prossimità di quelle che dovevano essere le mani. Non era proprio antropomorfo il Ciao. Era più un capolavoro di astrattismo.

Metto momentaneamente da parte questa immagine per domandarmi: dunque, è qui che io e lui un giorno avremo una famiglia? È qui che invecchieremo costruendo i nostri nuovi ricordi?

In questo appartamento così spoglio? In cui ci sono ancora le tracce di chi lo ha abitato l'ultima volta? Una coppia di anziani probabilmente, a giudicare dal grosso letto matrimoniale in ottone, i quadretti appesi alle pareti raffiguranti piccole scene bucoliche, l'acquasantiera che fa bella mostra di sé all'ingresso.

Se la famiglia lo vende è perché questi due signori non ci sono più. Devono essere deceduti, e chissà da quanto. Se questo pensiero mi fa commuovere, il lavoretto di Natale indirizzato ai nonni appeso in cucina vicino al calendario mi dà direttamente il colpo di grazia.

Improvvisamente non voglio più questa casa.

Non voglio prendere qualcosa che apparteneva a qualcun altro.

Non voglio far parte di questo grottesco cerchio della vita immobiliare.

Eppure non ho molte alternative. La vita va avanti esattamente in questo modo.

In questo salotto un domani potrebbe esserci l'equivalente della mia poltrona a fiori, con sopra mio figlio o mia figlia che mangiano gli zuccherini.

Okay, più probabilmente si tratterà di una rigida seduta dell'IKEA che Gabriele avrà montato con una vite di meno e che quindi traballerà. E al posto degli zuccherini ci saranno i cubetti di mela, perché la nostra generazione evidentemente detesta i propri figli, altrimenti non sarebbe così attenta al rapporto calorie ingerite-movimento, però il concetto di fondo non cambia.

Il futuro abitativo che abbiamo davanti non assomiglierà a quello della nostra infanzia, ma statisticamente sarà un pochino meglio di quello che ci stiamo concedendo temporaneamente.

In tutte queste situazioni, la casa smette sempre di essere un luogo e diventa testimonianza di qualcos'altro.

Qualcosa che in questo momento ancora non vedo, ma che desidero con tutta me stessa, e che adesso, lo so per certo, siamo in due a volere.

L'agente ci stringe la mano con eccessivo entusiasmo, senza dimenticarsi di metterci fretta.

La minaccia finale è un momento fondamentale della visita, glielo insegnano ai corsi di formazione.

A quanto pare c'è già un'altra coppia che vuole la casa. Anzi l'ha già praticamente comprata, tra poco va in agenzia a fare l'offerta per bloccarla. Questione di giorni, anzi di ore.

"Che ce l'ha fatta vedere a fare allora?" vorrei domandargli.

E invece resisto ricorrendo alla mia cara vecchia abitudine di annuire e assecondare.

Più tardi Gabriele e io stiamo mangiando un gelato, passeggiando per i vialetti del parco di City Life.

Il caldo è insopportabile. Ci fermiamo su una panchina all'ombra. Non tira neanche un filo d'aria.

«È carino qui», gli dico asciugandomi il sudore dalla fronte.

«Sì», risponde lui senza aggiungere altro.

«Che hai?» gli domando. «Sei strano.»

«Sto pensando a come tirare fuori i soldi che ci servono», risponde guardandomi con aria preoccupata.

«Faremo un mutuo, no?» ribatto.

«Un mutuo un po' oneroso», osserva lui. «I tassi sono alle stelle.»

Non so. Non capisco nulla di queste cose, è lui quello che ci sa fare con i numeri.

In qualche modo faremo no?

Tutti comprano casa, tutti si indebitano per trent'anni.

Per cos'altro lavoriamo altrimenti?

Di certo non per la nostra realizzazione personale.

«Senti. Ti sembrerà precipitoso, ma io voglio fare un'offerta per questa casa. È la migliore tra tutte quelle che abbiamo visto nell'ultimo periodo. Normalmente mi prenderei più tempo, ma mi sembra che nell'ultimo anno ne abbiamo sprecato fin troppo.»

È metodico, Gabriele, ed è anche pragmatico, e da quando siamo tornati insieme è diventato anche impulsivo. La cosa non mi dispiace.

«Okay, tira un po' sul prezzo, però», gli dico. «Proponiamo di meno.»

Mi guarda come se avessi appena detto qualcosa di completamente insensato.

«Con questo mercato? Le case così vanno via in poche ore. È già stato un miracolo essere riusciti a vederla.»

«Vero, ma non dobbiamo fare adesso in poche settimane quello che non abbiamo fatto per mesi. Tranquillo, procediamo senza fretta.»

Cosa sta succedendo? Ci siamo scambiati i ruoli?

«Non ti riconosco più», mi dice lui.

«Neanch'io», rispondo.

«Ed è forse un bene?» domanda.

«Chissà, temo che ti toccherà scoprirlo rimanendo al mio fianco.»

## 28.
## LOMBARDIA CHE NON TI ASPETTI

Alla fine Gabriele mi ha dato retta e ha fatto un'offerta per la casa al ribasso.

Esattamente una settimana dopo siamo ancora in attesa di scoprire se sarà accettata o meno, e purtroppo lo stiamo facendo in compagnia dei suoi genitori, visitando la Certosa di Garegnano contro la mia volontà.

Il mio compagno si avvicina sbuffando.

«L'agente non mi ha ancora fatto sapere nulla, basta, adesso lo chiamo!»

«Gabriele sta' calmo, ti supplico», gli dico spazientita. «Ha detto che si sarebbe fatto vivo sabato, oggi è sabato, chiamerà, aspettiamo.»

Non ce la faccio a gestire pure lui, sto già facendo fatica con sua mamma che da quando siamo qui si è già avvicinata tre volte per dirmi sempre la stessa cosa, ossia che questo posto ebbe l'onore di ospitare all'incirca nel 1300 il celebre Francesco Petrarca. Lo sta leggendo in una voluminosa guida che ha portato con sé, dal titolo *La Lombardia che non ti aspetti.*

«Martina, vieni qua, hai visto che meraviglia questi affreschi?» mi dice suo padre richiamando la mia attenzione.

«Meravigliosi», rispondo cercando di occultare uno sbadiglio. Non mi riesce benissimo.

«Sai che la chiamano la Cappella Sistina di Milano?» continua lui.

«Proprio uguale», mormoro io.

Perché abbiamo accettato di partecipare a questa gita? Perché Gabriele non sa dire di no a sua madre?

Terminata la visita, devo confermare la mia idea iniziale che, in aperta contraddizione con la guida acquistata da mia suocera, mi costringe ad ammettere che purtroppo la Lombardia è esattamente come te l'aspetti.

Dopo una mezz'ora di macchina e dopo il mio rischiare di vomitare a ogni curva come i bambini in età prescolare, arriviamo finalmente al ristorante che i suoi hanno prenotato per pranzo.

È un posto molto carino, un'antica osteria con un tavolo all'aperto sotto un bel glicine secolare.

«Trovato sempre sulla guida?» domando a sua mamma.

«No, me lo ha consigliato la mia amica, la Marilisa, te lo avevo detto ricordi?» risponde lei risentita, quasi offesa.

Certo, come ho potuto dimenticarmelo?

Mi sto interrogando sull'opportunità di mangiare il risotto con queste temperature; nonostante abbia parecchia fame temo dovrò optare per qualcosa di più fresco e leggero, quando mi accorgo che Gabriele è sparito.

Riappare con aria tetra poco dopo.

«Che succede?» gli domanda sua mamma con fare apprensivo.

«Niente... l'agente immobiliare ha chiamato, hanno rifiutato l'offerta.»

«Era troppo bassa?» domando.

«No. Pare che alla fine i proprietari toglieranno la casa dal mercato.»

«Sarà contenta l'agenzia. Come mai?»

«Non ho capito bene. Ci andrà a vivere la nipote, mi sa.»

«Be', beata lei.»

Certo, era scritto.

In questo paese è troppo conveniente avere un parente che ti lascia una casa, ma a Milano equivale a vincere alla lotteria. Chiunque sano di mente lotterebbe con le unghie e con i denti per ottenerla per sé.

Non lo ammetterò mai con Gabriele, ma una parte di me è sollevata.

Mi piace l'idea che in quelle stanze ci sarà qualcuno che era legato ai due precedenti abitanti.

Devo imparare a mettere da parte l'emotività, o di questo passo rimarrò in affitto dove sono per sempre. Un pensiero che però mi turba molto meno rispetto al passato.

«Non vi preoccupate», ci dice suo padre. «Troverete velocemente un'altra casa adatta.»

Velocemente. La tenerezza delle affermazioni dei nati entro la fine degli anni Sessanta mi commuove sempre.

«Speriamo», dice lui.

«Ma certo! Il mio Gabriele è uno che non si perde mai d'animo!» esclama sua madre parlando di lui in terza persona come se non fosse lì.

«Mamma dai, smettila», commenta lui scocciato.

«Ma è vero! Ti ricordi quella volta che sei andato in Erasmus a Grenoble e hai dovuto dormire in albergo perché la casa che avevi affittato quello stronzo del proprietario alla fine l'ha data a un altro? Ricordi?»

«Addirittura dormire in albergo? Mi dispiace, Gabriele, che brutta esperienza...» commento.

Lui risponde al mio sarcasmo fulminandomi con gli occhi, mentre la mamma mi prende sul serio.

«Infatti! È coraggioso mio figlio, è uno che si sa adattare.» Poi continua: «E poi quello là, quel monsieur Dubois...».

«Dai, come fai a ricordarti il nome!» esclama Gabriele.

«Quello deve sperare di non finirmi mai davanti. Ha lasciato per strada mio figlio, capisci? Se non me l'avessi vietato sarei andata di persona a dirgli quello che meritava.»

Osservo questa scena un po' ridendo sotto i baffi, un po' invidiando l'affetto che i genitori di Gabriele nutrono nei suoi confronti. Non che i miei non me ne vogliano, ma hanno un modo tutto loro di dimostrarlo, diciamo diverso.

Mia madre dinanzi al comportamento del signor Dubois avrebbe scrollato le spalle e mi avrebbe detto: «Vabbè Martina, trova un'altra casa, che ci vuole».

A volte i figli, anche quelli cresciuti come noi, hanno bisogno di sapere che un genitore sarà sempre lì per loro. La mamma di Gabriele attraverserebbe le fiamme anche in questo momento per difendere suo figlio, e questa è una certezza che vorrei avere a mia volta.

"Ma alla fine importa così tanto?" mi domando.

Sono un'adulta e d'ora in poi intendo occuparmi di me stessa.

* * *

Nel pomeriggio, una volta rientrati a casa, Gabriele si fa una doccia e si butta sul letto esausto, mentre io inizio a vagare come un'anima in pena, per quanto i pochi metri quadri me lo consentano, e poi decido di fare una cosa che ho rimandato da tempo.

Metto finalmente mano allo scatolone dei miei ricordi arrivato da Roma, che langue da settimane – mesi, arrivati a questo punto – nel nostro poco spazioso ingresso.

«Miracolo!» mi urla Gabriele dal letto.

Lo ignoro.

Inizio a tirare fuori gli oggetti a uno a uno.

La cornice di plastica con il sole e le palme ha finito di rompersi, ci sono pezzi sparsi ovunque.

Perché ho pensato di tenere un oggetto del genere? Cosa mi è saltato in mente?

Recupero la foto di me e Valeria e getto il resto nel cestino.

La foto con Fabrizio a Parigi mi appare finalmente per quello che è, il ricordo di un momento felice che non ritornerà, ed è giusto così. Non la trovo una cosa particolarmente negativa, ne sto costruendo molti altri.

L'altro giorno ho notato sui social – sì, perché nonostante tutto lo seguo ancora, più per una morbosa forma di curiosità che altro – che ha pubblicato una foto localizzandosi ad Avellino.

La caption era una palese strizzata d'occhio alla sottoscritta, recitava: Ricominciare.

Ho pensato a lungo se raccogliere o meno la provocazione, ho deciso di non farlo. Non voglio riaprire la porta a Fabrizio, voglio che il suo capitolo rimanga saldamente chiuso. Gli auguro di trovare la sua strada, qualunque essa sia, così come lo auguro a me. L'importante è che non si incrocino mai più.

Ho messo like però, come a dire: "Ho capito. Senza rancore. Addio".

Continuo a esaminare gli oggetti nella mia scatola a uno a uno.

Neanche mia nonna ritornerà, penso osservando la nostra foto, e questa come prospettiva mi sembra decisamente meno tollerabile. Farsene una ragione, però, è l'unico modo per andare avanti.

Getto via tutte le cornici, tranne quella bella in argento, e conservo tutte le foto.

Impiego parecchio a occuparmi di tutto il contenuto. Alla fine di quest'operazione sono stremata, ma ne è valsa la pena. Butto o decido di regalare un sacco di roba che alla fine ho fatto arrivare fin qui per nulla, per una sorta di attaccamento al passato che ora, capisco, mi ha impedito di guardare veramente avanti. La presenza di tutte quelle cose stona in questa casa, che è già molto piena di altro.

Piena della vita di me e Gabriele insieme.

Ogni casa è una storia a sé e, per quanto mi riguarda, non vedo l'ora di scoprire la prossima.

# EPILOGO

Questo sole è meraviglioso, scalda senza scottare. Probabilmente è merito del vento che continua a soffiare da stamattina senza interruzione, e che rende tollerabile un caldo che altrimenti sarebbe decisamente sfiancante.

Gabriele è fermo nello stesso punto da tutta la mattina. Si è messo a pescare, sta vivendo una sorta di precoce crisi di mezz'età che a tratti mi preoccupa, ma ho pensato di concedergliela, sono diventata molto conciliante nei suoi confronti, ultimamente.

Credo sia questo che sta salvando la nostra relazione, così come il cambio di prospettiva da parte sua. In ogni caso è un lavoro che bisogna fare in due, da questo non si scappa.

Il mio quaderno da un po' di tempo a questa parte è pieno di caselle bianche. Ci sono delle serate in cui non mi riconosco, in cui quasi mi dimentico di compilarlo, ma poi un vecchio automatismo mi riporta alla mia abitudine. Mi sono resa conto di una cosa, però.

Troppo a lungo ho dipinto come nere delle giornate che tutto sommato non erano state così spietate, che ero io a vedere in un certo modo in virtù di una lente con cui filtravo la mia intera esistenza. Tante caselle bianche una dopo l'altra non significano certo che io abbia trascorso solo giornate perfette, anzi tutt'altro, ma ho deciso di guardare alle cose con un ottimismo diverso, provando a tenere a bada la paura di dovermene un giorno pentire.

Ho portato in spiaggia con me il libro di cui parlano tutti e che ho mollato al secondo capitolo sentendomi stupida.

"Farò finta come sempre di averlo letto", penso mentre lo metto da parte per dare un occhio al telefono.

Natalie e Raffaele sono tornati dalla luna di miele e adesso si godono la Costiera Amalfitana. Ad agosto, loro e altri sette miliardi di turisti, probabilmente.

Valeria è in montagna con la famiglia.

Rido.

Non c'è persona che detesti la montagna più di lei, ma il suo compagno insiste che Gregorio sia ancora troppo piccolo per fare vacanze diverse.

Le mando un selfie in costume sulla sdraio scrivendole: Ciao Heidi.

Risponde con un conciso quanto eloquente insulto.

Mia sorella credo sia quasi morta durante il Cammino di Santiago. A un certo punto ho pensato fosse necessario mandare un elicottero a prenderla.

«Non è tanto il fatto che devo camminare tutti i giorni», mi ha detto una sera al telefono, praticamente in lacrime.

«Ah no? E cosa?» le ho chiesto.

«I posti dove si dorme sono orrendi, mi sanno di sporco.»

E che si aspettava? Gli hotel a cinque stelle?

Mi sono seriamente preoccupata per lei, finché il giorno dopo non l'ho vista pubblicare sui social una sua foto di spalle con scritto nella caption: Cammina ogni giorno come se fosse l'ultimo, non fermarti, assapora questa vita.

Ho pensato si stesse meritando tutto.

Claudia, intanto, mi manda le foto di Lorenzo davanti alle ortensie delle Azzorre scrivendomi: Poveretto.

Fortunatamente per lui, poco prima di prendersi una sicura insolazione, Gabriele rinuncia all'idea di tirare su qualche forma di vita animale e viene a sedersi sulla sdraio sotto l'ombrellone, poco distante dalla mia, interrompendo la mia importantissima ricognizione delle vacanze altrui.

«Non c'è niente come il Mediterraneo ad agosto», gli dico.

«I mari del Nord sono più pescosi», risponde lui bofonchiando.

«Se non avessi usufruito della cancellazione gratuita quel-

la sera preso dal panico, adesso staremmo osservando i tuoi amati geyser», gli faccio notare assumendo un'aria contrita.
«Potresti, per favore, fingere un po' meglio di essere dispiaciuta?» ribatte lui, ridendo.
«L'anno prossimo, promesso. L'anno prossimo ti porto in Islanda.»
«Sicuramente.»
«Forse», aggiungo.
«Perché?» domanda lui.
«Magari l'anno prossimo avremo avuto questo benedetto bambino e non sarà il caso di fare viaggi di quel tipo.»
«Non farmi scegliere tra l'Islanda e mio figlio.»
Mi fissa per un istante, con aria sospettosa. «Devi dirmi qualcosa?» chiede.
«Forse, tra qualche giorno, chissà», rispondo elusiva. «Gabriele...» gli dico infine.
«Dimmi.»
«Sai che sono finalmente dove volevo essere?»
«Sì, lo so, in Grecia», risponde lui.
«No, mi sento finalmente a casa.»

# RINGRAZIAMENTI

Scrivere un romanzo è un'attività meno solitaria di quanto avrei immaginato.

Mentre scrivevo ho avuto la costante compagnia dei miei personaggi e con essi tutte le circostanze e gli aneddoti che li hanno in qualche modo ispirati.

Ora che sono giunta alla fine è sorprendentemente toccante per me dovermi separare da loro, dopo aver trascorso così tanto tempo insieme.

Il momento però è arrivato, ringrazio quindi chi ha reso tutto questo possibile.

A cominciare dall'editore e dal supporto enorme che mi ha fornito in questi mesi, senza il quale questo libro non avrebbe ottenuto la forma che ha in questo momento.

Vorrei ringraziare mio marito, anche se lui lo riterrà superfluo e per certi versi stucchevole, per avermi sopportata durante questi mesi di lavoro e per essere stato il mio più grande sostenitore, così come il mio più feroce critico, entrambe le figure sono terribilmente necessarie.

Un pensiero va alle mie sorelle e a tutte le mie amiche – siete troppe per essere menzionate qui – che insieme hanno composto il personaggio di Valeria. Spero che vi siate divertite a ritrovare in lei un pezzettino di ognuna di voi.

Grazie ad Alessandro e a Matteo, che ancora una volta, come dieci anni fa, mi hanno aiutata ad avviare un qualcosa che mai avrei immaginato possibile.

Infine, grazie a te che hai comprato questo libro e lo stai tenendo tra le mani, in qualunque casa tu sia.

# UNA CONVERSAZIONE CON GAIA SPIZZICHINO

*Dove è nata l'idea del romanzo?*

*Tutto nella norma* è in parte frutto della mia esperienza sui social media. Nel corso di questi due anni ho avuto la possibilità di chiacchierare, più o meno direttamente, con tante coetanee. Pur provenendo da contesti diversi, sembravamo avere tutte qualcosa in comune. Quel «qualcosa» ho provato a metterlo in questo racconto, attraverso il personaggio di Martina. È la sensazione di non essere pienamente in controllo della propria vita, di considerarsi in balia degli eventi piuttosto che artefici del proprio futuro, di essere diventate adulte senza sentirsi davvero tali.

*Per Martina ogni momento della vita è legato a una casa in cui ha vissuto. È così anche per lei?*

In parte. Al contrario di Martina, non ho una sola casa d'origine, ne ho cambiate veramente tante nel corso della mia infanzia e adolescenza.

Se da una parte, però, la casa non è solo un luogo fisico, ma in un certo senso si tratta di una metafora, allora sì, possiamo dire che valga lo stesso anche per me.

*Cosa vuol dire sentirsi adulti a metà, secondo lei?*

Gli «adulti a metà» sono cresciuti solo anagraficamente. Non sono più giovani, e questa consapevolezza li irrita parecchio, ma al contempo non sentono di aver spuntato tutte le caselle che la società reputa necessarie per consentire loro l'ingresso in un'altra fase della vita.

Spesso si ritrovano a paragonarsi ai propri genitori, confrontando quello che avevano ottenuto alla medesima età, e subentra così un senso di spaesamento.

Se non siamo i nostri genitori, allora chi siamo?

*Martina è sopraffatta dalle cose che sogna e perde di vista quelle belle che già la circondano. A volte anche i desideri possono essere una prigione?*

Senza dubbio, soprattutto nel momento in cui li trasformiamo in una condanna perenne all'infelicità.

È giusto porsi degli obiettivi, è giusto avere dei sogni, e con il mio romanzo non voglio far passare il messaggio che ci si debba per forza accontentare. Piuttosto bisogna provare a vedere le cose sotto una luce diversa, smettendo di fare costantemente paragoni con i traguardi altrui e trovando valore nel proprio percorso e nella propria unicità.

*Però Martina affronta la vita con ironia: è l'arma giusta per sopravvivere?*

Sono la persona sbagliata per dirlo, l'ironia di Martina è anche la mia.

Sì, credo possa essere una potente alleata per non prendere le cose, e sé stessi, troppo sul serio. Attenzione, però, l'ironia può essere anche un'arma a doppio taglio. Il rischio è di trasformarla in uno scudo per illudersi di non provare dolore, quando quest'ultimo è necessariamente parte di qualsiasi vita.

*La protagonista ha una piccola routine quotidiana nella quale a fine giornata segna le caselle bianche o nere su un quaderno. Lei ha un suo rito personale?*

No, ahimè non sono così metodica, anche se mi piacerebbe molto avere costanza in un'abitudine come quella di Martina. Mi piace scrivere, ma vanto parecchi diari iniziati e abbandonati: sotto quel profilo sono una causa persa.

*Lei è conosciuta su Instagram con una pagina in cui cerca di «normalizzare» quello che ormai non lo è più nelle nostre vite. Quanto di quella filosofia c'è nel romanzo?*

Hanno sicuramente dei punti in comune, romanzo e profilo Instagram, nella misura in cui i personaggi da me tratteggiati, e con essi le loro vite, sono assolutamente «normali», nell'accezione che utilizzo nel social, ossia banali, privi di qualunque elemento di coolness.

I social sono presenti nel romanzo con lo stesso ruolo che hanno nella quotidianità di ognuno di noi, ossia come vetrina sulle vite apparentemente perfette degli altri. Sarò felice se con questo libro, così come ho fatto con «Normalize Normal Homes» in questi anni, avrò dato il mio piccolo contributo nello scardinare questa narrazione di perenne euforia, restituendo un po' di realtà.

*Cosa ha provato quando ha saputo che avrebbero pubblicato il suo romanzo?*

Incredulità, gioia, paura, il tutto misto alla consapevolezza di quale enorme privilegio sia avere la possibilità di raccontare il proprio punto di vista a tanti potenziali lettori.

Mi piace scrivere, non l'avevo mai fatto professionalmente prima d'ora, men che meno sotto forma di narrativa, e cimentarmi con questa impresa è stato sicuramente ambizioso da parte mia.

"Perché scriviamo?" mi sono chiesta. La risposta credo sia: per raccontare la nostra visione del mondo. Questa è la mia.

*Crediti*

Nick Hornby, *Non buttiamoci giù*, © Nick Hornby, 2005; © 2005 Ugo Guanda Editore S.r.l., Via Gherardini 10, Milano.

Haruki Murakami, *Norwegian Wood. Tokyo Blues*, titolo originale *Noruwei no mori.* Traduzione di Giorgio Amitrano. © 1987 Murakami Haruki, Originally published by Kodansha Ltd. © 2006 e 2013 Giulio Einaudi editore s.p.a., Torino.

Nick Hornby, *Alta fedeltà*, © Nick Hornby 1995; © 1996 Ugo Guanda Editore S.r.l., Via Gherardini 10, Milano.

Finito di stampare nel mese di aprile 2023
da Grafica Veneta s.p.a., Trebaseleghe (PD)

Questo libro è stampato col sole

Azienda carbon-free